Sigrid Georgine Stemler
Nahe der Grenze

Gesamtherstellung: Verlag Waldkirch KG
Satz & Gestaltung: Verena Kessel
Lektorat: Lisa-Marie Adams

ISBN Taschenbuch	978-3-86476-104-1
ISBN E-Book EPUB	978-3-86476-654-1
ISBN E-Book PDF	978-3-86476-655-8

Seit 1542

Verlag Waldkirch KG
Schützenstraße 18
68259 Mannheim
Telefon 0621-129 15 0
Fax 0621-129 15 99
E-Mail: verlag@waldkirch.de
www.verlag-waldkirch.de

© Verlag Waldkirch Mannheim, 2018
Alle Rechte vorbehalten. Nachdruck, auch auszugsweise,
nur mit ausdrücklicher Erlaubnis des Verlags.

Sigrid Georgine Stemler

Nahe der Grenze

Verlag Waldkirch

Stammbaum

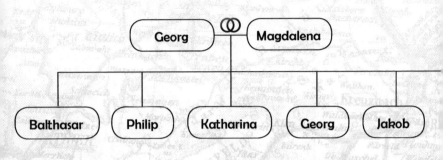
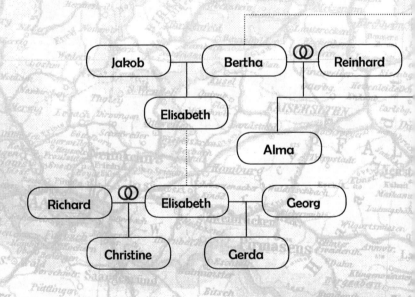

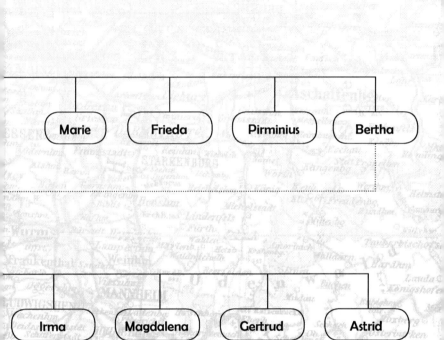

Die Zeit von 1904 – 1906

Am vierten September des Jahres 1904 bäumte sich der Sommer noch einmal mit Macht auf, bevor er das Feld dem Herbst überlassen musste. Die Natur zeigte kein Erbarmen mit der Gebärenden, die in der stickigen Hitze der Schlafkammer auf dem Bett lag.

In das ausgemergelte Gesicht, das im Kopfkissen versank, zeichneten sich Erschöpfung und Schmerz. Magdalenas Haarzopf hatte sich aufgelöst und klebte ihr strähnig am Kopf. Ihr langes Nachthemd, das sich über dem Bauch spannte, war von Schweiß durchtränkt. Wie eine alles vernichtende Welle schlug der Schmerz in immer kürzer werdenden Abständen über ihr zusammen. Die schwer herzkranke Magdalena stöhnte unter den Geburtswehen und hechelte nach Luft. Das zurückgeschlagene Federbett, dessen Federn mit den Jahren verklumpt waren, lastete auf ihren Füßen. Die Hebamme tupfte den unaufhaltsam fließenden Schweiß von Magdalenas Gesicht.

„Du schaffst das schon, hast es doch schon neunmal hinter dich gebracht", machte sie der Vierzigjährigen Mut.

Die Schlafkammer war angefüllt mit einem Kleiderschrank, einem Waschtisch, auf dem eine Keramikschüssel mit einem Krug Wasser stand, und dem Ehebett unter der Dachschräge. Der betagten Hebamme blieb wenig Raum, sich zu bewegen. Sie hatte es in der Enge schwer, Magdalena beizustehen. Auch ihr standen die Schweißperlen auf der Stirn.

Magdalena kämpfte nun schon seit Stunden. Das Kind in ihrem Bauch wollte sich einfach nicht drehen. Ihre Schwägerin Anna stieg immer wieder die schmale Holztreppe hoch, die unter ihr ächzte, als klage sie mit der Gebärenden. Sie wollte wissen, ob denn das heiße Wasser noch immer nicht benötigt wurde.

Derweil ging Magdalenas Mann Georg bei seiner Schwester unten in der Küche auf und ab. Dann setzte er sich und stierte vor sich hin, um alsbald wie ein Stehaufmännchen seine Wanderung wieder aufzunehmen.

Die Kinder saßen erstaunlich ruhig um den Tisch. Angst schien alle zu lähmen, der Geburtsvorgang dauerte schon zu lange. Qualvolle Stunden reihten sich aneinander, ehe der Schrei des neuen Erdenbürgers zu hören war und alle erlöst aufatmeten.

Es war ein Mädchen mit einem Kopf voller schwarzer Haare, das die Hebamme Magdalena in den Arm legte, nachdem sie es gewaschen hatte. Georg trat an das Bett seiner Frau; verlegen strich er über ihr schweißnasses Haar.

„Es tut mir leid, Magdalena, ich verspreche, dass du solche Qualen nicht noch einmal aushalten musst", flüsterte er ihr zu.

Die Geburt hatte Magdalena an den Rand des Abgrunds gebracht, sie war nur noch ein Schatten ihrer selbst. Doch die Hausarbeit wartete darauf, von ihr erledigt zu werden, und zehrte an ihren letzten Kräften. Das mühselige Wasserschleppen vom Dorfbrunnen nach Hause übernahmen zwar meist die Kinder, doch allein das Kochen und Waschen für die große Familie ließ Magdalena bei ihrem Tun oft stöhnend innehalten.

Am Abend, wenn die Sonne ihre letzten Strahlen auf die Erde sandte und sie dem Zusammenbruch nahe war, gönnte sie sich ein halbes Stündchen vor dem Haus, in dessen Hof ein großer Nussbaum Schatten spendete. Hinfällig und gebrechlich saß sie darunter auf der Bank, gekleidet in ein hochgeschlossenes, knöchellanges Kleid, auf dem sie stets eine Schürze trug. Die schwieligen Hände hielt sie im Schoß gefaltet und betete, dass ihr Gott Kraft geben möge für den nächsten Tag. Ihr Mann kam aus dem Haus, las ein paar Nüsse vom Boden auf und setzte sich zu Magdalena. Er wusste, wie gerne sie Walnüsse aß, drum knackte er einige und legte sie ihr in die Hand.

Katharina, ihre Älteste, kümmerte sich derweil um Bertha; so hieß das Mädchen, das so lange gebraucht hatte, das Licht der Welt zu erblicken. Bertha schrie oft, weil sie hungrig war. Die Muttermilch, mit der Magdalena ihre Kleinste nährte, war für Bertha zu wenig und für Magdalena zu viel. Schon nach wenigen Wochen versiegte sie.

Magdalena wurde zusehends schwächer, ihr Herz hielt keiner Belastung mehr stand. Katharina war dreizehn Jahre alt und Marie zehn, als sie schon die meisten Pflichten im Haushalt übernehmen mussten.

Als Bertha zwei Jahre alt war, starb die Mutter. Katharina und Marie, denen sie wenigstens noch mit Rat hatte zur Seite stehen können, fühlten sich nach ihrem Tod verlassen und hilflos. Georg konnte nicht begreifen, dass seine Magdalena von ihnen gegangen war. Sie war mit ihren zweiundvierzig Jahren doch noch viel zu jung. Er haderte mit sich und der Welt. Als tiefgläubiger Mensch vertraute er aber darauf, dass er sich Gottes Willen fügen müsse und er ihn leiten würde.

Die Zeit von 1906 – 1914

Georg ließ sich von seiner Verzweiflung nicht unterkriegen. Voller Hingabe versuchte er, den Kindern die Mutter zu ersetzen. Sein Stolz hinderte ihn, eine andere Frau ins Haus zu holen. Mit seinen sechsundvierzig Jahren ließ Georg immer noch manch Frauenherz höher schlagen. Er war ein großer, hagerer Mann, dessen Haar frühzeitig schlohweiß geworden war, ebenso wie sein an den Enden hochgezwirbelter Schnauzer über den vollen Lippen. Seine dunklen Augen, denen selten etwas entging, blickten stets kritisch in die Welt. Selbst die großen Segelfliegerohren schmälerten nicht sein Aussehen.

An Bewerberinnen, die darauf warteten, von dem Witwer geheiratet zu werden, fehlte es in dem kleinen Ort nicht. Die Frauen hätten auch die neun Kinder in Kauf genommen; das Erstgeborene war schon im Kindesalter gestorben. Doch er dachte nicht im Traum daran, ihre Erziehung aus der Hand zu geben. Er wollte seinen Kindern Vater und Mutter zugleich sein und sie mit Strenge erziehen.

Rigoros schmiss er seine vier Söhne noch fast in der Nacht aus den Federn. Wehe, einer wagte aufzumucken, dann zog er ihnen die Decke weg und schimpfte los: „Wollt ihr etwa zu spät zur Arbeit kommen? Ich sage euch, nicht solange ich lebe! Ein Mann ist pünktlich an seiner Arbeitsstelle." Ein Brummeln war aus den Betten zu vernehmen. „Raus jetzt, oder soll ich erst den Riemen holen? Ein Mann ist auch nicht krank, ist das klar? Philip, damit meine ich vor allem dich, bei uns gibt es keine Drückeberger!", befahl Georg streng.

Die vier Söhne im Alter von dreizehn bis zweiundzwanzig Jahren liefen täglich in das zehn Kilometer entfernte Pirmasens zur Arbeit. Dreißig Schuhfabriken und etliche Zulieferbetriebe boten den Menschen in der Region ein Auskommen.

Wehe Georgs Ältester, wenn sie nicht aufmerksam war und ihr der Brei anbrannte, den sie für die kleine Bertha kochen musste. Dann gab es eine hinter die Löffel. Katharina war ein schlaksiges Mädchen, wie ein Pflanzentrieb, der wild in die Höhe geschossen war. Wo andere Mädchen ihres Alters leichte Rundungen zeigten, schienen bei ihr zwei Erbsen auf ein Brett genagelt. In ihrem Gesicht war auch beim genauesten Hinsehen nichts Anziehendes zu entdecken. Nur ihr Haar in der Farbe reifen Korns, das ihr in zwei dicken Zöpfen fast bis zur Taille reichte, war einen zweiten Blick wert.

Katharina litt unter ihrem Aussehen. Ihre Bewegungen waren unsicher und linkisch. Vor allem, wenn der Vater in der Nähe war. Nie konnte sie ihm etwas recht machen.

Georgs Schwester, die ab und an nach dem Rechten sah, redete ihm ins Gewissen, nicht gar so streng zu sein. Sie hätte ihm gerne mehr unter die Arme gegriffen, doch musste sie ihre eigenen fünf Kinder versorgen. So konnte sie nur ab und an Katharina mit Rat und Tat zur Seite stehen.

Auch die zwölfjährige Marie musste mit anpacken. Doch die war gewieft und wusste sich die leichten Arbeiten herauszupicken, ohne dass es dem Vater auffiel. Sie war ein robustes Mädchen und hätte so manchen Eimer Wasser vom Brunnen herbeischleppen können, um Katharina zu entlasten. Doch sie schob die kleine Bertha als Entschuldigung vor, um die sie sich lieber kümmerte. Das tat sie allerdings mit Liebe und großer Hingabe.

Die Jahre verstrichen. Schon war die so früh von ihnen gegangene Mutter für die Kinder eine ferne Erinnerung. Manchmal überfiel sie noch der Schmerz über den Verlust und das Verlangen, von ihr getröstet und in den Arm genommen zu werden. Doch diese Momente gingen vorüber, sie waren abgelenkt von den Anforderungen, die der Vater an sie stellte.

Nur Frieda, die zehn Jahre alt war, als die Mutter starb, fand nicht aus ihrer Trauer. Sie war ein zartes Mädchen, still und in sich gekehrt. Die Verlassenheit, die sie ausstrahlte, war greifbar. Die größeren Geschwister hatten andere Arbeiten zu erledigen und kümmerten sich lieber um Bertha als um Frieda. Nur der Vater versuchte, zu ihr durchzudringen, doch es gelang ihm nicht. Sie blieb verschlossen wie eine Auster.

Georg war Schuhmacher und reparierte die Schuhe der Leute aus dem Dorf. In der Hauptsache aber fertigte er Kinderschuhe. Vom Zuschneiden des Leders bis zur Entfernung des Leistens stellte er sie in reiner Handarbeit her. Außerdem erledigte er für eine Fabrik in Pirmasens Heimarbeit. All die Liebe, zu der er fähig war, gab er seiner Jüngsten.

Bertha saß als Kind oft bei ihm in der kleinen Kammer, in der der Geruch von Leder und Pech hing. Im Winter blubberte in einer Ecke ein Kanonenofen: ein gusseiserner Zylinder auf drei Füßen, an dem der Vater oben eine kleine Klappe öffnete, um ab und zu Holz hineinzuwerfen. Der Rauchabzug, ein schwarzes Rohr, das sich aus der Rückseite des Zylinders in die Höhe streckte und wie eine aufgeklappte Ziehharmonika im Kamin verschwand, erwärmte zusätzlich den kleinen Raum.

Stundenlang konnte Bertha ihm zusehen und mit Spannung verfolgen, wenn er Schaft und Sohle zusammenfügte. Mit der Ahle stach er zuerst Löcher in den Rand, so konnte er den mit Pech getränkten Faden leichter mit der Nadel durchziehen und die beiden Teile mit Steppstichen verbinden. Manchmal, wenn er guter Laune war, erzählte er seiner Jüngsten Begebenheiten aus vergangenen Zeiten.

Eine davon fand Bertha so gruselig, dass sie sie nie vergaß und später ihren eigenen Kindern erzählte:

Ein paar Freundinnen wollten sich gegenseitig beweisen, wie mutig sie waren. Die Dämmerung hatte bereits eingesetzt, als sie sich auf dem Dorfplatz unter den drei Linden trafen. Während sie noch beratschlagten, was sie tun wollten, senkte sich langsam die Dunkelheit wie ein schwarzes Tuch über die Dächer. Die Mädchen schlenderten zum Friedhof, der am Ende des Dorfes lag. Dort angekommen einigten sie sich darauf, dass eine von ihnen ein Kreuz aus einem Grab ziehen sollte. Ein Mädchen namens Elisabeth wollte als Erste ihren Mut beweisen. Wispernd standen die anderen herum und ein Gruseln und Schaudern jagte ihnen Gänsehaut über den Rücken.

Nachdem die Sechzehnjährige die Trophäe herausgezogen hatte und in die Höhe hielt, so dass alle ihren Wagemut mit einem gehauchten „Oh" oder „Ah" bewundern konnten, steckte sie das Kreuz wieder in die Erde zurück.

Aber – oh Schreck! – der Saum ihrer Schürze, die sie auf dem knöchellangen Kleid trug, wickelte sich darum! In dem Glauben, der Tote würde sie in sein Grab ziehen, erschrak Elisabeth so sehr, dass sie in Ohnmacht fiel und nicht mehr daraus erwachte. Schreiend und heulend rannten die Mädchen nach Hause und berichteten, was geschehen war.

Solche Ereignisse aus dem 400-Seelen-Ort, von dem man in nur zwanzig Gehminuten Lothringen erreichte, erzählte der Vater seiner Jüngsten.

Mit den Jahren wurde Georg zum Eigenbrötler, der oft mit abwesendem Blick Monologe hielt. Bertha lauschte ihnen, obwohl sie vieles davon nicht verstand. Aber so viel war ihr klar: Der Vater hatte keine allzu gute Meinung von den Menschen aus dem Lothringischen.

„Das sind doch immer noch halbe Franzosen, auch wenn sie schon bald hundert Jahre zu Deutschland gehören. Für unseren Kaiser Wilhelm bringen sie kaum Bewunderung auf; die wissen nicht, wie stolz sie sein können, in einer Monarchie zu leben."

Georg schlug noch ein paar Nägel in den Schuh, den er neu besohlt hatte, und stellte ihn zur Seite. „Wir sind von Feinden umgeben. Die ganze Welt ist gegen uns und will uns vernichten. Aber es wird ihr nicht gelingen, unsere herrlichen Truppen niederzuringen", redete er sich weiter in Rage.

Wenn Bertha wissen wollte, was Truppen sind, sagte er nur: „Kind, das verstehst du noch nicht."

Die Zeit, in der sie des Vaters Geschichten lauschen und ihm bei der Arbeit zusehen durfte, wurde jäh beendet. Bertha war noch keine zehn Jahre alt, als der Erste Weltkrieg ausbrach und sie eine Ahnung davon bekam, was das Wort „Krieg" bedeutete.

Die Zeit von 1914 – 1920

Im August 1914 waren auch Berthas Brüder Balthasar, Philip, Georg und Jakob bei den Truppen, die singend in die Schlacht zogen. Die Wohnung war mit einem Schlag groß und leer geworden. Kein Streiten und kein Lachen erfüllte sie mehr.

Bertha vermisste alle ihre Brüder, am meisten jedoch Jakob. Er war ein lustiger Geselle, immer saß ihm der Schalk im Nacken. Wenn er seinen hochgezwirbelten Schnurrbart hüpfen ließ, brachte er Bertha stets zum Lachen. Seine geliebte Mundharmonika konnte er blitzschnell aus der Hosentasche zaubern und eine Melodie zum Besten geben. Im Gegensatz zu seinen Brüdern wäre er lieber zu Hause geblieben, statt in den Krieg zu ziehen.

Bertha dachte auch oft an ihre Schwester Marie, die vor Kurzem Albert Schieberlé, einen Franzosen, geheiratet hatte und mit ihm nach Straßburg gezogen war. Sie würden sich nun nur noch selten sehen, die Entfernung war groß. Sicher lagen hundert Kilometer zwischen ihnen.

Außerdem verstand Marie sich nicht gut mit dem Vater. Er grollte ihr immer noch, weil sie den „Schieberlé", wie er seinen Schwiegersohn abfällig nannte, gegen seinen Willen heiratete. Und jetzt, wo der Krieg einen tiefen Graben zwischen Deutschland und Frankreich zog, würde Marie überhaupt noch die Möglichkeit haben zu kommen? Bertha bewunderte ihre große Schwester, die stets das machte, was ihr gefiel und immer schick angezogen war. Keine von den Geschwistern hatte eine so lustige Stupsnase, übersät mit Sommersprossen, wie Marie. Mit ihren graugrünen Augen konnte sie so vernichtend schauen, dass keiner ihr zu nahe kam.

Auch Katharina lebte nicht mehr zu Hause. Sie hatte einen Mann gefunden und wohnte mit ihm am Waldrand am Ende des Dorfes. Doch es verging kein Tag, an dem sie nicht auf einen Sprung vorbeikam, um nach dem Rechten zu sehen. Noch immer glaubte Katharina, die Mutter ersetzen zu müssen. Wenn sie sich von ihrem Zuhause fortstahl, musste sie dafür eine Zeit abwarten, in der ihr Mann abwesend war, so dass er es nicht bemerkte. Wenn er mitbekam, dass sie ihrem Vater und Bertha half, schimpfte er sie aus: „Kümmere dich um deinen eigenen Haushalt und unseren kleinen August. Dein Vater und deine Schwester sollen sehen, wie sie zurechtkommen."

Katharina war noch immer ein verhuschtes Wesen und ließ sich von ihrem Mann drangsalieren. Stoisch, ohne zu klagen, ließ sie seine Schikanen über sich ergehen. Ängstlich war sie darauf bedacht, ihrem Mann alles recht zu machen und ihm das Essen pünktlich auf den Tisch zu bringen. Obwohl sie erst fünfundzwanzig Jahre alt war, sah sie müde und abgekämpft aus.

Bertha liebte ihre Schwester, konnte aber nicht viel mit ihr anfangen; sie war ihr zu ernst und schweigsam. Sie war zu jung um zu begreifen, dass Katharina sich aufopferte und Mutterstelle an ihr vertrat. Marie war ihr lieber. Mit der konnte Bertha lachen und erzählen.

Frieda, die zierlichste – und inzwischen quirligste – der vier Mädchen, war nur selten zu Hause. Schon seit drei Jahren war sie in einem Apothekerhaushalt in Pirmasens in Stellung. Ab und an durfte sie für ein Wochenende nach Hilst zu ihren Liebsten fahren. Frieda fand ihre große Liebe im Nachbarort Eppenbrunn. Sie war überglücklich, als der Geliebte um ihre Hand anhielt und sie sich verlobten, bevor auch er Soldat wurde.

Nur Pirmin und Bertha waren noch zu Hause. Pirmin, von Bertha vergöttert, war ein schmächtiger Bengel mit dunklem Lockenschopf. Mit seinen fünfzehn Jahren war er zu jung, um in den Krieg zu ziehen.

Aus einem Stückchen Holz schnitzte er die schönsten Figuren und die Geschichten, die er dazu erfand, ließen sie bei ihm sitzen und staunend zuhören. Vor ihren Augen entstanden Königreiche, die von Zwergen bevölkert waren, Wälder, in denen Elfen mit vielen zahmen Tieren zusammenlebten und Engel, die auf einem Regenbogen zur Erde rutschten. Des Nachts erschienen all die Märchenwesen in ihren Träumen.

Wenn Pirmin mit seiner glockenklaren Stimme sang, ließ sogar der Vater für eine Weile die Hände im Schoß ruhen. Auf Berthas jungen Schultern lastete die Hausarbeit, so dass der Zehnjährigen oft die Zeit fehlte, mit ihrem Bruder zusammenzusitzen; meist blieben dafür nur die Abendstunden.

In dem Dörfchen Hilst schaute die Armut aus jedem Fenster. Noch immer mussten die Frauen alles benötigte Wasser von den vier Dorfbrunnen nach Hause schleppen, da eine Wasserleitung und die Kanalisation fehlten.

Ging der Sonntag zur Neige, graute es Bertha schon vor dem Morgen, denn dann war Waschtag – der mühsamste Tag der Woche. Gleich nach der Schule musste sie eimerweise Wasser vom Dellbrunnen herbeischleppen, um einen großen Waschkessel damit zu füllen. Dort gab sie die Weißwäsche und gehobelte Kernseife hinein und brachte die Wäsche auf dem Herd zum Kochen. In der Küche war es dann auch im tiefsten Winter heiß und feucht wie an einem schwülen Sommertag.

Nachdem der Vater ihr dabei geholfen hatte, den Bottich mit der kochenden Wäsche vom Herd zu nehmen und die Lauge mit der Wäsche abgekühlt war, ging es ans Rubbeln und Auswringen. Schürzen, Socken und Arbeitskleidung kamen nun in die Lauge, die sie mit einem Wäschestampfer bearbeitete. Um die Wäsche sauber zu bekommen, musste sie die einzelnen Stücke auf dem Waschbrett rubbeln und oft noch die Wurzelbürste zu Hilfe nehmen. Ihre Hände waren schrumpelig und aufgeweicht, manches Mal riss die Haut über den Knöcheln vom vielen Reiben. Schweiß rann ihr in Strömen übers Gesicht. Der Dunst und der Geruch nach Pottasche und Seife erschwerten ihr das Atmen. Sie glaubte, tausend Nadeln in ihren Knien zu spüren, die sie piksten, vom langen Knien auf den Steinplatten. Morgen würde es ihr schwerfallen, aufrecht zu gehen, weil der Rücken schmerzte. Am liebsten mochte sie dann gar nicht aus den Federn steigen. So war das immer nach dem Waschtag.

In der Schule war es ihr unmöglich, dem Unterricht zu folgen, weil ihr vor Müdigkeit die Augen zufielen. Einmal hatte der Lehrer ihr deswegen eine schallende Ohrfeige verpasst, woraufhin ihr tagelang das Ohr wehtat. Doch davon durfte sie ihrem Vater nichts erzählen, denn der würde sagen: „Wirst sie schon verdient haben." Sie seufzte und schüttelte die Gedanken aus ihrem Kopf. „Hör auf zu trödeln", ermahnte sie sich.

Widerwillig stemmte sie sich vom Stuhl hoch und machte sich wieder an die Arbeit. Um die Seife auszuspülen, musste sie einige Male zum Brunnen laufen, denn die nasse Wäsche war zu schwer, um sie auf einmal zu tragen. Aber das Gröbste hatte sie geschafft und die angenehmste Zeit vom ganzen Waschtag lag vor ihr.

Am Brunnen traf sie immer Frauen und Mädchen, die dieselbe Arbeit verrichteten, und dabei wurde meist erzählt und gelacht. Nur wenn die Tage kürzer wurden und die Kälte sich durch die Kleider fraß wie ein hungriges Tier und die Hände gefühllos wurden, da sah jede zu, dass sie schnell wieder nach Hause kam.

Zurück in der kleinen Wohnung, klammerte Bertha die Wäsche an die quer durch den Raum gespannten Seile, so dass bald kein Durchkommen mehr möglich war. Sie freute sich immer, wenn das Wetter es erlaubte, die Wäschestücke im Hof auf die Leine zu hängen, wo sie im Wind flattern konnten. Mit Stolz besah sie sich dann ihr Werk.

Von den grenznahen Dörfern Eppenbrunn, Kröppen, Schweix, Trulben und Hilst war letzteres das ärmste der sogenannten

„Hackmesserseite". Der Name entstand, weil einst im Jahr 1792 die Bürger dieser Gemeinden in Paris darum baten, in die französische Republik aufgenommen zu werden und dies auch bewilligt bekamen. Freiheitsanhänger aus der lothringischen Garnisonstadt Bitsch schenkten zu dem Anlass ihren pfälzischen Gesinnungsbrüdern eine Guillotine; fleißig nutzten diese das Instrument für Hinrichtungen.

Mit der Niederlage und Abdankung Napoleons im Jahr 1815 endete die Zugehörigkeit zu Frankreich. Die Bezeichnung „Hackmesserseite" blieb im Gedenken an die Opfer erhalten.

Schon im ersten Kriegswinter hatten die Bürger in Hilst Mühe, genügend Nahrung auf den Tisch zu bringen. Sie empfanden die an den Häuserwänden befestigten Plakate mit dem Aufruf, nichts zu vergeuden, als blanken Hohn. Kartoffelschalen und Gemüseabfälle sollten sie sammeln und dem Vieh verfüttern. Auch sei es ratsam, die Kartoffeln mit der Schale zu kochen und überhaupt mit Lebensmitteln sparsam umzugehen. Das Papier, auf dem dies gedruckt war, hätte man sich sparen können, da dies ohnehin schon alle taten.

Bereits 1915 gehörte stundenlanges Anstehen für Lebensmittelkarten zum Alltag und der Schwarzhandel blühte. Mit ängstlichem Blick verfolgten die Bewohner den Postboten, wenn er durch den kleinen Ort ging. Erleichtert atmeten sie auf, wenn er keinen Brief für sie in seiner Tasche hatte, denn nur selten stand Erfreuliches darin zu lesen. Eine Glocke aus Angst und Sorge um die Söhne und Väter hing über dem Dorf.

Auch Berthas Vater musste die bittere Wahrheit durchleben, dass sein Sohn Balthasar auf dem „Feld der Ehre" gefallen war. Nie würde er ihn wiedersehen.

„Warum mein ältester Junge, er war doch so tüchtig! Mit gerade mal neunundzwanzig Jahren muss er schon ins kühle Grab", klagte Georg und grub die Hände in sein volles, weißes Haar.

Trauer machte sich breit in der kleinen Wohnung und nistete sich ein wie ein Schmarotzer.

Noch zwei weitere Male kam der Briefbote mit einer solch bitteren Nachricht in den folgenden Jahren. Auch Philip und Georg waren in dem verdammten Krieg, wie ihn nun auch der Vater nannte, gefallen. Längst war seine Begeisterung für den Kaiser erloschen.

Er vergrub sich in sein Elend und fragte sich, was er verbrochen hatte, dass so viel Leid über ihn kam.

Im zweiten Kriegsjahr erkrankte Pirmin schwer. Hustenanfälle, die sein Gesicht rot anlaufen ließen und an denen er zu ersticken glaubte, quälten ihn und waren mit nichts zu bekämpfen. Dazu kamen Fieberschübe und Appetitlosigkeit. Wochenlang saß Bertha ganze Nächte bei ihm am Bett. Immer wieder erneuerte sie die Wadenwickel und flößte ihm Tee ein. Doch alles Pflegen und liebevolle Umsorgen half Pirmin nicht, die Krankheit zu überwinden und wieder auf die Beine zu kommen. Bertha und der Vater mussten zusehen, wie das Leben in ihm Woche für Woche weniger wurde und der Tod seinem Leiden ein Ende setzte. Nur siebzehn Jahre durfte er erleben.

Der Vater und Bertha versanken in einem Sumpf aus Trauer. Bertha, die so gerne gelacht und gesungen hatte, fand lange Zeit nicht mehr zu ihrer Frohnatur zurück.

Der Krieg, der nach vier Jahren endete, hatte unsagbares Leid über die Bevölkerung gebracht. Hunger und Not waren allgegenwärtig. Von den vier Söhnen war nur Jakob lebend und körperlich unversehrt nach Hause zurückgekehrt. Doch seinen Übermut und Frohsinn hatte er verloren. Zu viele grausame Bilder hatte der Krieg in seine Netzhaut gebrannt.

Die Wohnung im Nachbarhaus mit drei Kammern hatte die Familie schon lange aufgegeben. Eine Schlafkammer, in der

Jakob und der Vater schliefen, musste reichen. Für Bertha stand ein Bett in der Küche.

Das Lachen hatte dem Vater nie locker gesessen, doch jetzt war er auch noch schweigsam und in sich gekehrt. Oft ließ er die Arbeit ruhen, saß nur da und starrte ins Leere. Dann wieder war er unleidlich, hatte an allem und jedem etwas zu kritisieren und brummelte den ganzen Tag vor sich hin. Als gebürtiger Lemberger meckerte er über die Hilster Sturköpfe. „Halbe Heiden mit wildem Blut" waren sie in seinen Augen. Nicht umsonst wurden sie von den umliegenden Gemeinden als „Hilster Wölfe" bezeichnet.

Georg war zermürbt von dem vielen Leid, das ihm das Leben gebracht hatte. Er magerte ab und der Schlaf wollte sich auch nicht zu ihm gesellen. In so mancher Nacht, wenn Bertha aufwachte, sah sie ihn am Küchentisch sitzen, das Gesicht in den Händen vergraben. Erschrocken, weil er sie aufgeweckt hatte, stand er dann auf, um wieder in seine Kammer zu gehen.

„Schlaf weiter, Bertha", sagte er und strich ihr unbeholfen übers Haar.

Bertha streckte die Hand nach ihm aus und murmelte: "Vater, komm, setz dich ein bisschen zu mir, ich kann auch nicht schlafen." Sie fühlte die Trostlosigkeit, die ihn einhüllte, und bemühte sich mit aller Hingabe, dem gebrochenen Mann eine Stütze zu sein.

Die Jahre ließen Georg den Verlust seiner Söhne zwar nicht vergessen, aber sie linderten den Schmerz. Langsam nahm er wieder am Dorfgeschehen teil. Er staunte über die Initiative, die der neue Lehrer, der Bürgermeister und der Trulber Pfarrer ergriffen hatten: Endlich sollte eine Wasserleitung von der Trulber Mühlquelle herauf nach Hilst gelegt werden! Und das nach all den Querelen, die zwischen Hilst, Schweix und vor allem Trulben herrschten.

Auf die Initiative von Hilst hin bewilligte das Deutsche Reich, dass die drei Dörfer als ersten Zuschuss neunzigtausend Reichsmark aus dem Grenzfond erhielten. Das Geld würde jedoch nicht reichen, um die Wasserleitung zu legen, und das Projekt war zum Scheitern verurteilt, wenn die Bürger keine Eigenleistungen erbrachten. So spuckten die Männer in die Hände und packten es an.

Auch Georg nahm trotz seiner sechzig Jahre Schippe und Spaten zur Hand, um zu helfen, fehlten doch dem Dörfchen sechsundzwanzig junge Männer, die im Krieg gefallen waren und noch einige andere, die zwar den Krieg unversehrt überlebt hatten, aber vor der Not, die überall herrschte, nach Amerika geflüchtet waren. Doch die, die der Heimat treu blieben, wollten den Lothringern zeigen, dass die Deutschen nicht am Boden lagen.

Kein Wunder, dass Georg missfiel, als sein Sohn Jakob eine Frau aus dem Lothringischen heiratete. Wie konnte er dem Vater das antun, wusste er doch, wie sehr der die Lothringer ablehnte? Reichte es denn nicht, dass Marie mit einem Franzosen verheiratet war?

Mit Bangen verfolgte der Vater das Erwachsenwerden seiner Jüngsten, war sie doch alles, was ihm geblieben war. Trotz der Not, in der Bertha aufwuchs, sang sie bei jeder Arbeit und ihr häufiges Lachen steckte an. In ihren dunklen Augen blitzte stets der Schalk und um ihre vollen Lippen spielte ein Lächeln. Sah der Vater sie doch einmal nachdenklich und versonnen, sorgte er sich wegen ihres um zwei Zentimeter verkürzten Beines. Ob sie sich schämte, weil sie leicht hinkte – war es das, was sie quälte?

Die Zeit von 1920 – 1925

Nachdem die Arbeit des Tages geschafft war, traf sich Bertha mit den Jugendlichen aus dem Ort auf dem Dorfplatz. Eine große Linde zierte den Platz, deren Rinde unzählige Wunden trug, von Liebenden beigebracht, die Herzen und Buchstaben eingeritzt hatten. Wie ein Ring umschloss eine Bank ihren Stamm. In den Sommermonaten sangen und tanzten die ausgelassenen jungen Leute bis in den späten Abend unter dem mächtigen Baum. Manches Techtelmechtel fand dort seinen Anfang.

Auch das zwischen Bertha und einem feschen Jungen, der sie umwarb. Er hieß Jakob, wie ihr Bruder, und konnte genauso gut Mundharmonika spielen wie er. Hoch aufgeschossen, überragte er sie locker um Kopfeslänge. Sein Haarschopf glänzte wie das Gefieder eines Raben. Die Siebzehnjährige schmolz dahin wie Eis in der Sonne, wenn er sie mit Augen dunkel wie Ebenholz anschaute und ihren Blick gefangen hielt. Sie konnte nicht glauben, dass ausgerechnet sie, die Hinkende, von ihm beachtet wurde und fühlte sich geschmeichelt. Ihr Herz hüpfte ihr bis in die Kehle, wenn sie ihn sah. Abwesend und mit einem Lächeln im Gesicht verrichtete sie die Hausarbeit und schrak zusammen, wenn der Vater sie ansprach. Am Abend konnte sie nicht schnell genug die letzten Handgriffe erledigen, um auf den Dorfplatz zu kommen.

Georg merkte die Veränderung, die mit seiner Jüngsten vor sich ging. Schnell fand er den Grund für ihre Wandlung und redete ihr ins Gewissen: „Bertha, schlag dir den Jakob aus dem Kopf. Der Luftikus ist nichts für dich. Jedes Wochenende spielt er in einem anderen Dorf zum Tanz auf. Er ist nichts weiter als ein hergelaufener Musikant."

Verlegen, dass der Vater sie durchschaut hatte, schlug Bertha die Augen nieder.

„Schau doch, aus welchem Haus er kommt, die Mutter eine Französin aus dem tiefsten Frankreich und der Vater ein Straßenmusikant. Mit solchen Leuten macht man sich nicht gemein. Du wirst nun abends zu Hause bleiben und dich nicht mehr mit ihm treffen, es ist nur zu deinem Besten!"

Bertha war folgsam, denn sie wollte ihrem Vater keinen Kummer bereiten, und ging schweren Herzens Jakob aus dem Weg. Mit hängendem Kopf schlich sie durch die Wohnung, kein fröhliches Liederträllern kam mehr über ihre Lippen.

Eine Freundin steckte ihr heimlich Liebesbriefe von Jakob zu, in denen er sie bestürmte, dass sie sich unbedingt wiedersehen müssten und er ihr seine Liebe beteuerte. Bertha fiel es täglich schwerer, sich nicht über die Anordnung des Vaters hinwegzusetzen. Nur wenn sie heimlich Jakobs Briefe las, war für kurze Zeit ein Leuchten in ihrem Gesicht, das der Vater zum Glück nicht zu deuten wusste. Am Ende jedoch siegte ihre Liebe zu Jakob, sie war stärker als ihr Gehorsam. Zum ersten Mal widersetzte sie sich ihrem Vater.

„Ich will mich doch nur mit meinen Freundinnen treffen, bitte lass mich zu ihnen gehen", schwindelte sie ihm vor. Er glaubte ihr und sah keinen Grund, seinem Mädchen zu misstrauen, war sie doch immer ehrlich gewesen. Überglücklich fiel sie am Abend Jakob in die Arme, als hätten sie sich Ewigkeiten nicht gesehen.

Leider war Berthas Glück von kurzer Dauer, da der Vater sie erwischte, als sie Hand in Hand mit Jakob in der Dunkelheit spazieren ging. Er prügelte sie nach Hause. Eine schallende Ohrfeige nach der anderen landete auf ihren Wangen. Sie duckte sich unter seinen Schlägen, weinte und jammerte.

„Ich werde dir nicht noch einmal erlauben, abends aus dem Haus zu gehen! Das hast du nun von deinem Ungehorsam, in Zukunft triffst du deine Freundinnen nur noch am Tag. Ich verbiete dir, den Hallodri noch einmal zu sehen", drohte ihr der Vater. Sie flehte ihn an und versuchte ihn zu überzeugen, dass Jakob sie doch liebe und sie ihn, so sehr, wie sie nie einen anderen Mann lieben könnte. Doch er blieb unerbittlich bei seiner Meinung, dass er nichts tauge und nicht der Richtige für sie sei.

Aufsässig dachte sie: „Nun erst recht, wir werden schon Wege finden, uns zu sehen."

Nie war Bertha lieber in den nahen Wald gegangen, wo sie Beeren pflücken musste, um Gelee daraus zu kochen. Ein anderes Mal war Brennholz zu sammeln – willkommene Gelegenheiten, sich mit Jakob zu treffen.

Unter einem Fels, verborgen und dicht mit Bäumen umstanden, hatte Jakob ein lauschiges Plätzchen für ihr Stelldichein gefunden. Der mit Moos bewachsene Waldboden breitete sich wie ein weicher grüner Teppich darunter aus. Ein Platz wie geschaffen für die beiden, die sich ewige Liebe schworen. Sie glaubten sich sicher und unbeobachtet, nur belauscht von den Vögeln, die in den Ästen ihre Liedchen trällerten.

Mit der Zeit wurde Jakob fordernder, er wollte mehr als sie nur küssen und streicheln. Nach langem Zögern und Zaudern gab Bertha sich ihm hin. Sie erschrak über den Schmerz und später über das Blut in ihrem Schlüpfer, aber es war auch lustvoll, so eng mit dem Liebsten zusammen zu sein. Es verlangte sie immer mehr nach ihm.

Der Sommer war voller heißer Tage, die das Blut in Wallung brachten und das Begehren übermächtig werden ließen. Jung und verliebt wie sie waren, verschmolzen ihre Körper in Liebe, wann immer sie sich trafen.

Der September war gerade angebrochen, in den Brombeersträuchern glänzten üppig die schwarzen Beeren. Eifrig zupfte Bertha sie von den dornigen Hecken in die Kanne. Dass sie sich dabei die Arme zerkratzte, war ihr egal. Sie musste sich beeilen, den Behälter schnellstmöglich zu füllen, so dass sie danach noch Zeit hatte, sich mit ihrem Liebsten zu treffen.

Ihr Herz schlug vor Aufregung wie ein lautes Uhrwerk, als sie aus der sengenden Sonne in die schattige Kühle des Waldes trat. Der würzige Duft vom Harz frisch geschlagener Tannen und Fichten umgab sie. Lautlos ging sie auf einem Teppich aus Nadeln den vertrauten Weg. Eine leichte Brise spielte mit ihrem langen, dunklen Haar. Sie ließ sich auf den Boden nieder, aus dem ein dumpfer Hauch von Moder und Pilzen stieg.

Ihre Erkennungsmelodie pfeifend, näherte sich der Ersehnte. Als er sich zu ihr setzte, kitzelte der herbe Duft seines Schweißes ihre Nase. Sie fühlte seine warmen, trockenen Lippen auf ihrem Mund und schmeckte seine Küsse, die süß waren wie Karamellbonbons. Sie sank zurück auf den watteweichen Boden und er streichelte mit seinem kratzigen Kinn über ihre Wangen. Heiß streifte sein Atem über ihr Gesicht. Ein geheimnisvolles Wispern und Raunen lag in der Luft. Sie sog die Liebesbeteuerungen, die er ihr ins Ohr flüsterte, ein wie eine Verdurstende. Die Welt erstrahlte in ungewohntem Glanz, wenn sie mit ihm zusammen sein konnte. Sie küssten und liebkosten sich in der kurzen, gestohlenen Zeit.

Bertha wusste, dass sie Verbotenes tat und lebte in der Angst, schwanger zu werden. Der Pfarrer schimpfte mit ihr und nannte sie zügellos, wenn sie beichtete, dass sie mit Jakob Unkeusches getan hatte. Nur wenn die Freundinnen unter sich waren, sprachen sie über das Kinderkriegen.

Das Thema war heikel, jede wusste etwas anderes dazu zu sagen. Manche waren der Meinung, dass man schon von einem Zungenkuss schwanger werden konnte. Da dachte Bertha: „Dann erst recht von dem, was Jakob und ich tun", und sie fragte sich, ob der Pfarrer am Ende recht hatte – war sie in der Tat zügellos?

Als ihre Periode ausblieb, war Bertha sofort klar: Nun ist es passiert. Panik ergriff sie. Was sollte sie tun, wen nur sollte sie fragen? Der Vater würde toben und sie schlagen, das war sicher. Außerdem würde sie sich schämen, ihm etwas von ihrer Periode zu erzählen. Die Einzige, der sie sich anvertrauen konnte, war weit weg.

Ihre Schwester Marie wohnte noch immer in Straßburg und wollte auch nicht zurück, obwohl sie Probleme mit der Sprache hatte. Oft stieß Marie auf Ablehnung von Seiten der Franzosen, die den Elsässern das Leben schwer machten und sie am liebsten alle nach Deutschland ausgewiesen hätten. Marie sprach nur wenig Französisch, wie hätte sie es auch lernen sollen? Bis 1918 sprachen alle in ihrer Umgebung das „Elsässer Dütsch". Aber nach dem Krieg durfte in der Öffentlichkeit nur noch Französisch gesprochen werden.

Bertha wusste nicht, von wem sie sich sonst Rat erhoffen konnte. Sie schrieb Marie gleich am Abend einen Brief. Bertha befühlte ihren Bauch. Noch war er flach. Sie hatte keine Ahnung, wie lange sie die Schande verbergen konnte. Jeden Tag wartete sie nun auf den Postboten und war bitter enttäuscht, wenn er keine Post für sie hatte.

Nach vierzehn grausam langen Tagen erhielt sie Antwort von ihrer Schwester. Marie gab ihr den Rat, Jakob sofort von ihrer Schwangerschaft zu erzählen, und dass dieser beim Vater um ihre Hand anhalten solle. Schon am nächsten Tag folgte Bertha dem Rat ihrer Schwester.

Jakob freute sich über die Nachricht und wäre am liebsten auf der Stelle zu Berthas Vater gerannt. Mit Engelszungen redete sie auf ihn ein, noch zwei, drei Tage zu warten. Ihre Regel war schon drei Wochen überfällig und doch hegte sie, gegen jede Vernunft, die Hoffnung, dass sie noch einsetzen würde. Nachdem Bertha ihren Kummer an Jakobs Brust ausgeweint hatte, trennten sich die beiden. Sie trottete nach Hause, noch keineswegs erleichtert; er nahm beschwingt einen anderen Weg ins Dorf.

Bertha wurde schon von ihrem Vater erwartet, der wissen wollte, wo sie sich herumgetrieben habe. Wie konnten sie und Jakob sich einbilden, dass ihr zwischen hohen Bäumen und Dickicht verborgener Platz nur ihnen bekannt sei? Wer hatte sie beobachtet und verraten? Ein Verdacht kroch in Bertha hoch. War es möglich, dass eine Freundin sie verpetzt hatte?

Bestimmt war es Lina gewesen, die machte Jakob immer schöne Augen und wollte ihn für sich. Aber das war jetzt auch egal. Der Vater wollte eine Antwort und sie war unfähig, ihn anzulügen. Also gestand sie die Treffen mit Jakob.

Was er während ihres jungen Lebens nie getan hatte, passierte nun in kurzer Zeit zum zweiten Mal: Er verlor die Beherrschung und schlug zu. In sein Gesicht hatten sich tiefe Furchen von der Nase zu den Mundwinkeln eingegraben, die Zornesader lag wie ein dicker Wurm auf seiner Stirn. Er tobte und schimpfte, so wie er das früher mit ihren großen Schwestern getan hatte, aber doch niemals mit ihr.

Diese verdammten Tratschweiber; auch Berthas hinterlistige Freundin zählte dazu. Hatten die nichts Besseres zu tun, als sie zu verraten? Nun, da der Vater schon so wütend war, wollte sie ihm auch gleich beichten, dass sie von Jakob ein Kind erwartete.

„Ist doch jetzt eh alles egal", dachte Bertha.

Nach dem Geständnis lernte sie eine Seite des Vaters kennen, die ihr in den achtzehn Jahren ihres Lebens verborgen geblieben war. Er tobte wie ein Wahnsinniger, fasste sich immer wieder ans Herz und rang nach Luft, so dass Bertha um die Gesundheit ihres Vaters fürchtete. Es war der schlimmste Tag ihres Lebens.

Sie ging ihm aus dem Weg, soweit das in der kleinen Wohnung möglich war. Am liebsten hätte sie sich unsichtbar gemacht. Sie hoffte, dass er sich wieder beruhigt haben würde bis zu dem Tag, an dem Jakob um ihre Hand anhalten wollte. Doch da täuschte sie sich.

Jakob schaffte es nicht einmal über die Türschwelle, um sein Anliegen vorzubringen, als Berthas Vater ihn auch schon anfauchte: „Du Tunichtgut, du gottverdammter, verschwinde aus dem Ort und tritt mir nicht mehr unter die Augen, sonst gnade dir Gott. Hast du im Ernst geglaubt, meine Bertha zu bekommen? Eher bringe ich dich noch hier und jetzt um. Mach endlich, dass du Land gewinnst!"

Jakob wurde klar, dass jedes weitere Wort sinnlos war. In seinen Augen lagen Hoffnungslosigkeit und Trauer, als er seinen Blick ein letztes Mal auf Bertha ruhen ließ. Gleich nach Jakob ging auch ihr Vater aus der Wohnung. Mit einem Knall fiel die Tür hinter ihm ins Schloss.

Aus dem Spiegel von der Größe einer Ansichtskarte, der neben dem Küchenschrank hing, blickten ihr fiebrig glänzende Augen entgegen, als sie davor stehen blieb. Mit zittrigen Fingern strich Bertha im Spiegel über die zart geschwungene Linie ihrer Lippen. Niemals mehr würden sie die Lippen von Jakob berühren. Fahrig griff sie die Zöpfe, die wie eine Krone um ihren Kopf lagen, und löste die so gebändigten Haare. In Wellen fielen sie herab und umspielten ihr Gesicht.

Ein Zittern durchlief ihren jungen Körper, als sie die heiße Hand auf die kühle Fläche des Spiegels legte, um ihr Gesicht darin zu verdecken. Bald schon würde sie nur noch mit gesenktem Kopf durch den Ort gehen, wie eine Büßerin. Das Zittern verstärkte sich, ihr Körper wurde durchgeschüttelt. Eine nie gekannte Schwäche zwang sie, sich aufs Bett zu legen. Warum musste ihr Vater, den sie liebte und achtete, so grausam zu ihr sein?

Sie und Jakob liebten sich doch. War die Sünde, die sie begangen hatten, so groß, dass das Kind, das sie unterm Herzen trug, ohne Vater aufwachsen und vom ganzen Dorf geächtet werden musste? Ein erneutes Beben durchlief Berthas Körper, der sich mit Fieber gegen den sie umgebenden Zwang auflehnte.

Nach der Niederlage, die Jakob erlitten hatte, führten ihn seine Schritte in den Wald, zu dem Platz unter dem Felsen, wo er so oft glücklich gewesen war. Er hatte keinen Zweifel, dass Berthas Vater seine Drohung wahr machen würde. Es blieb ihm keine andere Wahl, als erst einmal aus Hilst zu verschwinden. Wehmütig nahm er Abschied von dem Ort.

Berthas Vater wusste nicht, ob er Jakob genügend eingeschüchtert hatte. Er traute ihm nicht. So schrieb er Marie einen Brief mit der Bitte, Bertha bei sich aufzunehmen und eine Arbeit für sie zu suchen. Er wollte nicht, dass sie seinem Schwiegersohn, dem „Schieberlé", auf der Tasche lag.

Nach acht Tagen setzte er Bertha in Pirmasens in den Zug, in der Hoffnung, dass Marie seinen Brief erhalten hatte. Er musste sichergehen, dass die beiden Verliebten sich nicht mehr sahen. Er trennte sich schweren Herzens von seiner Jüngsten. Georg fiel die Entscheidung, seine Tochter fortzuschicken, nicht leicht, zumal er eine tiefe Abneigung gegen die Franzosen hegte.

Marie war glücklich, ihre kleine Schwester nach langer Zeit wieder in die Arme schließen zu können. Ein wenig Heimweh hatte Marie schon manchmal, wenn sie es auch nie zugab. Dem Wunsch des Vaters folgend, hatte sie für Bertha eine Arbeit gesucht und in einer Weberei einen Platz für sie gefunden.

Jakob hatte sich von seinen Eltern verabschiedet mit dem Geständnis, dass Bertha ein Kind von ihm erwarte und er aus Hilst verschwinden müsse. Er trieb sich in den Nachbarorten herum und besuchte wiederholt Berthas Schwester Frieda in Eppenbrunn. Er bekniete sie und flehte sie so lange an, ihm den Aufenthaltsort von Bertha zu verraten, bis Frieda weich wurde und ihn preisgab.

Als er erfahren hatte, wo Bertha sich aufhielt, fragte er sich verzweifelt, wo er das Geld hernehmen sollte, um nach Straßburg zu kommen. Es blieb ihm keine andere Wahl, er musste als blinder Passagier mit der Eisenbahn fahren. Als er eines Sonntags vor der Wohnungstür stand und Bertha ihm öffnete, weiteten sich deren Augen, und mit einem erschreckten Schrei fiel sie ihm um den Hals.

„Willst du mich nicht hereinlassen? Deine Schwester hat doch nichts gegen mich, oder?", wollte er wissen.

„Nein, sie hätte nichts dagegen, dich zu sehen, aber ich möchte lieber mit dir allein sein. Wir können einen Spaziergang machen, nur wir beide. Warte vor dem Haus auf mich, ich bin gleich wieder bei dir", flüsterte Bertha.

Marie wohnte in einem Vorort von Straßburg, und Bertha suchte nun mit Jakob Hand in Hand den kürzesten Weg, um die Häuser des Ortes hinter sich zu lassen. Erst jetzt konnten sie ihrem Verlangen nachgeben, sich zu küssen. Dazwischen versicherten sie sich ihre Liebe und wie sehr sie sich vermisst hatten. Er bestürmte sie, ihn auch ohne die Einwilligung ihres Vaters zu heiraten.

„Du liebst mich nicht, sonst würdest du mit mir durchbrennen. Wir könnten gemeinsam irgendwo leben, bis du volljährig bist und dann heiraten", argumentierte er.

„Jakob, du bist ein Träumer. Ohne Unterstützung schaffen wir es nicht. Wir würden keine Wohnung bekommen ohne Trauschein."

Der kalte Novemberwind hatte ihre Wangen rot gefärbt, als sie zu ihm aufblickte und er mit einem Kribbeln im Bauch das Verlangen nach ihr verspürte.

„Wie schön du bist, direkt zum Anbeißen."

„Du lenkst ab, Schatz. Sieh mal, weder du noch ich haben Geld, wie sollten wir unser Kind ernähren? Wir müssen warten und hoffen, dass ich meinen Vater mit der Zeit umstimmen kann."

Bei ihm eingehängt, dicht an seine Seite gepresst, schlenderten sie den Weg zurück. Das Wissen, dass sie sich so bald nicht wiedersehen würden, lastete auf ihnen und machte sie stumm. Ein Schluchzen von unterdrückten Tränen schüttelte Bertha, als sie sich trennten. Jakob würgte ein Kloß im Hals, er konnte keinen vernünftigen Satz über die Lippen bringen.

Noch am gleichen Abend schrieb Bertha einen Brief an ihren Vater:

Lieber Vater!
Bitte, lass mich doch den Jakob heiraten. Ich liebe ihn, wie ich nie wieder einen Mann lieben werde. Schau, mein Kind wird als Bankert aufwachsen, das kannst Du doch nicht wollen. Jakob wird ein guter Vater für unser Kind sein. Gib doch Deinem Herzen einen Stoß und sag „Ja" zu unserem Glück.
Deine Dich liebende Tochter Bertha

Der Vater antwortete ihr nie. Er blieb bei seinem Nein.

Jakob war enttäuscht, dass er Bertha nicht überzeugen konnte, mit ihm durchzubrennen, und beschloss, in die Fremde zu gehen. Er bekam Übung darin, als blinder Passagier zu reisen. Oft zog er auch auf Schusters Rappen durch die Lande. Er spielte sein Akkordeon mal in dieser, mal in jener Stadt und verdiente sich so seinen Unterhalt.

Auf seiner Wanderschaft verschlug es ihn schließlich nach Hamburg, wo er als Matrose auf einem Schiff anheuerte. Er wollte Bertha vergessen, er hatte die Hoffnung aufgegeben, dass sie zusammenleben und glücklich sein könnten.

Bertha träumte weiter von Jakob und wünschte sich nichts sehnlicher, als eines Tages doch noch seine Frau zu werden.

Anfangs zählte sie die Tage, seit sie Jakob zuletzt gesehen hatte; unaufhaltsam reihten sie sich zu Wochen, Monaten und Jahren. Hätte sie mit Jakob durchbrennen sollen? Vielleicht hätte der Vater am Ende doch einer Heirat zugestimmt. Aber wäre Jakob in der Lage gewesen, sie und das Kind zu ernähren? Solche Gedanken kämpften sich immer wieder an die Oberfläche und ließen sie grüblerisch in ihrem Unglück verharren.

Nachdem Jakob aus Hilst verschwunden war und gemunkelt wurde, dass er zur See fahre, sah Berthas Vater keinen Grund mehr, weshalb seine Jüngste noch länger bei Marie bleiben sollte. Besser, sie brachte das Balg zu Hause zur Welt als in Frankreich.

Berthas zaghafte Versuche, den Vater umzustimmen und einer Verbindung mit Jakob seinen Segen zu geben – wenn er denn je zurückkommen würde –, stießen auf taube Ohren. Der Vater blieb hart wie Granit.

Sehnsucht nach Jakob, Wut auf ihren Vater, Gleichgültigkeit gegen alles, was um sie herum geschah, waren in der Folgezeit die vorherrschenden Gefühle Berthas. Das einst gute Verhältnis zum Vater war getrübt durch den Groll gegen ihn, den sie nicht unterdrücken konnte.

Unzufriedenheit und Bedauern, sich seinem Willen untergeordnet und nicht stärker dagegen gekämpft zu haben, überschatteten von nun an ihr Leben. Das Mädchen namens Elisabeth, das sie mit zwanzig Jahren gebar, war ihr nur ein schwacher Trost und konnte den Verlust des Geliebten nicht ersetzen.

Die Zeit von 1925 – 1930

Bertha führte dem Vater wieder den Haushalt. Mehr schlecht als recht kamen sie über die Runden. Von den Leuten im Ort wurde sie wegen des unehelichen Kindes schräg angesehen. Die Gleichaltrigen mieden sie, als ob sie die Pest hätte. Dabei hatten sie nur mehr Glück gehabt und waren nicht gleich schwanger geworden, im Gegensatz zu Bertha.

Die Freude und Lust am Leben versickerten nach und nach und ließen nur Dürre in ihr zurück. Sie war wie eine Rose, die voll erblüht war und der dann das Wasser verweigert wurde. Oft, wenn sie mit der kleinen Elisabeth alleine war, weinte und trauerte sie um ihre Liebe. Wenn sie mit ihr auf dem Arm durch das Dorf lief und von der „Französin", ihrer fast-Schwiegermutter, angesprochen wurde, empfand sie einen kleinen Trost. Die zierliche Frau war glücklich, wenn sie einen Blick auf Elisabeth werfen durfte. Doch das waren flüchtige Augenblicke. Berthas Vater durfte auf keinen Fall erfahren, dass sie mit der Frau ein Wort wechselte und ihr das Kind zeigte.

Als Elisabeth fast zwei Jahre alt war, machte Jakob einen seiner seltenen Besuche bei seinem Vater und seiner Schwester Bertha. Seiner Bitte, mit ihm über den Friedhof zu gehen, stimmte Bertha gleich zu. Außer Sichtweite des Vaters, gab er ihr einen Brief.

„Er ist von deinem Schatz, aber das hast du sicher schon an der Schrift erkannt. Ich weiß, du liebst Jakob noch immer. Aber überleg' dir gut, was du antwortest."

Bertha fiel ihrem Bruder um den Hals und bestürmte ihn: „Wo ist er? Bitte sag mir, wo Jakob jetzt ist!" Der Bruder löste sich aus ihrer Umklammerung.

„Jakob lebt in Pirmasens und geht, soweit ich informiert bin, keiner geregelten Arbeit nach. Bald kannst du machen, was du willst, Bertha. In einem Monat wirst du volljährig, und ihr könnt ohne Vaters Einwilligung heiraten."

Ihr Herz pochte zum Zerspringen. Wie sehr hatte sie sich gesehnt und erhofft, etwas von ihrem Liebsten zu hören.

Der Bruder redete weiter auf sie ein: „Vater will noch immer nichts von ihm wissen. Du würdest dich mit ihm überwerfen und dürftest ihm nie mehr unter die Augen treten, das musst du dir gut überlegen."

Bertha wurde still, Tränen standen ihr in den Augen. Sie wollte jetzt allein sein und den Brief lesen. Jakob legte den Arm um ihre Schultern.

„Schreibe mir auf einen Zettel, was ich ihm sagen soll, und gib ihn mir, bevor ich mich wieder auf den Weg mache. Eins will ich dir noch sagen, Bertha, bevor wir zurück zu unserem Vater gehen: Egal, wie du dich entscheidest, ich werde zu dir halten."

Sie tat ihm leid, aber die Entscheidung musste sie alleine treffen. Um ihr Zeit zu geben, die Nachricht zu verarbeiten, schlenderte er durch die Gräberreihen. Sie suchte sich einen Platz hinter Sträuchern und öffnete mit zittrigen Händen den Brief.

Liebe Bertha!
Seit Kurzem bin ich wieder ganz in Deiner Nähe und doch darf ich Dich nicht sehen. Meine ganze Liebe gehört nach wie vor Dir allein. Mein Sehnen nach Dir ist unermesslich. Liebste Bertha, sag nicht Nein zu einem Treffen an unserem geheimen Plätzchen im Wald. Ich werde dorthin kommen, ohne das Dorf zu betreten. Bitte, bitte, Liebste, ich warte mit Sehnsucht auf Dein Ja. Deinem Bruder musst Du nur die Uhrzeit sagen.
Ich küsse Dich innig.
Für immer Dein Dich liebender Jakob

Ihre Tränen ließen die Buchstaben verschwimmen und das Papier, auf dem sie geschrieben waren, aufweichen. Sie wollte Jakob sehen, und wenn es nur noch einmal sein würde.

Aufgewühlt trat sie mit ihrem Bruder den Heimweg an, bevor ihr Vater einen Verdacht schöpfen konnte; manchmal hatte er einen siebten Sinn. Schnell kritzelte sie dort auf einen Zettel: „Ja, ja, ja, Sonntag um drei."

Als der Bruder sich verabschiedete, steckte sie ihm den Zettel heimlich in die Jackentasche.

Bertha fieberte dem nächsten Sonntag entgegen. Die Tage zogen sich endlos. Die Worte ihres Bruders spukten in ihrem Kopf herum, und Zweifel, ob ihre Zustimmung, sich mit Jakob zu treffen, richtig war. Hatte ihr Vater am Ende recht, mit seiner Meinung, Jakob sei ein Luftikus? Der Hinweis ihres Bruders, dass er keiner geregelten Arbeit nachging, machte ihr zu schaffen. Sollte ihre Vernunft siegen oder ihre Liebe?

Der Sonntag kam und mit ihm die Stunde des Wiedersehens. Ihrem Vater schwindelte sie vor, Frieda in Eppenbrunn besuchen zu wollen.

„Kannst du in der Zwischenzeit auf Elisabeth aufpassen?", fragte sie ihn und fürchtete, der Vater könnte ihr die Lüge vom Gesicht ablesen, doch er stimmte bereitwillig zu.

Auf dem Weg durchs Dorf in den Wald glaubte sie, von den Leuten, die ihr begegneten, angestarrt zu werden. Sie spürte ein Tuscheln hinter ihrem Rücken, was ihr ein nervöses Kribbeln im Nacken verursachte.

Bertha hatte den Platz, der für sie mit so vielen Erinnerungen verbunden war, länger als ein Jahr nicht mehr aufgesucht. Zu sehr hätte es sie geschmerzt, dort alleine zu sein. Als Jakob jetzt hinter einem Baum hervortrat, fielen sie sich wortlos in die Arme. Minutenlang hielten sie sich eng umschlungen. Sein Mund erforschte ihr Gesicht, über das er unzählige Küsse verteilte, bevor sich ihre Lippen fanden und sich lange nicht voneinander lösen wollten. Sie setzten sich ins Moos, wie sie es früher so oft getan hatten.

„Ach Bertha, wie habe ich diesen Moment herbeigesehnt. Du bist noch schöner geworden, als ich dich in Erinnerung hatte."

Ihr volles Haar war zu einem Knoten hochgesteckt, und ihre geröteten Wangen verrieten ihre Aufregung. Der Hals, der in sanftem Schwung in dem malvenfarbenen Kleid verschwand, für dessen Ausschnitt sie aus feinem Garn einen Kragen gehäkelt hatte, lockte Jakob, ihn mit Küssen zu bedecken. Sie fühlte sich jung und verführerisch wie schon seit Langem nicht mehr. Aber der Gedanke, dass ihr Wiedersehen womöglich das letzte sein würde, machte sie stumm. Ihr Mund war trocken und sie konnte kein Wort über die Lippen bringen.

Jakob war noch männlicher und anziehender geworden, als sie ihn in Erinnerung hatte, was ihr die Entscheidung nicht leichter machte. Bertha lehnte ihren Kopf an seine Schulter, ihre Kehle schmerzte von den unterdrückten Tränen. Sie konnte sie nicht länger zurückhalten. Sturzbäche quollen aus ihren Augen.

„Aber Liebste, warum weinst du? Komm, erzähl', wie geht es dir und unserem Kind?"

„Ach Jakob, es ist alles so schwer. Ich weine, weil unsere Liebe keine Zukunft hat. Wir können nicht mehr nur an uns denken. Ich muss überlegen, was für Elisabeth das Beste ist."

Bertha machte sich aus seiner Umarmung frei und wischte sich mit seinem Taschentuch die Tränen fort.

„Verzeih' mir, aber ich habe Zweifel, dass du uns ein gesichertes Zuhause schaffen kannst. Wenn ich dich heirate, wird mich Vater vor die Tür setzen und ich kann mit keinerlei Unterstützung mehr von ihm rechnen. Das kann ich allein schon wegen Elisabeth nicht verantworten", schluchzte Bertha und schnäuzte sich heftig. „Jakob, ich liebe dich, ich werde dich immer lieben, und doch wird es heute das letzte Mal sein, dass wir uns sehen."

Jakob wollte nicht glauben, dass sie es ernst meinte. Verzweifelt fuhr er sich mit beiden Händen durch sein schwarzes Haar.

„Ich werde mir eine Arbeit suchen und genügend Geld verdienen. Wieso glaubst du, dass ich euch nicht ernähren kann?", fragte er empört.

„Lass uns bitte nicht streiten, Jakob. Ich habe mich entschieden. Die Vernunft hat über meine Liebe zu dir gesiegt." Berthas Tränenstrom wurde wieder heftiger, und diesmal war er es, der keine Worte fand. Mit einem Ruck stand sie auf.

„Jakob, du wirst immer meine große Liebe bleiben. Bitte nimm mich noch einmal in den Arm und küss' mich, bevor wir auseinandergehen."

Er fühlte, dass ihr Entschluss endgültig war. Ihre Tränen verschmolzen miteinander, als er sie küsste. Bertha riss sich von ihm los und rannte davon, ohne sich noch einmal umzudrehen.

Enttäuscht ließ er sich aufs Moos zurückfallen. Lange lag er so da, er hatte jegliches Zeitgefühl verloren. Als er sich aufrappelte, um den mit so vielen Erinnerungen verbundenen Platz zu verlassen, verdunkelte eine Wolke die glühende Scheibe am Himmel. Fröstelnd, mit hängendem Kopf, schlurfte er durch den Wald.

Als Bertha in die Nähe des Dorfes kam, setzte sie sich außer Atem auf einen Baumstamm. Sie musste den Aufruhr in sich niederkämpfen und die Tränen zurückdrängen. So konnte sie ihrem Vater nicht gegenübertreten.

Sie wunderte sich, dass die Sonne immer noch schien, die Vögel in den Zweigen zwitscherten und Schmetterlinge durch die Luft torkelten, als wäre nichts geschehen, wo es doch in ihrem Inneren finster und trostlos geworden war. Die Sehnsucht der vergangenen Jahre hatte sich nach und nach in Hoffnungslosigkeit und Entsagen verwandelt; sie hatte sich damit abgefunden. Umso mächtiger war nun der Schmerz, den sie sich gerade selbst zufügte.

Lustlos und apathisch kam sie den häuslichen Pflichten nach. Ein Tag war wie der andere und reihte sich zu Jahren. Sie war so beschäftigt mit ihrem eigenen Unglück, dass ihr entging, wie Elisabeth sich immer mehr in sich zurückzog und oft traurig in einer Ecke saß. Die anderen Kinder schikanierten sie und wollten nichts mit ihr zu tun haben. Elisabeth wusste nicht, warum sie so gemein zu ihr waren und ihr das verhasste Wort „Bankert" nachriefen, nur weil sie keinen Vater hatte. Sie selbst bedauerte das doch am meisten.

Aber sie schluckte die Beleidigungen, biederte sich bei den Mitschülern an und gab sich Mühe, keinen zu ärgern. Aus der Ergebenheit jedoch wurde mit der Zeit Hass und Zorn. Diese Emotionen ließen sie die Krallen ausfahren. Sie wollte nicht mehr abseitsstehen. Sie wehrte sich mit treten, kratzen und Schlägen und entwickelte sich mehr und mehr zu einer Kratzbürste. Da sich kein Mädchen fand, das mit ihr spielen wollte, ging sie mit den Jungs in den Wald und maß ihre Kräfte mit den ihren, kletterte auf Bäume und spielte ihre Spiele.

Bertha wunderte sich, dass ihr Vater versuchte, Elisabeth zu trösten, indem er ihr Geschichten erzählte, ihr zuhörte und aufmunternde Worte für sie fand, wenn sie sich über die anderen Kinder beklagte. Er nahm sie bei der Hand und ging mit ihr spazieren. So liebevoll erlebte Bertha ihn nie mit seinen anderen sieben Enkelkindern, obwohl er doch den Vater von Elisabeth so sehr verachtete.

„Will er etwas an der Kleinen gutmachen?", fragte sie sich.

Aber sie irrte sich – er war überzeugt, richtig gehandelt zu haben. Seine Enkelin war ihm sehr ans Herz gewachsen, vielleicht wegen der Ähnlichkeit, die sie mit Bertha hatte, als diese klein war.

Auch Bertha liebte ihre kleine Elisabeth, doch wenn sie mit ihr durch den Ort ging, schämte sie sich. Auf dem Weg zur Kirche vermied sie es gar, ihr Kind an der Hand zu führen. Im Gegenteil, sie versuchte, schneller zu gehen. Elisabeth weinte oft, weil sie nicht mit der Mutter Schritt halten konnte. Mit tränennassem Gesicht und einer Rotznase, die ihr in den Mund lief, tippelte sie hinterher. Jeden Sonntag war der Kirchgang ein Spießrutenlaufen für Bertha.

Langsam wuchs Widerwillen gegen den Vater und Elisabeth in ihr. Unzufrieden mit sich und der Welt, dachte sie daran, fortzulaufen und alles hinter sich zu lassen. Ihrer Schwester Marie schrieb sie lange Briefe, in denen sie sich ausheulte und über ihr Los klagte. Marie gab ihr den Rat, öfter Frieda in Eppenbrunn zu besuchen und ihr die Sorgen, die sie quälten, anzuvertrauen.

„Auch solltest du zum Tanzen gehen, um aus dem täglichen Einerlei herauszukommen", schrieb sie.

Die Freundinnen von einst, die inzwischen verheiratet waren und ebenfalls Kinder hatten, standen Bertha nicht mehr ganz so ablehnend gegenüber. Sie konnte jedoch nicht vergessen, wie sie sie gemieden hatten. Man begegnete sich im Dorf und erzählte Belangloses; es war nicht mehr so wie früher. Die Vertrautheit war gewichen und hatte Befangenheit Platz gemacht.

Bertha nahm sich den Rat ihrer Schwester zu Herzen und machte sich nun öfter auf den Weg nach Eppenbrunn. Zur Kirchweih ging sie mit Frieda und ihrem Mann zum Tanzen. Zwei Tage lang spielte eine Kapelle im Tanzsaal eines Wirtshauses. Bertha hatte zwei getragene Kleider aufgetrennt und sich ein neues daraus genäht, dessen Rock ihre Waden umspielte und ihre schlanken Fesseln zeigte.

Die Bedenken, dass die Männer ihr Hinken stören könnte, waren überflüssig. Immer wieder wurde sie zum Tanz aufgefordert. Sie war glücklich, einmal nach Herzenslust zu schwofen. Es waren gefühlte Ewigkeiten, dass sie sich auf der Tanzfläche austoben konnte und so viel Spaß hatte. Ihre haselnussbraunen Augen musterten jedoch mit kritischem Blick ihre Verehrer. Keiner konnte es mit Jakob aufnehmen, der noch immer in ihren Gedanken und in ihrem Herzen präsent war.

Ein junger Mann allerdings, der ihr den Hof machte, ließ sich nicht von ihrer Ablehnung beeindrucken. Hartnäckig verfolgte er sie mit seinem Werben und dachte nicht im Traum daran, gleich die Flinte ins Korn zu werfen.

In der Hoffnung, sie zu sehen und ein paar Worte mit ihr zu tauschen, schlich er sonntags um Friedas Haus. Als Bertha ihm nach Wochen noch immer die kalte Schulter zeigte, redete Frieda auf ihre Schwester ein: „Wenn du deine große Liebe nicht endlich aus deinen Gedanken verbannst und deine Verehrer ständig abblitzen lässt, wirst du keinen Mann finden. Denk mal nach, du bist jetzt fünfundzwanzig Jahre, hast ein uneheliches Kind und außerdem hinkst du."

Bertha duckte sich unter den Worten ihrer Schwester, die wie Schläge auf sie niederprasselten.

„Unser Vater wird nicht ewig leben. Du brauchst einen Mann, der dich versorgt. Spiel' also nicht länger das Blümchen-Rührmichnichtan."

Frieda tat es leid, Bertha so hart anfassen zu müssen, doch fürchtete sie ernsthaft, dass sie keinen Mann mehr abbekommen würde. Gekränkt verabschiedete sich Bertha früher als gewohnt von ihrer Schwester. Doch von Stund' an stand sie dem Werben von Reinhard nicht mehr ablehnend gegenüber.

Der Mann mit den rotblonden Haaren, der nur wenig größer war als sie selbst, durfte sie nun von Eppenbrunn nach Hause begleiten, nachdem sie ihre Schwester besucht hatte. Reinhards graugrüne Augen hingen an Berthas Lippen, auch wenn sie den größten Blödsinn redete. Er war anhänglich wie ein junger Hund und bettelte sie an, ihn doch endlich ihrem Vater vorzustellen.

„Bertha, ich will dich heiraten und dich auf Händen tragen. Glaub' mir, ich werde gut für dich sorgen, und deinem Kind will ich ein guter Vater sein", versicherte er stets aufs Neue.

Doch Bertha war noch nicht bereit. Sobald sie sich Hilst näherten, schickte sie ihn zurück. Erst kurz vor ihrem siebenundzwanzigsten Geburtstag gab sie seinem Drängen nach und stellte ihn ihrem Vater vor. Der zeigte sich nicht abgeneigt, als Reinhard um Berthas Hand anhielt, und bald schon fand die Verlobung statt.

Wenn Reinhard Bertha besuchte, verkroch sich Elisabeth in die hinterste Ecke und beobachtete misstrauisch den fremden Mann. Reinhard konnte sich über die dümmsten Witze ausschütten vor Lachen, und wenn er versuchte, Elisabeth zu necken, hielt Bertha ihren Verlobten oft für einen rechten Kindskopf.

Als er kurz vor der Hochzeit mit der Wahrheit über sein Alter herausrückte, wurden ihr seine Kindereien verständlich. Fünf Jahre war er jünger als sie. Gleich zu Anfang ihrer Bekanntschaft hatte er geschummelt und behauptet, sechsundzwanzig Jahre alt zu sein. Bertha konnte darüber nicht lachen.

„Du hast dich mit einer Lüge in mein Herz geschlichen. Wie soll ich deinen Versprechungen, die du mir gemacht hast, jetzt noch Glauben schenken? Verschwinde aus meinem Leben! Ich will dich nie mehr sehen."

Wütend warf sie ihm den Verlobungsring vor die Füße. Reinhard fehlten die Worte, um sich zu verteidigen. Mit gesenktem Kopf schlich er davon. Bertha aufzugeben, kam nicht für ihn infrage. Er bombardierte sie mit unzähligen Briefen, teils voller reuiger Beteuerungen, teils mit romantischen Liebesschwüren und gepressten Blumen. Und in jedem das Versprechen,

Elisabeth ein guter Vater zu sein. Er überredete Frieda, sich bei Bertha für ihn einzusetzen, und flehte den Schwiegervater in spe an, ihm zu helfen.

Der knöpfte sich seine Jüngste vor: „Ach du liebe Zeit, was kannst du aus einer Mücke einen Elefanten machen. Reinhard liebt dich eben und wollte nicht riskieren, dass du ihm schon gleich zu Anfang einen Korb gibst. Nun reicht es aber mit deinem Beleidigtsein, er hat lange genug geschmort."

Heftig stieß er mit seinem Stock, den er seit einiger Zeit als Gehhilfe benutzte, auf den Boden.

„Am Sonntag kommt er, und dann versöhnt ihr euch. Das Beste wird sein, auch gleich einen Hochzeitstermin festzulegen, bevor du wieder auf dumme Gedanken kommst."

Die Zeit von 1931 – 1939

Wie immer, wenn der Vater etwas bestimmte, wagte Bertha keine Widerrede, auch wenn es noch so sehr in ihr brodelte. Wie ein Schaf, das zur Schlachtbank geführt wird, ging sie mit Reinhard, um das Aufgebot zu bestellen, das zur Kenntnisnahme für die Bürger im Standesamt ausgehängt wurde. Leute, die etwas gegen die Verbindung vorzubringen hatten, konnten dies dort melden. Sechs Wochen später wurde Bertha Reinhards Frau.

Schon bald jedoch merkte sie, dass sie zu Recht gezweifelt hatte und ihr Zögern berechtigt war. Reinhard verfolgte jeden ihrer Schritte, wann immer es ihm möglich war. Wechselte sie ein paar Worte mit einem anderen Mann, unterstellte er ihr gleich das Schlimmste und machte ihr hässliche Szenen. Er kritisierte, dass sie zu freundlich zu diesem sei und zu viel gelacht habe mit jenem. Am liebsten hätte er sie mit gesenktem Kopf durchs Dorf laufen sehen. Seine Eifersucht wurde eine Qual.
Die Hoffnung, nach der Hochzeit niemandem mehr Rechenschaft ablegen zu müssen, war trügerisch. Reinhard engte sie mehr ein, als ihr Vater das je getan hatte.

Kaum ein halbes Jahr verging, ehe Bertha schwanger war. Zwischen Wachen und Schlafen flüsterte sie ihrem Mann die Neuigkeit ins Ohr. Hastig musste sie ihm die Hand auf den Mund legen, damit er Elisabeth, die mit im Ehebett lag, nicht aufweckte. Am liebsten hätte er sein Glück laut hinausposaunt. Der Vater, dessen Bett draußen in der Küche stand, war sicher noch wach und hätte sich über den Lärm gewundert.
Berthas Begeisterung über die Schwangerschaft hielt sich in Grenzen, war doch die Wohnung für vier Personen schon zu klein. Wie sollte das mit fünf werden? Sie traten sich doch jetzt

schon auf die Füße. Mal ein Stündchen allein zu sein, davon konnte sie nur träumen.

Sie klagte ihrer Tante, die gleich nebenan ein Haus mit einer kleinen Landwirtschaft besaß, ihr Leid. Doch diese wusste Abhilfe: „Aber Bertha, warum hast du nicht schon früher etwas gesagt? Du kannst mit deinem Mann und Elisabeth bei mir im oberen Stock die zwei Zimmer mit Küche bewohnen. Deiner Nichte Alma und mir reicht der Platz unten. Du gibst mir ein paar Mark für die Miete, dann ist uns beiden geholfen."

Dankbar, den beengten Verhältnissen beim Vater zu entfliehen, nahm Bertha den Vorschlag an – wie ein Palast erschien ihr das neue Heim.

Reinhard fuhr mit seinem Fahrrad täglich nach Pirmasens in die Schuhfabrik, in der er als Zwicker arbeitete. Der Wochenlohn, den er nach Hause brachte, war nicht üppig, oft war schon freitags Schmalhans-Küche angesagt. Doch das hätte Bertha nicht weiter gestört, war sie es doch gewohnt, von der Hand in den Mund zu leben. Was sie quälte, war Reinhards Eifersucht. Die legte sich erst, als Bertha mit achtundzwanzig Jahren ihre Tochter Irma zur Welt brachte und nur zwei Jahre später Alma.

Nach dem Reichstagsbrand 1933 kam Berthas Vater oft am Abend zu der jungen Familie, um mit Reinhard über Politik zu debattieren. Während Bertha Stopf- und Flickarbeiten vor sich hatte, redeten die Männer sich die Köpfe heiß. Den Vater, ein eingeschworener Nationalist, der die NSDAP gewählt hatte, quälten Zweifel, ob das richtig gewesen war. Die Reichstagsbrandverordnung, die die Weimarer Verfassung de facto außer Kraft setzte, machte ihm sehr zu schaffen.

„Stell dir mal vor, Reinhard, die Polizei kann jetzt praktisch vor deiner Tür stehen und dich verhaften, ohne dir sagen zu müssen, wieso und weshalb. Bei der Post dürfen sie deine Briefe beschlagnahmen und öffnen. Nicht, dass ich etwas zu verbergen hätte, aber mir graut davor, was noch passieren wird."

Reinhard, der das politische Geschehen weniger verfolgte, entgegnete: „Bei uns in der Fabrik wird erzählt, dass die neuen Machthaber die Gewerkschaften zerschlagen haben. Was meinst du, Vater, können die Arbeitgeber uns jetzt in Zukunft noch mehr ausbeuten?"

„Ganz sicher wird es so kommen, Reinhard. In der Haut der Juden möchte ich auch nicht stecken", sinnierte der Vater laut, „deren Rechte sollen stark beschnitten werden."

Gebeugt, als ob das Regieren auf seinen Schultern lasten würde, machte sich der Zweiundsiebzigjährige auf den Nachhauseweg.

Oft saß Bertha bis in die Nacht an der Nähmaschine, um Kleidchen für die Kinder zu nähen oder auszubessern. Die Kleinen waren im Wechsel krank; nicht schlimm, aber es brachte Sorgen und Arbeit.

Nachdem die Familie auf fünf Personen angewachsen war, verflog das Gefühl, in einem Palast zu wohnen. Die gewohnte Enge machte sich wieder breit. Böse Worte und auch mal Geschirr flogen durch die Gegend, weil die Nerven blank lagen.

Konnte Bertha etwas Zeit erübrigen, ging sie ihrer Tante im Stall zur Hand. Dort muhten zwei Kühe, weil sie gemolken werden wollten. Sie schnappte sich Melkschemel und Eimer, und mit dem Kopf an der Flanke der Kuh, strich sie immer wieder von dem prallen Euter mit sanftem Druck die Zitzen nach unten. Ein warmer Strahl Milch nach dem anderen ergoss sich in den Eimer.

Ein anderes Mal lockte sie mit ihrem „putt, putt, putt" die gackernder Hühner auf dem Hof zum Aufpicken der Körner, die sie ihnen auswarf. Manchmal übertrug sie das Hühnerfüttern auch Elisabeth.

Seit zwei Jahren ging Elisabeth in die Schule. Sie sorgte jeden Morgen für Ärger, da sie eine rechte Langschläferin war; vor allem in den Wintermonaten war sie schwer aus dem Bett zu kriegen. Zwei-, oft dreimal musste Bertha in die Schlafkammer der Kinder, um Elisabeth wachzurütteln. Kam sie dann endlich schlaftrunken in die Küche getorkelt, fing sie auch schon an zu maulen: „Ich will mich nicht mit dem eisigen Wasser waschen. Ich will erst meine Milch trinken, dann ist es nicht mehr so kalt."

Bertha hatte erst vor einer halben Stunde Feuer im Herd gemacht, und in dem Wasserschiff, das seitlich in die Herdplatte eingelassen war, hatte sich das Wasser noch nicht erwärmt.

„Du ziehst dich jetzt an und gehst nach unten, dein Geschäft machen, aber nicht hinter dem Misthaufen. Du bist alt genug, um auf den Abort zu gehen", tadelte sie.

„Ich muss aber nicht und außerdem regnet es."

„Wir müssen alle über den Hof laufen bei Wind und Wetter, also wirst du das auch können. Der Nachttopf unterm Bett ist nur für die Nacht und das kleine Geschäft gedacht. Dir würde es so passen, dich auch fürs große auf den Topf zu setzen. Du kannst ja die Tür vom Klo-Häuschen offen lassen, wenn es dir zu dunkel ist. Aber durch das ausgesägte Herz darin kommt genügend Licht, stell dich also nicht so an."

Mürrisch schlüpfte Elisabeth in die wollenen Strümpfe und befestigte sie an den Strumpfbändern des Leibchens.

Tagtäglich war es derselbe Zinnober mit Elisabeth: „Ich will nicht auf den Abort, ich will mich nicht waschen, mir ist kalt."

Wieder einmal reichte es Bertha: „Wenn du jetzt nicht machst, dass du dir das Kleid anziehst, mach ich dir Beine." Dabei zog sie den Kochlöffel aus der Schublade, um damit Elisabeth einen Schlag auf den Hintern zu geben.

Schon schlüpfte diese in ihr Kleid, das ihr bis über die Waden reichte, und rannte wie der Blitz die Stufen hinunter in den Hof. Mit heruntergezogenen Mundwinkeln und schrägem

Blick kam sie zurück, zog ihre Schürze übers Kleid und ließ sie von der Mutter hinten zuknöpfen. Ohne Worte ging sie zur Waschschüssel und wusch sich Gesicht und Hände. Musste sie dann jedoch das Auskämmen der langen, zerzausten Haare, die Bertha zu zwei dicken Zöpfen flocht, über sich ergehen lassen, begann ihr Jammern aufs Neue.

Bis die zwei Kleinen ausgeschlafen hatten, war es warm in der Küche und das Wasser heiß, so dass Bertha, Irma und Alma waschen konnte.

Danach machte Bertha sich mit den beiden auf den Weg zu ihrem Vater. Er war inzwischen fünfundsiebzig Jahre alt und kränkelte; jeden Tag war es ein anderes Wehwehchen, das ihn zwickte.

Wenn er zu schwach war, aufzustehen, wusch sie ihn und servierte ihm den Kaffee ans Bett. Zur Mittagszeit brachte sie ihm das Essen. Die schmutzige Wäsche nahm sie mit nach Hause, um sie dort zu waschen.

Alma machte noch in die Windeln, als 1936 Magdalena das Licht der Welt erblickte. Bertha kam nicht mehr nach mit dem Waschen. Ständig flatterten auf der Wäscheleine im Hof Windeln. Nun saßen sie noch dichter in der kleinen Wohnung aufeinander. So manches Mal wäre Bertha am liebsten weit fortgelaufen.

Reinhard machte das Zusammenleben nicht leichter. Er kam mit der elfjährigen Elisabeth, die immer aufsässiger wurde, kaum noch zurande. Was war aus all den Versprechen geworden, die Reinhard Bertha in seinen romantischen Briefen vor der Ehe gegeben hatte? Wenn sie ihn an seine Schwüre erinnerte, wurde er zornig, was alles noch erschwerte.

Hatten sich Irma oder Alma das Knie aufgeschlagen oder einen Kratzer im Gesicht, so schimpfte er mit Elisabeth: „Dich kann man mit keiner Arbeit betrauen, du taugst zu gar nichts, bist zu blöd, auf die Kleinen aufzupassen. Bist du überhaupt zu etwas nütze?"

Kam ihm zu Ohren, dass sie sich mit anderen Kindern geprügelt hatte, legte er sie übers Knie. Bertha konnte nicht dulden, dass er für jede Kleinigkeit Elisabeth zur Rechenschaft zog. Nahm sie sie jedoch in Schutz, warf er ihr vor, Elisabeth zu bevorzugen. Sie war ihm ein steter Dorn im Auge.

So hinfällig Berthas Vater auch war, sprach er doch eines Tages ein Machtwort: „So geht das nicht weiter, das Mädchen tut mir in der Seele leid. Elisabeth kann nicht länger bei euch wohnen, sie kommt zu mir, damit wieder Ruhe bei euch einkehrt."

Wie immer fügte sich Bertha. Doch das schlechte Gewissen nagte an ihr: Es war doch ihr Kind, und nun sollte sie es aus dem Haus geben? Elisabeth allerdings war froh, dem Gezänke und den Angriffen des Stiefvaters zu entkommen. Sie war gerne bei ihrem Großvater, obwohl er nicht viele Worte mit Schimpfen verlor und ihm stattdessen eher mal die Hand ausrutschte. Wenn sie von der Schule nicht gleich nach Hause kam, weil sie sich mal wieder mit den Jungs geprügelt hatte, holte er sie ab und es setzte Schläge. Dann vergaß er, dass sie noch ein Kind war.

Aber er glich seine Strenge aus, indem er sie liebevoll tröstete, wenn sie traurig war, weil sie nicht daheim sein konnte bei ihren Geschwistern. Wenn sie des Nachts unter seine Decke schlüpfte und sich an ihn kuscheln durfte, war sie das glücklichste Kind.

Bertha dachte nur noch selten an ihre große Liebe. Die beständigen Pflichten und Kümmernisse ließen ihr keine Zeit, alten Träumen nachzutrauern. Sie war eine einfache Frau, die von den alltäglichen Mühen und Plagen aufgezehrt wurde. Vom Weltgeschehen bekam sie nur am Rande etwas mit.

Doch sie fühlte, dass Veränderungen im Gange waren. Eine unterschwellige Furcht vor der Zukunft keimte in ihr, wenn sie nun öfter Braunröcke auf der Straße patrouillieren sah. Kam sie mit Leuten aus dem Ort ins Gespräch, bemerkte sie eine Zurückhaltung bei dem, was sie sagten. Das war kein Reden mehr, frei von der Leber weg. Auch ihr Vater hatte sie ermahnt, vorsichtig zu sein mit ihren Worten.

Als 1935 die Wehrpflicht wieder eingeführt wurde, unkte ihr Vater: „Ihr werdet sehen, der Hitler führt einen Krieg im Schilde."

Eines Tages, als Bertha im nahen Pirmasens unterwegs war, beobachtete sie, wie Männer von der NSDAP Menschen, egal welchen Alters, am Straßenrand mit Zehenspitzen auf dem Bürgersteig und den Fersen auf der Straße Aufstellung nehmen ließen. Als Bertha Stunden später wieder in den Bus stieg, standen sie noch immer so dort. Wie viele Leute waren an dem Elend und der Schikane, die diese Menschen erdulden mussten, wohl schon vorbeigegangen?

Aber niemand wagte, etwas zu tun oder zu sagen. Auch Bertha schwieg. Als sie zu Hause ihrem Vater davon erzählte, sagte er: „Wahrscheinlich waren es Juden. Du hast doch mitbekommen, dass die Polizei den Besitzer von dem Kurzwarenlädchen hier in Hilst abgeholt hat. Er hat nichts Böses getan, aber er war Jude. Niemand weiß, weshalb sie ihn mitgenommen haben und was mit ihm passiert ist."

Mit einem Blick auf Elisabeth, die in der Küche spielte, senkte er seine Stimme; man wusste ja nicht, was Kinder ausplapperten. „Ich habe ja schon einmal gesagt, in deren Haut möchte ich zurzeit nicht stecken. Für jeden sichtbar müssen sie den Judenstern an der Kleidung tragen, das ist doch Schikane."

Bertha vermisste Marie, sie hatten sich schon so lange nicht mehr gesehen. Doch mit den Kindern nach Straßburg zu fahren war unmöglich, wo hätte sie das Geld hernehmen sollen? Und Marie konnte ihre eigenen Kinder auch nicht sich selbst überlassen, um ein paar Tage nach Hilst zu kommen. So blieb ihnen nur ein reger Briefwechsel.

An manchen Abenden lief Bertha zu ihrer Schwester Katharina, auch Katche gerufen, doch immer nur wenn das Wetter es erlaubte, vor dem Haus zu sitzen. Bertha konnte den Schwager nicht ausstehen und wusste, nie würde ihm einfallen, sich mit seiner Frau vor die Tür zu setzen und die Hände in den Schoß zu legen. Seiner Meinung nach arbeitete man entweder, oder man ging mit den Hühnern schlafen, um mit ihnen auch wieder aufzustehen.

Katche, die sonst nie klagte, vertraute ihrer kleinen Schwester ihre Sorgen um ihren Ältesten an: „Ich habe Angst, dass August jetzt, wo er zum Militär eingezogen worden ist, an die Front muss, wenn ein Krieg ausbricht."

Katche hatte noch einen Sohn und eine Tochter, doch August war ihr der liebste ihrer Kinder, denn er hatte keine Angst, seinem Vater auch einmal zu widersprechen und seine Geschwister vor ihm in Schutz zu nehmen, wenn ihm die Hand ausrutschte wegen Nichtigkeiten.

Des Öfteren kam ihre Schwester Frieda von Eppenbrunn herauf, auch wegen des Vaters, dessen Lebenslicht kleiner wurde. Dann setzten sich die drei Geschwister an sein Bett und erzählten, wie es einst war und welchen Zeiten man nun entgegensah.

Die Zeit von 1939 – 1941

Das Jahr 1939 sollte in die Geschichte eingehen. Auch für Bertha hatte es unabsehbare Folgen. Ihr Vater starb im Mai mit achtundsiebzig Jahren. Ihre Tochter Elisabeth wollte nicht begreifen, dass der Großvater, bei dem doch ihr Zuhause war, sie allein ließ. Stumm und kaum ansprechbar, trauerte sie um den Verlust, der sie tief in ihr junges Herz traf.

Auch Bertha litt darunter, dass der Mann, der so viel Einfluss auf ihr Leben genommen hatte, nicht mehr da war. Sie erinnerte sich, wie oft ihr Vater von der Problematik sprach, im Grenzland zu leben, und sie nicht recht verstand, welche Probleme er meinte. Sie kannte ja nichts anderes. Schon seit einundzwanzig Jahren trennte sie die Landesgrenze vom Nachbarort. Oft musste sie, wenn sie Verwandte im nahen Frankreich besuchen wollte, an der Grenze umkehren, weil sie ihren Pass vergessen hatte. Manchmal drückten die Grenzer, die sie kannten, ein Auge zu. Zwar gab es auch Schleichwege, um „rüber" zu kommen, doch die waren ihr zu gefährlich. Sie fürchtete, dort erwischt und bestraft zu werden.

Doch die Zeiten waren im Wandel begriffen; nun erkannte sie, was der Vater meinte. Die Nähe zur französischen Grenze, an der sie wohnte, beeinflusste einschneidend ihren weiteren Lebensweg.

Es war der 31. August 1939 um die Mittagszeit. Kein Mensch, der nicht draußen arbeiten musste, war auf der Straße. Alle verkrochen sich in ihren Häusern, da die Sonne unerträglich heiß vom Himmel brannte. Kein noch so leichtes Lüftchen wehte, das die Hitze erträglicher gemacht hätte.

Bertha war wieder einmal schwanger und quälte sich mit einem dicken Bauch durch den Sommer. Sie saß mit ihren vier Kindern und ihrer Nichte Alma in der Küche beim Essen. Die Fensterläden hatte sie bis auf einen kleinen Spalt geschlossen.

Ein schläfriges Dämmerlicht hing im Raum. Fliegen summten durch das Zimmer. Hin und wieder verirrte sich eine davon an den Fliegenfänger, der über dem Tisch an der Decke hing, und blieb bei ihren Leidensgenossinnen kleben.

Der Frieden wurde durch ein Klopfen an der Tür gestört. Herr Stucky, der Bürgermeister von Hilst, trat ein.

„Tut mir leid, Bertha, dass ich euch beim Essen stören muss, aber ich habe soeben die Nachricht bekommen, dass alle schwangeren Frauen der grenznahen Orte nach Pirmasens gebracht werden sollen."

Der Bürgermeister, ein kleiner und unscheinbarer Mann, hütete sich, Bertha zu erzählen, dass er schon Tage zuvor den Geheimbefehl zur Planung der Evakuierung, und gestern den zur Freimachung bekommen hatte. Bis zum dritten September musste das gesamte Gebiet im Umkreis von zwanzig Kilometern zur Grenze geräumt sein, zum Schutz der Bevölkerung und Beweglichkeit der Truppen. So lautete der Befehl.

„Da du unübersehbar schwanger bist, trifft es dich, bei den Ersten zu sein, die fortmüssen. Pack das Nötigste zusammen, um drei Uhr wartet ein Bus an der Trulber Mühle. Er wird dich und die schwangeren Frauen aus den umliegenden Dörfern nach Pirmasens zum Bahnhof bringen."

Bertha schob den Teller von sich. Der Appetit war ihr vergangen. Was verlangte dieser Mann von ihr?

„Aber das geht doch nicht. Wie soll ich das schaffen? Was ist mit meinen Kindern? Ich werde sie nicht alleine hier zurücklassen!", widersprach sie hitzig.

Der Bürgermeister zog ein Taschentuch hervor und wischte sich das schweißnasse Gesicht ab. Er hatte geahnt, dass es schwer sein würde, die Leute zu bewegen, ihre Wohnungen und Häuser zu verlassen. Darum hatte er einen Fremden beauftragt, am Abend die Einwohner zu informieren. Doch da Bertha schwanger war, musste sie sich jetzt gleich auf den

Weg machen. Er hatte sich nicht darum drücken können, ihr die unangenehme Nachricht persönlich zu überbringen.

Als guter Nachbar antwortete er ihr nun geduldig: „Das musst du auch nicht, Bertha. Die Kleinen, Irma, Alma und Magdalena, kannst du mitnehmen, nur Elisabeth muss hierbleiben, da sie schon vierzehn Jahre alt ist. Es tut mir leid, aber auch ich muss die Order, die ich bekomme, befolgen. Sicher kann sie bei deiner Schwester Katharina unterkommen."

Elisabeth, die aufmerksam zuhörte, stampfte mit dem Fuß auf und schrie: „Ich will aber nicht zu Katche-Tante, ich will mit euch gehen, warum muss ich immer woanders hin?" Dicke Tränen kullerten über ihre Wangen.

Bertha kümmerte sich nicht um ihr Gejammer, sondern sagte zu ihrer Nichte, die sie mit ängstlichen Augen ansah: „Du fährst jetzt so schnell du kannst mit deinem Fahrrad nach Hause. Wenn du dich beeilst, schaffst du es, in einer halben Stunde in Eppenbrunn zu sein. Sag deiner Mutter, dass sie zur Trulber Mühle kommen soll. Ich möchte mich von ihr verabschieden. Wer weiß, wie alles kommt und wo man uns hinbringt."

Bertha wandte sich wieder an den Nachbarn: „Was wird Reinhard machen, wenn er heute Abend nach Hause kommt?"

Nun begriff auch die sieben Jahre alte Irma: „Ich will nicht fortgehen. Ich bleibe hier und warte, bis Vater kommt", ließ sie sich mit weinerlicher Stimme hören.

Auch die fünfjährige Alma und die dreijährige Magdalena fingen an zu weinen, obwohl sie gar nicht verstanden, was geschah. Sie spürten die Aufregung, die der Besuch des Bürgermeisters verursachte.

„Siehst du, Bertha, mit deinen Fragen machst du nur die Kinder nervös. Mach dir mal um Reinhard keine Gedanken. Ich werde herüberkommen und ihm Bescheid sagen. Aber nun musst du deine Sachen packen. Ich lasse dich jetzt besser allein."

Froh, dem einsetzenden Chaos entfliehen zu können, verabschiedete sich Herr Stucky.

„Nun hör endlich auf zu flennen, Elisabeth, du machst die Kleinen ganz verrückt", beschwichtigte Bertha ihre älteste Tochter. „Hilf mir lieber, wir wollen doch die Wohnung ordentlich verlassen. Geh und spül das Geschirr ab und du, Irma, hilfst ihr."

In aller Eile packte Bertha das Nötigste in eine große Tasche, und weil die nicht reichte, nahm sie noch einen Kopfkissenbezug, in den sie Kleider, Handtücher, Waschlappen, Seife, Unterwäsche und Strümpfe stopfte und für den Notfall ein Bettlaken. „Wer weiß, wo wir uns hinlegen müssen", dachte sie.

Voller Angst vor dem Kommenden verließ Bertha mit ihren Kindern ihre kleine Wohnung. Wehmütig schaute sie sich noch einmal um und unterdrückte die Tränen, die in ihren Augen brannten.

Die im achten Monat Schwangere watschelte, den dicken Bauch vor sich hertragend, durch den Wald abwärts, zu der ungefähr zwei Kilometer entfernten Trulber Mühle. Schweißtropfen rannen ihr in die Augen. Das Kleid hatte auf dem Rücken und unter den Armen dunkel durchnässte Flecken. Sie führte die dreijährige Magdalena an der Hand, den gefüllten Kissenbezug über der Schulter. Irma und Alma wichen ihr nicht von der Seite. Elisabeth durfte bis zum Bus mitkommen, um ihrer Mutter zu helfen. Sie nahm Magdalena auf den Arm, wenn diese quengelte und nicht mehr laufen wollte, oder schleppte die schwere Tasche.

„Dafür bin ich gut", dachte sie und fühlte einen bitteren Geschmack im Mund.

Die Schinderei hinderte Bertha nicht daran, sich um Elisabeth Sorgen zu machen. Wo und wann würde sie sie nach der Trennung wiedersehen? Ihren Kummer verpackte sie in Grobheit.

„Bist du schon wieder am Flennen?", fuhr sie ihre Älteste an. „Dadurch machst du nichts besser, reiß dich endlich zusammen."

Ein dicker Kloß saß ihr ihm Hals, wenn sie an Reinhard dachte. Wie enttäuscht würde er sein, wenn er am Abend von der Arbeit am Westwall in die leere Wohnung kam? Er war alleine so hilflos. Sie bedauerte, dass sie sich nicht von ihm verabschieden konnte.

An der westlichen, vier Kilometer langen Grenzlinie zu Frankreich, zwischen Vinningen und dem Hochstellerhof, wurde an einem Teilstück des circa sechshundert Kilometer langen Westwall gebaut, einem militärischen Verteidigungssystem mit über achtzehntausend Bunkern, Stollen und Gräben.

Anders als die Tätigkeit in der Schuhfabrik, war das Graben und Mauern am Westwall Schwerstarbeit für Reinhard. Alle Männer im wehrpflichtigen Alter waren einberufen worden, an dem Verteidigungswall, an dem fieberhaft gearbeitet wurde, ihrer sogenannten Pflicht nachzukommen.

Als Bertha an der Trulber Mühle ankam und die Schwiegermutter und ihre Schwester Frieda am Bus stehen sah, überkam sie ein warmes Gefühl der Dankbarkeit. Der Weg von Eppenbrunn war ihnen nicht zu weit gewesen, um sich zu verabschieden. Die Verzweiflung, mit der sie kämpfte, wurde dadurch ein wenig gemildert.

Elisabeth heulte und flehte ihre Mutter an, doch wenigstens bis Pirmasens mitfahren zu dürfen. Weder das Zureden ihrer Tante noch das ihrer Stiefgroßmutter konnte sie beruhigen.

Der Busfahrer konnte den Abschiedsschmerz des Mädchens nicht mehr mit ansehen. Er versicherte, eine Weile vor dem Bahnhof zu warten, um Elisabeth mit zurückzunehmen, sodass sie ihre Mutter und Geschwister noch bis Pirmasens begleiten konnte.

Bertha, die mit ihren Kindern in den mit Schwangeren aus den Nachbargemeinden besetzten Bus stieg, war die einzige Frau aus Hilst. Selbstmitleid überkam sie, als sie aus dem abfahrenden Bus zurück zu ihrer Schwester blickte.

Sie beneidete Frieda. Die würde jetzt zu ihren zwei Kindern zurückkehren, in ihr Haus, das so wunderschön auf dem Berg über dem Eppenbrunner Weiher stand. Erst jetzt, auf der Fahrt nach Pirmasens, wurde ihr klar, dass es vielleicht ein Abschied für immer sein könnte. Die Zukunft baute sich vor ihr auf wie eine schwarze Wand.

Traurigkeit fiel sie an wie ein hungriger Löwe, der sie zu verschlingen drohte. Sie verfluchte diesen verdammten Hitler. Die Fahne mit dem Hakenkreuz hatte ihr von Anfang an Bauchgrimmen verursacht. Vor ihr tauchte wieder das Bild mit den Juden in Pirmasens auf, als Hitlers Leute sie stundenlang am Bürgersteig stehen ließen, um sie zu demütigen. Auch an die zwei jüdischen Familien, die man in Hilst abgeholt hatte, und die nicht mehr zurückkamen, musste sie denken. Was war wohl aus ihnen geworden? Es waren nette, anständige Leute gewesen, die niemandem etwas zuleide taten.

Als der Bus am Pirmasenser Bahnhof ankam, standen Burschen der Hitlerjugend bereit, um das Gepäck zum Zug zu bringen.

Die Schwangeren stiegen mit ihren Kindern in ein Abteil vierter Klasse, wobei ihnen die NS-Frauenschaft behilflich war. Wahrlich, wer wollte sich da über den Führer beschweren? Alles war bis ins Kleinste durchorganisiert!

Trotzdem blieb die bange Frage, warum es notwendig war, ihr Zuhause zu verlassen. Was führte dieser Hitler im Schilde? Dachte er tatsächlich nur daran, Deutschland zu verteidigen?

Doch was verstand Bertha schon von Politik, es war ihr Gefühl und die Worte ihres verstorbenen Vaters, die in ihr nachhallten, der sagte, dass dem Mann nicht zu trauen sei.

Die Sonne brannte noch immer vom Himmel, die Kinder jammerten und klagten über Durst. Die Mütter waren nicht in der Lage, sie zu beruhigen, sie stöhnten selbst unter der Belastung. Froh, sich setzen zu können, nahmen sie ihre Plätze in dem Waggon ein. Eine Krankenschwester verteilte Gläser mit kostbarem Nass.

Elisabeth stand auf dem Bahnsteig und schaute sehnsüchtig in den Zug. Sie konnte ihre Mutter hinter dem geschlossenen Fenster nicht entdecken. Traurig verfolgte sie das Einladen der Gepäckstücke. Sie sah den ehemals weißen Kissenbezug, in den die Mutter die Wäsche gepackt hatte. Jetzt, als er in den Zug geschmissen wurde, war er rußig schwarz. Elisabeth begriff nicht, was geschah. Warum konnte sie nicht bei ihrer Familie bleiben? Gehörte sie nicht mehr dazu, nur weil sie schon vierzehn Jahre alt war?

Schwer wie einen Stein fühlte Elisabeth ihr Herz in der Brust. Ihre Kehle war wie zugeschnürt. Ihre Augen schwammen in Tränen und machten sie blind. Ein wilder Schmerz zerriss ihr Inneres.

Die im achten Monat schwangere Bertha mit ihren drei Kindern hatte es sich, so gut es ging, auf den harten Holzbänken bequem gemacht. Magdalena, ihre Jüngste, die sie zwischen sich, Irma und Alma gesetzt hatte, war wieder von ihrem Sitz gerutscht und umklammerte quengelnd die Knie ihrer Mutter. Sie wollte unbedingt auf ihren Schoß.

Die aufgestaute Hitze in dem Abteil ließ Bertha die Kleider am Körper kleben.

„Wenn du nicht gleich brav bist, kriegst du eine auf den Hintern. Ich werde noch wahnsinnig mit dir", stieß sie gereizt zwischen den Zähnen hervor.

Der Fußmarsch von Hilst zur Trulber Mühle hatte sie an den Rand der Erschöpfung gebracht. Sie hatte keine Kraft mehr, das Kind auf die Knie zu nehmen. Das Gezänke der Kleinen ging ihr auf die Nerven. Schließlich gab sie Magdalena einen Klaps auf den Hintern. Prompt heulte diese nun jämmerlich. Vorwurfsvolle Blicke von einigen Leidensgenossinnen veranlassten die Mutter ihre Jüngste – unter Stöhnen und nicht gerade sanft – wieder neben sich auf die Bank zu setzen.

Die übermüdeten Kleinen stellten die Mütter auf eine harte Probe. Hatte sich eines beruhigt, fing das nächste Kind an zu jammern.

Um siebzehn Uhr fuhr der Zug aus dem Pirmasenser Bahnhof, und es trat für eine kurze Zeit eine trügerische Ruhe ein. Bertha dachte an ihre Älteste. Nur kurz hatte sie Elisabeth beim Abschied in die Arme genommen und war dann schnell in den Zug gestiegen, bevor der Abschiedsschmerz auch sie überwältigen konnte. Wie mochte es ihr jetzt gehen? Sie hoffte, dass sie sich bei Katharina und ihren beiden Kindern nicht ganz verlassen fühlen würde.

Bertha plagte das Gewissen; verzweifelt fragte sie sich, was sie hätte tun können. Vor der Abfahrt an der Trulber Mühle hatte sich Bertha nur kurz von ihrer Schwester verabschieden und sie bitten können, Elisabeth bei sich aufzunehmen. Der Mann von Katharina war sicher nicht begeistert, noch einen Mitesser in die Familie zu bekommen. Sie tröstete sich mit dem Gedanken, dass Elisabeth sicher bald nachkommen konnte.

Das laute Stöhnen einer Hochschwangeren schreckte sie aus ihren Grübeleien. Die Wehen hatten bei der jungen Frau eingesetzt. In den Pausen erzählte sie, welche Angst sie vor der Geburt hatte und dass sie ihr erstes Kind erwartete. Bertha wurde es ganz mulmig. Was, wenn es bei ihr auch losging? Bei all der Aufregung, wen würde es wundern! Was würde dann mit ihren Kindern geschehen? Bertha betete leise und flehte die Mutter Gottes an, dass sie es bis ans Ziel durchstand.

Die Krankenschwester hatte verkündet, dass der nächste Halt in etwa einer Stunde in Mannheim sein würde. Unruhe breitete sich wieder im Abteil aus. Zu dem Kindergeschrei mischte sich das in Intervallen auftretende, laute Stöhnen der Gebärenden.

Als der Zug in Mannheim ankam, hatten die Wehen der Frau schon beängstigend an Häufigkeit und Intensität zugenommen. Sie war noch so jung und Bertha hätte ihr gewünscht, ihr erstes Kind unter anderen Umständen zur Welt bringen zu können. Die Schwester half ihr beim Aussteigen. Sicher würde sie gleich in ein Krankenhaus gebracht werden.

Sie setzten die Fahrt fort und durch das gleichmäßige ta-tam, ta-tam, ta-tam, das die Räder auf den Schienen verursachten, fielen die Kinder wieder in einen unruhigen Schlaf und Bertha ins Nachdenken.

Was war der Hitler nur für ein Mensch? Er war Katholik und hatte doch seinem Innenminister erklärt, einen Kulturkampf führen zu wollen, dass den Katholiken Hören und Sehen vergehe. Schon 1937 war Elisabeth von der Schule gekommen und hatte erzählt, dass kein Kreuz mehr in der Schule hinge und sie auch nicht mehr beteten. Na, und dieser Goebbels hatte verkündet, dass der Nationalismus nicht nur eine Weltanschauung sei, sondern die allein wahre Religion. Ihre Überlegungen wurden durch das Wimmern und Jammern der Kinder unterbrochen. Sie waren hungrig, und der kurze Schlaf war nicht wirklich erholsam gewesen.

Gegen Mitternacht kam der Zug am Frankfurter Hauptbahnhof zum Stehen. Auf die Frage, ob hier ihr Bestimmungsort sei, versuchte die Krankenschwester beschwichtigend einzugehen. Als die Frauen hörten, dass sie sich nur für eine Nacht in Frankfurt aufhalten würden, stöhnten sie laut auf. Hatten sie doch geglaubt, die Strapazen der Reise hinter sich zu haben. Sie rempelten sich an und warfen mit Kraftausdrücken um sich. Die Kleinen bekamen wegen jeder Kleinigkeit einen Klaps auf den Hintern.

Hitlerjugend und Frauenschaft halfen ihnen beim Aussteigen. Sie begleiteten sie zur Straßenbahn, die zu einem Schulhaus fuhr, in dem sie für die Nacht untergebracht wurden. Dampfender Eintopf stand dort für sie bereit. Die Kinder waren froh, endlich ein warmes Essen zu bekommen und langten kräftig zu. Ihre Mütter hatten keinen Appetit, sie suchten nur nach einer Möglichkeit, die geschwollenen Beine hochzulegen.

Sie waren dankbar, als man sie in einen mit Feldbetten ausgestatteten Schulsaal brachte, auf denen sie sich ausstrecken konnten. Hinter Berthas Stirn pochte und hämmerte es wie in einer Schmiede. Ihr Kopf fühlte sich an wie in eine Schraubzwinge gepresst.

Am Morgen des ersten Septembers sammelten sich alle müde und zerschlagen an der Straßenbahnhaltestelle. Sie hatten ohne Frühstück aufbrechen müssen. Am Bahnhof jedoch wurden sie von Hitlerjugend und NS-Frauenschaft mit Tee und Broten versorgt.

Diesmal stieg eine Kindergärtnerin mit in den Zug, so dass die Mütter ein wenig entlastet waren.

Einige Frauen klagten sich ihr Leid, doch die meisten saßen mit leerem Blick da, wie Tiere, die man zur Schlachtbank führt. Die Landschaft, die an ihnen vorbeizog, interessierte sie nicht, sie unterschied sich ohnehin kaum von der, die sie kannten. Bertha hatte noch immer höllische Kopfschmerzen, und nichts wäre ihr lieber gewesen, als in einem ruhigen, dunklen Raum zu liegen.

Sie näherten sich Aschaffenburg. Als der Zug in den Bahnhof einfuhr, war der Bahnsteig voller Menschen. Sie bestürmten die Aussteigenden mit Fragen: „Woher kommt ihr, musstet ihr euer Zuhause wirklich verlassen und durftet nur das Nötigste mitnehmen?"

Natürlich mussten sie. Dümmere Fragen fielen den Neugierigen wohl nicht ein.

In Gesprächen erfuhren sie, dass es nicht der erste Zug war, der vollbesetzt mit Menschen, die im Zeichen der Rückführung ihr Zuhause verlassen mussten, hier anhielt. Rückführung hörte sich gut an, so als würden sie in ihre Heimat zurückkehren, dabei bedeutete das Wort für sie, Heim und Herd zu verlassen!

Sie erfuhren auch, dass Hitler am Morgen eine „Proklamation an die Deutsche Wehrmacht" gerichtet hatte, die als Sondermeldung über den Rundfunk ausgestrahlt worden war. In der Ansprache vor dem Deutschen Reichstag hatte er den Angriff auf Polen gerechtfertigt und verkündet: „Seit 5:45 Uhr wird zurückgeschossen."

Die Frauen waren schockiert.

„Wenn das nur ja nicht in einem Weltkrieg endet", wurden Befürchtungen laut. Sie alle hatten den Ersten Weltkrieg erlebt und ihnen schauderte davor, nochmals durch ein solches Jammertal gehen zu müssen.

Im Bahnhofsrestaurant bekamen sie ein Mittagessen mit Bratenfleisch, Wirsing und Kartoffeln. Sie waren hungrig, und doch wollte ihnen das Essen nicht schmecken, denn die Nachricht hatte ihnen den Appetit verdorben. Die Kinder allerdings waren glücklich, sich die Bäuche vollschlagen zu können. Bertha wäre danach gerne noch ein wenig auf dem Bahnsteig in der frischen Luft auf und ab gegangen, doch der Zug wartete nicht. Der Schaffner rief: "Alles einsteigen!", also kletterten sie wieder hinein und setzten sich auf die harten Holzbänke.

Die Fahrt bis zum nächsten Halt dauerte nur circa eine Stunde. Über den Dächern von Würzburg stand noch immer eine flirrende Sonne, als der Zug in den Bahnhof einfuhr. Doch so zerschlagen, wie sie sich fühlten, meinten sie, Stunden in dem stickig heißen Abteil mit den Ausdünstungen der Reisenden verbracht zu haben.

Die Frauen und Kinder quälten sich über die schmalen, hohen Tritte hinunter auf den Bahnsteig. Sie atmeten die Luft, die vom Kohlegeruch der Heizkessel geschwängert war, und genossen sie, als sei es würzige Waldluft. Aus dem Volksempfänger des Bahnhofrestaurants, in dem die Frauen sich mit Getränken versorgen konnten, dröhnte überlaut Marschmusik. Bei vielen der Frauen vermischten sich Tränen mit dem Schweiß, der ihnen übers Gesicht lief.

Auch Berthas Nerven lagen blank. Ihre Kopfschmerzen wollten nicht nachlassen. Sie setzte sich mit ihren Kindern an einen Tisch, und ohne etwas dagegen tun zu können, brach sie in hemmungsloses Weinen aus.

Irma und Alma schauten hilflos und schuldbewusst drein, sie hatten doch nichts getan. Magdalena klammerte sich an die Mutter und weinte mit ihr.

Bestürzt beobachtete eine Angestellte die schwangeren Frauen, die sich erschöpft an den Tischen niederließen. Sie fragte Bertha voller Mitleid, ob sie ihr helfen könne. Die Bedienung freute sich, dass sie Wünsche aufgetragen bekam und nicht hilflos das Leid mit ansehen musste. Sie verschwand, um kurze Zeit später mit einer Schüssel kaltem Wasser wiederzukommen, in die Bertha die Arme bis zu den Ellbogen eintauchte. Dankbar schluckte sie die Schmerztablette, die die Angestellte ihr mit einem Glas Wasser reichte. Sie entschuldigte sich für die Umstände, die sie machte, und bat die freundliche Kellnerin, das Radio auszuschalten oder wenigstens leiser zu drehen. Sie konnte die Marschmusik nicht mehr ertragen. Nur langsam erholte sie sich wieder.

Auf der weiteren Fahrt drängten sich immer mehr Soldaten auf den Bahnsteigen. Junge Burschen, kaum zum Mann geworden, winkten fröhlich ihren Mädchen und Frauen zu, die zurückbleiben mussten. Bertha dachte an ihre Brüder, die einst auch unternehmungslustig in den Krieg gezogen waren.

„Wie viele werden diesen überleben? Haben die Machthaber den letzten Krieg schon vergessen, der Millionen von Menschenleben gefordert hat?", fragte sie sich.

Der zweite Tag ihrer Reise ins Ungewisse endete am späten Abend in Bad Brückenau in der Rhön. Wieder standen Hitlerjugend und Frauenschaft bereit, sie in Empfang zu nehmen und zu helfen, das Gepäck und die kleineren Kinder zu tragen. Störrisch weigerte sich Magdalena; niemand Fremdes durfte sie berühren, geschweige denn auf den Arm nehmen, und Bertha fehlte die Kraft, sie zu tragen. Den Kopf belastet mit düsteren Gedanken, trotteten die Frauen niedergedrückt ihrem Ziel entgegen. Nach circa zehn Minuten kamen sie im Kurhaus an, ihrer vorläufig letzten Bleibe.

Ein Kreisleiter nahm sie mit freundlichen Worten in Empfang: „Da Sie alle arische, deutsche Frauen sind, die dem Vaterland Kinder schenken, verspreche ich, dass es Ihnen hier gut gehen und man sich Ihrer annehmen wird."

Bertha blickte in die Gesichter ihrer Leidensgenossinnen, in denen sie ihre eigenen Gedanken las: „Geburtsmaschinen sind wir, und dass wir arisch sind, hat uns nicht davor bewahrt, unser Heim, Kind und Mann zurücklassen zu müssen und die beschwerliche Reise auf uns zu nehmen, ohne zu wissen, ob wir je wieder zusammen in unser Zuhause zurückkehren werden." Doch das laut auszusprechen, hätte keine gewagt.

Den Einmarsch in Polen und die eventuellen Folgen erwähnte der Kreisleiter mit keinem Wort. Aber seit Aschaffenburg beschäftigte sie alle genau das am meisten.

Die Kurgäste mit Nierenleiden, die bisher wegen der heilenden Wirkung der Quellen hier untergebracht waren, hatten das Heim räumen müssen, um den Schwangeren, die aus vielen Ecken Deutschlands hierher gebracht wurden, eine Bleibe zu bieten. Ihr Gepäck lag schon auf einem großen Haufen in der Eingangshalle. Ein Arzt schaute sich jede der Ankommenden an, bevor sie in ihre Zimmer geführt wurden. Seine Feststellung: "Frau Scholz, Sie werden wohl die Erste sein, die ihr Kind hier zur Welt bringt", nahm Bertha gelassen auf. Sie war ja schon glücklich, die Reise überstanden zu haben. Sie hoffte nur, sich von den Strapazen noch eine Nacht erholen zu können, bevor sie niederkam.

Beglückt, in dem zugewiesenen Zimmer ein Waschbecken vorzufinden, ließ sie sich ausgiebig kaltes Wasser über Hände und Arme laufen. Aufstöhnend streckte sie sich danach auf einem der Betten aus. Die Kinder wies sie an, sich an den kleinen Tisch zu setzen, der in einer Ecke des Zimmers stand, und sich für ein paar Minuten still zu verhalten. Bertha fielen vor Erschöpfung sofort die Augen zu.

Ein Klopfen an der Tür und die Aufforderung, sich im Speisesaal einzufinden, ließen sie hochschrecken. Sie blickte in den Spiegel, der eine ganze Tür des Kleiderschranks bedeckte. Zum ersten Mal sah sie ihr Ebenbild von Kopf bis Fuß. Erschrocken über ihre Unförmigkeit drehte sie sich davor und fand sich von allen Seiten gleich unansehnlich, so dass sie den Spiegel am liebsten zugehängt hätte.

In der Ecke entdeckte sie einen Toiletteneimer, das hieß, sie und die Kinder mussten nicht über den Hof laufen, um ihre Notdurft zu verrichten. So viele Annehmlichkeiten ließen sie aufatmen, und für eine Weile konnte sie alle quälenden Gedanken unterdrücken.

Im Speisesaal, in dem man sich zum Abendbrot einfand, kam sie aus dem Staunen nicht heraus.

Rundum an den Wänden hingen Spiegel. Einen solchen Luxus hatte sie noch nie gesehen. Erschlagen von den Eindrücken, die sie umgaben, setzte sie sich an einen Tisch. So konnte sie die ziehenden Schmerzen im Rücken leichter ertragen.

Das Leben, das in ihr wuchs, trat und drängte nach unten. Sie musste eine von den vielen Bediensteten, die hier herumwuselten, um eine Unterlage für ihr Bett bitten, falls sie in der Nacht niederkommen sollte. Sie wollte nicht gleich das Bett beschmutzen und sich unbeliebt machen.

Ihre Kinder wunderten sich über den mit Aufschnittplatten und Salatschüsseln gedeckten Tisch. Das Brot war schon aufgeschnitten, nicht wie zu Hause, wo ihre Mutter immer nur eine Scheibe abschnitt, die gleich gegessen wurde. Auch Bertha lief beim Anblick des appetitlich gedeckten Tisches das Wasser im Mund zusammen.

Gesättigt und todmüde gingen alle zurück auf ihre Zimmer. Von ruhig schlafen konnte jedoch keine Rede sein. Die Schreie einer Siebzehnjährigen, die ihr Kind gebar, hallten durchs Haus. Der Mediziner kannte sich wohl eher mit Nierenkrankheiten aus. Bertha musste noch einen Monat auf die Geburt ihres fünften Kindes warten.

Am Tag nach der Ankunft, als die Frauen sich langsam von den Anstrengungen der Reise erholten, waren die Ängste und Befürchtungen, die auf ihnen lasteten, fast mit Händen zu greifen. Die Bediensteten waren freundlich und taten alles, um den Frauen den Aufenthalt angenehm zu machen. Sie ließen sich jedoch auf kein Gespräch ein, das die politischen Vorkommnisse zum Thema hatte.

Zwei Tage später, am dritten September 1939, vernahmen sie dann aus dem Volksempfänger, der im Speisesaal aufgestellt war, dass die Engländer und die Franzosen, als Folge des Einmarsches in Polen, Deutschland den Krieg erklärt hatten. Die Befürchtungen, die sie schon auf ihrer Reise hatten, waren nun Realität: Der Zweite Weltkrieg war ausgebrochen.

Angstvoll standen die Frauen beisammen und teilten sich ihre Sorgen mit, die sie plagten. Ob sie ihre Männer und ihre Heimat je wiedersahen? Wie lange der Krieg wohl dauern würde? Fragen, auf die keine eine Antwort wusste und alle belasteten. Bertha zermarterte sich täglich das Hirn über das Schicksal von Elisabeth. Zweifel, dass sie nicht entschiedener verlangt hatte, dass sie bei ihr bleiben durfte, quälten sie. Wie konnte sie das Mädchen allein zurücklassen? Was würde nun passieren, jetzt, da Krieg herrschte? Würde sie Elisabeth je wiedersehen? Fragen, nichts als Fragen.

Dem Nichtstun und Verwöhntwerden in den Folgetagen, das die wenigsten von ihnen je zuvor erfahren hatten, konnten die Frauen keine rechte Freude abgewinnen. Jeden Tag stand Gemüse oder Salat auf dem Speiseplan. Mitten in der Woche wurde Fleisch serviert. Niemand musste hungrig vom Tisch aufstehen und das, obwohl sie sich im Krieg befanden. Ein schlechtes Gewissen meldete sich bei manchen Frauen, wenn sie an die Männer an der Front dachten, denen es sicher nicht so gut ging.

Zu dem Heim gehörte ein Kindergarten, den die Kleinen mit Begeisterung besuchten. Für viele von ihnen war es das erste Mal. Nur wenige waren nicht zu bewegen, ihre Mütter für ein paar Stunden zu verlassen. Darunter war auch Magdalena, sie schrie wie am Spieß, sobald ihre Mutter aus der Tür ging. Nach zwei Versuchen gab Bertha auf und nahm sie wieder mit. Eigentlich war es gut so, denn Magdalena lenkte sie ab und sie dachte nicht so viel an Zuhause.

Ein riesiger Park, in dem man darauf achten musste, sich nicht zu verlaufen, umschloss das Gebäude, in dem sie untergebracht waren. In Pirmasens war Bertha auch oft am Stadtpark vorbeigekommen, doch nie hatte sie Zeit gehabt, einmal durchzulaufen. Nun machte sie die Erfahrung, dass es erholsam war, unter hohen Bäumen zu spazieren. Die vielen Bänke, meist in Nischen aus Hecken und Sträuchern aufgestellt, luden sie zum Sitzen ein, wenn der dicke Bauch sie allzu sehr belastete. An den Quellen, aus denen Heilwasser sprudelte, standen Gläser bereit, so dass man stets den Durst löschen konnte.

Täglich schlenderte Bertha mit Magdalena durch die Anlage und traf sich dort mit den anderen Frauen. Der Krieg war das allgegenwärtige Thema. Sie sprachen über die Heimat und fragten sich, wie es dort jetzt aussah: War noch jemand in den Grenzdörfern? Oder waren es Geisterdörfer geworden?

Bertha kam nun erst recht zum Nachdenken, alles war so schnell gegangen, als sie ihr Bündel packen und mit den Kindern ihr Zuhause verlassen musste. Schon war da auch wieder der Gedanke an Elisabeth. Warum hatte sie sich nicht geweigert, ohne sie fortzugehen und stattdessen den Worten des Bürgermeisters vertraut, die ihr noch im Ohr klangen? „Die übrigen Bewohner müssen in den nächsten Tagen in Sicherheit gebracht werden. Niemand darf mehr hier sein, wenn die Franzosen angreifen. Elisabeth wird also bald nachkommen, mach dir mal keine Sorgen."

Sie hatte nicht glauben wollen, dass ihre französischen Nachbarn Hilst angreifen und auf Freunde und Verwandte schießen würden. Über die Schießübungen vom nur elf Kilometer entfernten Truppenübungsplatz bei Bitsch hatte sie nie nachgedacht, da sie sie schon hörte, solange sie denken konnte. Natürlich musste sie die Grenze zu Lothringen überschreiten, wenn sie ihren Bruder in Roppeviller oder ihre Tanten in Liederschiedt und Haspelschiedt besuchte, aber es gab nie Probleme.

Warum konnte nicht alles so bleiben, wie es war? Sie dachte an ihren Bruder Jakob – es war gut, dass er vor Kurzem mit seiner Frau aus dem Lothringischen nach Pirmasens gezogen war. Berthas Gedanken schweiften auch zu ihrer Schwester

Marie in Straßburg und ihrer Schwägerin, die nach Frankreich geheiratet hatte. Wie mochte es ihnen gehen? Sicher waren auch sie bestürzt über die Lage, die durch den Krieg eingetreten war.

Ihre Gedanken schlugen Purzelbäume: „Wo wird Elisabeth jetzt sein, und wie mochte sie sich fühlen? Und Reinhard, wo ist er?"

Immer öfter begegnete Bertha Männern, die ihre Frauen besuchten. Sie wagte, den einen oder anderen anzusprechen und nach Reinhard zu fragen, doch die Antwort war immer negativ. Mit jedem Tag, der verging, wurde sie ungeduldiger. Die Kurverwaltung, bei der sie vorsprach, konnte ihr auch keine Auskunft geben.

Dem Luxus, der Bequemlichkeit und dem Verwöhntwerden konnte sie keine Freude mehr abgewinnen, solange sie nicht wusste, wo die beiden waren und ob sie sie je wiedersehen würde.

Im Jahr 1939
Elisabeth

Der Busfahrer ließ mich einsteigen mit den Worten: „Na, komm schon, Mädchen, du siehst deine Mutter bestimmt bald wieder. Erzähl mal, wer wird sich jetzt um dich kümmern?"

Ich war froh, nicht mehr alleine zu sein, und erzählte ihm, dass ich nun bei meiner Tante wohnte und dass mich ihr Sohn Erhard beschützte, wenn die anderen Kinder mich ärgerten.

„Er kommt oft mit mir, wenn ich im nahen Wald Holz sammeln muss. Dann klettern wir auf Bäume, am liebsten auf junge, biegsame. Jeder versucht, seinen am meisten zum Schwingen zu bringen. Einmal ist einer abgebrochen, aber es ist nichts passiert. Der Waldboden ist ja weich wie ein Kissen."

Der Fahrer steckte sich eine Zigarette in den Mundwinkel, ohne sie anzuzünden.

„Als Mädchen solltest du besser mit Puppen spielen. Das ist weniger gefährlich", murmelte er. Ich blieb ihm darauf keine Antwort schuldig.

„Ich spiele lieber mit den Jungen. Die Mädchen sind gemein. Aber ich weiß, wie ich mich wehren kann. Letztens, als es stark geregnet hatte und Pfützen auf den Straßen standen, bin ich mit beiden Füßen hineingesprungen", erzählte ich und lachte laut auf, als ich daran dachte. „Wie begossene Pudel sind die Mädchen schreiend davongerannt und haben mich in Ruhe gelassen. Daheim bekam ich zwar Schläge, weil ich ja auch nass war, aber das hat mir nichts ausgemacht."

Der Fahrer warf mir einen erstaunten Blick zu.

„Die dummen Gänse glauben, weil ich kleiner bin als sie, würde ich sie nicht packen. Doch ich bin gelenkig; wenn ich ihnen von hinten auf den Rücken springe, können sie gar nichts mehr machen", sagte ich gehässig.

Der Fahrer hatte in der Zwischenzeit seine Zigarette angezündet und paffte den Rauch aus dem heruntergekurbelten Fenster.

„Aber was tun sie dir denn, dass du so kratzbürstig bist? Ich dachte, dass du ein ruhiges, braves Mädchen bist. Da habe ich mich wohl getäuscht." Traurig senkte ich den Blick.

„Wenn sie mich in Ruhe lassen würden, wäre ich bestimmt brav. Warum müssen sie mir ‚Bankert' nachrufen und mich hänseln, weil ich keinen richtigen Vater habe? Warum lassen sie mich nie mitspielen?" Die Worte sprudelten aus mir heraus, und ich kämpfte mit den Tränen. Ich wollte nicht, dass der Mann mich für eine Kratzbürste hielt. Er war so freundlich zu mir, dass ich am liebsten immer weiter mit ihm durch die Gegend gefahren wäre. Leider musste ich aussteigen, da wir an der Trulber Mühle angekommen waren.

Aufmunternd nickte er mir zu: „Kopf hoch, wird schon alles gut werden."

Ich trottete bergan und überlegte, mich einfach an den Wegrand zu setzen und gar nicht mehr weiterzugehen; es würde mich ja doch keiner vermissen.

Die Hecken und Sträucher längs des Weges gaben die aufgestaute Wärme des Tages ab, doch mich fröstelte. Die Einsamkeit schnürte mir die Kehle zu. Schon wieder musste ich heulen. Das salzige Nass vermischte sich mit dem Rotz, der mir aus der Nase lief. Ich vermisste Mutter, die jetzt mit mir schimpfen würde. In meinem Kopf hörte ich sie sagen: „Hast du kein Taschentuch? Hör auf, die Nase hochzuziehen."

Ich zupfte ein paar übriggebliebene Brombeeren von den dornigen Ranken und schob sie mir in den ausgetrockneten Mund. Die Süße vertrieb den bitteren Geschmack, der darin nistete, und das stachelige Gestrüpp zerkratzte meine Arme. Der Schmerz tat mir gut. Die Vögel lärmten aufgeregt im Geäst, sie waren auf der Suche nach einem Schlafplatz für die Nacht.

Erschrocken merkte ich, dass die Dämmerung schon über den Baumwipfeln hing. Katche-Tante wusste nicht, dass ich mit nach Pirmasens gefahren war. Wenn ich erst bei Anbruch der Dunkelheit bei ihr ankam, handelte ich mir gleich den ersten Ärger ein.

Bestimmt war sie ohnehin nicht begeistert, dass sie mich aufnehmen musste. Gleich würde ich das Haus erreichen, das direkt am Waldrand stand. Mit drei Stuben und einer Küche war es zwar klein, aber es war das Eigentum meines Onkels, worauf er mächtig stolz war. Neidisch dachte ich, dass mein Stiefvater es bestimmt nie schaffen würde, für uns ein Häuschen zu bauen.

Außer Atem, weil ich das letzte Stück gerannt war, betrat ich die Küche, in der Emma, Erhard, Katche-Tante und mein Onkel um den Tisch saßen, wo sie gerade zu Abend gegessen hatten. Mein Onkel, ein hagerer großer Mann, dessen Haar schon ergraut war, starrte mir so finster entgegen, dass mir das Herz in die Kniekehlen sank. Die Nase ragte aus seinem Gesicht, als wolle er damit etwas aufpicken.

Schon ging die Schimpfkanonade meiner Tante auf mich nieder: „Wo hast du dich die ganzen Stunden herumgetrieben? Glaub' nur nicht, dass du jetzt, wo deine Mutter nicht da ist, machen kannst, was du willst."

Der Alte musste natürlich noch eins draufsetzen: „Wir haben schließlich die Verantwortung für dich."

Es machte mir nichts aus, dass sie schon gegessen hatten, aber ich ärgerte mich über meine Cousine, die am Tisch saß und hämisch grinste. Sie war hässlich wie ihr Vater, mit genauso einem Zinken im Gesicht.

Erhard, der einzige aus der Familie, den ich uneingeschränkt mochte, zwinkerte mir beruhigend zu. Er war es gewohnt, dass er seinem Vater nie etwas recht machte und ständig den großen Bruder als Beispiel vorgehalten bekam.

„Von August solltest du dir eine Scheibe abschneiden. Der ist ein Mann und nicht so ein Bürschelchen wie du. Nur schade, dass er in Ulm stationiert ist und ich ihn so selten sehe. Ich hoffe nur, dass es nicht zum Krieg kommt und er mit dem Gewehr in der Hand unser Land verteidigen muss."

Solche und ähnliche Sätze bekam Erhard von seinem Vater immer wieder zu hören. Meine gestammelte Erklärung, weshalb ich so spät war, wollte keiner hören.

Mich raunzte mein Onkel nun an: „Mach, dass du fortkommst und die frischen Lebensmittel holst, die ihr noch zu Hause habt, die sonst ja doch verderben."

„Deine Wäsche und Kleider kannst du auch gleich mitbringen", rief mir meine Tante hinterher.

Mir knurrte der Magen, ich wollte mich hinsetzen und etwas essen, wagte aber keine Widerrede.

Leere und Verlassenheit schlugen mir entgegen, als ich in unsere Wohnung trat. Der Stiefvater, der am Tisch saß, den Kopf auf die Hände gestützt, verstärkte den Eindruck. Ich kramte meine Sachen zusammen. Traurig schaute ich mich nochmals in Schlafzimmer und Küche um, so als müsste ich das Bild für immer in mir tragen. Mit Erstaunen sah ich die zuckenden Schultern des Mannes und die Tränen, die auf die Tischplatte tropften. Ich musste ein paar Mal kräftig schlucken, um das Mitleid mit ihm zu unterdrücken. Wer bedauerte denn mich? Er doch schon gar nicht. Er schikanierte mich doch, wo er nur konnte. Ohne Gruß ging ich aus der Tür und trottete zurück. Viele Dorfbewohner standen oder saßen noch vor ihren Häusern und tratschten.

Ein fremder Mann fuhr auf einem Motorrad durch den Ort und wirbelte den trockenen Sand der Straße auf. Vor jedem Haus hielt er an, um den Bewohnern irgendwas mitzuteilen. Evakuieren war ein Wort, das ich immer wieder aufschnappte und das mich neugierig machte. Ich rannte den restlichen Weg.

„Katche-Tante, was ist Evakuieren?", wollte ich wissen.

„Dass wir jetzt packen und morgen ganz früh aufstehen, um unser Dorf zu verlassen. Weiß der Teufel für wie lange und wo man uns hinbringt. Geht das in deinen Kopf?", antwortete sie mir kurz angebunden. Gerne hätte ich gesagt: „Es gibt Dümmere in diesem Haus als mich", doch ich verkniff mir die Bemerkung.

„Und jetzt gib mir die Eier, dass ich sie abkoche für unterwegs. Ich schneide dir noch eine Scheibe Brot, da du ja zum Abendessen sonst wo gesteckt hast. Wenn du sie gegessen hast, verschwindest du sofort ins Bett. Und pass auf, dass du Emma nicht weckst."

Ausgehungert schlang ich das Brot herunter und schlüpfte dann vorsichtig zu meiner Cousine unter die Decke. Unruhig wälzte ich mich von einer Seite auf die andere, bis sie mich anschnauzte: „Wenn du jetzt nicht ruhig liegen bleibst, werfe ich dich raus, dann kannst du vor dem Bett schlafen."

Gehorsam und steif wie ein Stock lag ich an die Wand gepresst neben ihr. Ich konnte die Bilder des Tages nicht loswerden. Sie tauchten vor meinen Augen auf und ließen sich nicht verscheuchen: meine Mutter, wie sie mit meinen Geschwistern in den Zug stieg. Der weiße Kissenbezug, vom Transport rußgeschwärzt, auf dem Gepäckhaufen. Mein Stiefvater, wie er am Tisch saß und weinte. Der Mann auf dem Motorrad.

Ich glaubte überhaupt noch nicht geschlafen zu haben, als meine Tante uns weckte. Mit einem Satz war ich aus den Federn.

„Nichts wie rein in die Kleider, nur nicht trödeln. Dem Onkel keinen Anlass geben zu meckern", dachte ich. Er zeigte mir auch so schon deutlich, was er von meiner Anwesenheit hielt.

Als wir beim Frühstück saßen, durchbrach kein Lachen, aber auch kein Streiten die gedrückte Stimmung. Ständig stand jemand auf, weil ihm noch etwas eingefallen war, was er mitnehmen wollte.

Der Onkel ermahnte uns: „Ihr müsst essen, wer weiß, wann wir wieder etwas zwischen die Zähne bekommen werden. Sowieso geht alles kaputt, was wir zurücklassen. Am besten macht ihr euch alle noch ein Proviant-Päckchen für unterwegs. Mach für mich auch eins mit, Frau."

Immer konnte er nur kommandieren, war aber zu blöd, jemandem zuzuhören. Als wir die Koffer und Kissenbezüge, die unsere Habseligkeiten enthielten – fünfzehn Kilo durfte jeder mitnehmen – nach Eppenbrunn geschleppt hatten, standen die anderen Leute aus Hilst schon bei der Sammelstelle und schauten uns mitleidig entgegen. „Habt ihr den Bus verpasst?", wollten sie wissen. Der Motorradfahrer hatte den Leuten gesagt, dass am Morgen ein Bus von Hilst nach Eppenbrunn fahren würde.

„Blöder Onkel", dachte ich erneut. „Entweder hatte er dem Mann nicht zugehört, oder er befürchtete, dafür bezahlen zu müssen, der alte Knauser."

Die Alten und die Kinder wurden auf Leiterwagen verteilt, die von Ochsengespannen gezogen wurden. Und ich, das wusste ich seit gestern, war mit vierzehn Jahren kein Kind mehr. So musste ich, wie die anderen, die keinen Platz mehr auf dem Wagen fanden, zu Fuß gehen. Wir marschierten durch dichten Wald, auf der stetig ansteigenden Landstraße, die uns nach circa dreißig Kilometern nach Leimen führte, unserem vorläufigen Ziel. Zur Rast, die wir am Mittag machten, bogen wir in einen Waldweg ein. Die Sonne stand hoch und hatte uns erhitzt. Wir hörten einen Bach plätschern und waren überglücklich, als es uns gelang, Hände und Füße hineinzutauchen.

Am liebsten wäre ich auf dem Waldweg weitergelaufen. Wie verwunschen standen unbeweglich die hohen Tannen, und die

Sonnenstrahlen, die sich durch die Äste stahlen, warfen Lichtkringel auf den Boden. Totholz, überwuchert mit Moos, lag zwischen Hecken wie schlafende Fabelwesen. Aber natürlich musste ich, als die Rast vorbei war, mit den anderen weitermarschieren. Ich holte Katche-Tante ein, die ein paar Meter vor mir ging.

„Was meinst du, werde ich heute Abend wieder bei Mutter sein?", fragte ich sie.

„Aber Elisabeth, wo denkst du hin? Wir legen in Leimen nur eine Übernachtung ein, dann geht es wieder weiter. Deine Mutter wirst du also dort nicht finden."

Ich ließ den Kopf hängen. Lustlos bewegte ich mich vorwärts, so dass ich bald ans Ende der Kolonne zurückfiel. Auch Erhard wurde langsamer. Als er neben mir war, nahm er mich bei der Hand wie ein großer Bruder und führte mich. Schluchzend erklärte ich ihm, wie sehr ich gehofft hatte, meine Familie heute wiederzusehen.

Er drückte meine Hand fester und tröstete mich: „Es tut mir so leid, dass du nicht bei ihnen sein kannst, aber wirst sehen, in ein paar Tagen seid ihr sicher wieder zusammen. Während dieser Zeit musst du dich mit mir als deinem Ersatzbruder zufriedengeben."

Schon brachte ich ein verkrampftes Lächeln zustande. Der schlaksige Junge von fünfzehn Jahren schaffte es fast immer, mich aufzumuntern.

Schlaglöcher, Pferdeäpfel und Kuhfladen machten es ratsam, den Blick auf die Straße zu richten. Ich fragte mich, wie viele Kilometer wir seit der Mittagsrast schon hinter uns gebracht hatten. Als ob Erhard meine Gedanken erraten hätte, erklärte er: „Also, als wir um die Mittagszeit rasteten, waren wir durch Langmühle gekommen, weißt du, wo uns fast vor jedem Haus ein Hund anknurrte oder -bellte und wir schneller liefen. Obwohl die Köter angekettet waren, hatten wir ein mulmiges

Gefühl. Kurz vor Lemberg waren wir dann in den Waldweg eingebogen, wo wir uns am Buchbach abkühlten und etwas aßen. Ich denke, da hatten wir ungefähr fünfzehn Kilometer zurückgelegt." Erhard schaute auf zur Sonne, um zu sehen, wie viel sie gewandert war. „Garantiert marschieren wir schon wieder zwei Stunden, bald müsste Münchweiler zu sehen sein. Hörst du das Plätschern? Es kommt von der Rodalb. Zehn Kilometer haben wir ganz sicher noch vor uns."

Die Auskunft machte mich mutlos. Meine Beine waren schwer wie Blei.

Aus dem Wiesental rechts der Straße drang das Rauschen des Baches zu uns herauf und weckte übermächtig das Verlangen in mir, die Schuhe auszuziehen und meine Füße von kühlem Wasser umspülen zu lassen. Doch die Zeit drängte, wir wollten vor Einbruch der Nacht an unserem Ziel ankommen. Schon wieder hatte sich ein Steinchen in meinen Schuh verirrt und ich setzte mich an den Straßenrand, um es zu entfernen. Zufrieden und dankbar stellte ich fest, dass Erhard auf mich wartete, so dass ich nicht alleine hinterher hecheln musste.

Immer weiter schleppten wir uns bergan, dem Leiterwagen folgend, dessen mit Eisen beschlagene Reifen ein metallisches Rumpeln verursachten. Die Wiesen wichen dichtem Wald. Wir waren froh um den Schatten, den er spendete.

Als sich meine Tante nach uns umsah, hatte sie einen hochroten Kopf und ich bemerkte, dass sie sich nur noch kraftlos dahinschleppte. Den meisten Frauen erging es ähnlich, sie kämpften sich abgeschlagen vorwärts. Wie eine Herde Kühe, die stumpfsinnig die Füße einen vor den anderen setzt. Die Männer schienen besser zu Fuß zu sein.

„Was glaubst du, Erhard, werden wir noch einmal eine Pause einlegen? Ich kann nicht mehr! Ich habe Hunger und vor allem Durst, ich könnte eine Wanne austrinken. Wenn wir nicht bald eine Rast machen, setze ich mich alleine hier an die Böschung und ruhe mich aus."

Mein Wunsch nach einem Zwischenstopp erfüllte sich bald; Herr Kupper, der uns immer vorausging, gab das Zeichen zum Anhalten. Die Frauen schlugen sich in die Büsche, um ihre Notdurft zu verrichten, die Männer traten hinter den nächsten Baum.

Herr Kupper ging durch die Reihen und ermahnte uns, sparsam mit den Wasservorräten umzugehen, da wir mit Sicherheit bis zu unserem Ziel noch acht bis zehn Kilometer laufen müssten. Der hatte gut reden, mein Vorrat war aufgebraucht, da gab's nichts mehr zu sparen!

Wenig erholt – nach viel zu kurzem Verschnaufen – setzten wir unseren Trott fort. Der Weg, immer bergan, wollte überhaupt kein Ende nehmen. Vereinzelte Sterne blinkten an dem sich langsam dunkel färbenden Himmel, als wir die ersten Häuser von Leimen erreichten.

Müde und verschwitzt humpelten wir die letzten Meter zu dem Gasthof, in dem wir übernachten sollten. Der Wirt führte uns in den Gastraum, wo wir erschöpft auf die Stühle sanken. Er hatte alle Hände voll zu tun, uns mit Wasser zu versorgen, denn das war das Erste, wonach wir verlangten. Eine kleine, rundliche Frau stellte dampfenden Eintopf auf die Tische. Kaum hatten wir unsere Teller leer gelöffelt, wollten wir unser Nachtlager sehen.

„Irgendwo lang ausstrecken", war mein einziger Gedanke.

Der Wirt zeigte uns den angrenzenden großen Tanzsaal, in dem in Reihen Pritschen mit Wolldecken standen. Er kehrte gleich wieder zurück in den Schankraum, in dem die Männer noch heftig debattierten. Er hatte beim Essen irgendwas von Hitler und „in Polen einmarschiert" erzählt, woraufhin lautstark durcheinandergeredet wurde.

Nachdem ich mich auf einer Pritsche ausgestreckt und mir die Decke über die Ohren gezogen hatte, schickte ich ein Stoßgebet zu Gott. Ich flehte ihn an, dass der morgige Tag nicht wieder so mühsam werden sollte und ich am Abend wieder bei meiner Familie sein würde. Danach hielt mich kein weiterer Gedanke mehr wach.

Anderentags beim Frühstück sagte uns Herr Kupper, dass wir noch einmal etwa die gleiche Strecke wie am Vortag, also circa dreißig Kilometer, zurücklegen müssten.

Enttäuscht fragte ich mich: „Warum bete ich überhaupt, wenn Gott mich doch nicht hört?"

Ein Aufstöhnen war an den Tischen zu vernehmen.

„Aber", meinte er, „ich habe auch eine gute Nachricht. Bis nach Hochspeyer, unserem neuen Ziel, geht es meist bergab." Er drängte zum Aufbruch und ermahnte uns: „Seht zu, dass ihr euch genügend Wasser mitnehmt."

Wieder fragte ich meine Tante nach meiner Mutter.

„Mach dir mal keine große Hoffnung, Elisabeth, ich glaube, du triffst sie auch heute nicht. Wer weiß, was der Einmarsch Hitlers in Polen für Folgen hat."

Nun erzählte auch schon Katche-Tante von dem „Einmarsch", und nicht mehr nur die Männer. Lustlos reihte ich mich in die Kolonne, über die sich ein Netz aus Bangen ausgebreitet hatte.

Erhard versuchte, mich aufzuheitern: „Komm, lass doch den Kopf nicht hängen. Dadurch wird das Laufen nicht leichter. Was hältst du davon, wenn wir ein Lied singen, dann geht's gleich besser. Wie wär's mit ‚Im Frühtau zu Berge wir ziehen, fallera'?"

Er stimmte die Melodie an und ich sang mit. Auch einige Erwachsene stimmten mit ein. Ich staunte, wie viel leichter mir gleich das Laufen fiel. Langsam fand ich wieder in den Trott von gestern.

Als wir in Johanniskreuz ankamen und in einem Gasthof einkehrten, zog ich erleichtert die Schuhe und die Wollsocken von den Füßen. Dicke Blasen hatten sich an meinen Fersen gebildet. Zum Glück hatte Herr Kupper Heftpflaster für den Notfall in seinem Gepäck. Dankbar nahm ich die Stückchen, die er mir davon abschnitt, und klebte sie darüber. Er riet mir zwar davon ab und meinte, ich würde sie besser zuerst aufstechen, doch dazu war ich zu feige.

Nach einer ausgiebigen Rast mit Essen und Trinken machten wir uns erneut auf den Weg. Wolkenberge türmten sich am Himmel und schwüle Luft stülpte sich wie eine Glocke über uns.

Mein kleines Bündel auf dem Rücken trug sich so schwer wie ein Kartoffelsack. Ich hatte das Gefühl, auf der Stelle zu treten. Nur Bäume, soweit das Auge blickte – Wald, nichts als Wald. Stumm, als ob allen die Luft zum Sprechen fehlte, quälten wir uns Kilometer um Kilometer vorwärts. Nur das Gerumpel der Wagen war zu hören.

Obwohl die Straße bergab führte, gelang es mir nicht mehr, in einen gleichmäßigen Schritt zu fallen. Irgendwas pikste mir in den Fuß und die Schuhe rieben an den Fersen. Ich musste sie ausziehen, um nachzusehen.

In meine Socken hatte sich ein Dorn verirrt, und die Blasen an den Fersen waren aufgeplatzt. Unter den Hautfetzen zeigte sich das rohe Fleisch. Ich lief ohne Schuhe zu meiner Tante und klagte ihr mein Leid.

Bevor sie antworten konnte, schnauzte mich mein Onkel an: „Nichts anderes habe ich von dir erwartet, nichts als Schwierigkeiten. Jetzt gehst du eben barfuß, es sind ja höchstens noch vier Kilometer."

Katche-Tante gab Erhard den Auftrag, zu Herrn Kupper zu laufen, der an der Spitze unseres Zuges ging, und ihn zu fragen, ob er noch ein Stückchen Pflaster oder eine Binde hätte. Er kam mit zwei Riemchen Heftpflaster zurück, die ich mir auf die offenen Blasen klebte. Außerdem ließ Herr Kupper die Kolonne anhalten, und ich durfte auf einen Wagen steigen.

„Für die kurze Strecke, die wir noch zurücklegen müssen, wird es wohl gehen. Ihr müsst euch halt noch mehr zusammenquetschen", meinte er.

Wenn es auch sehr eng war auf dem Wagen, so war ich heilfroh, nicht mehr laufen zu müssen. Aber nun nagte das schlechte Gewissen an mir, als ich sah, wie völlig geschafft meine Tante und auch alle anderen waren, während ich auf dem Wagen saß und mich fahren ließ.

In den Fenstern brannte bereits Licht, als wir unser Ziel erreichten. Wir wurden ähnlich wie in Leimen untergebracht, nur dass sich im Erdgeschoss eine Metzgerei befand. Anscheinend war heute Schlachttag gewesen, der Geruch hing noch im Haus. Kein Wunder also, dass es zum Nachtessen Wurstsuppe und danach Sauerkraut mit Wellfleisch gab, womit wir uns anständig die Bäuche vollschlugen.

Um uns aufzuheitern, verkündete Herr Kupper beim Essen: „So, das Schlimmste haben wir hinter uns. Morgen geht es mit Bus und Bahn weiter."

Bevor wir unsere Lager aufsuchten, schaute sich die Wirtin, die mich an Mutter erinnerte, meine Füße an. Sie streute etwas Puder auf die wunden Stellen, legte Mull darauf und klebte ein Pflaster zum Halten darüber. Überglücklich, nicht mehr laufen zu müssen, und mit der Hoffnung, bald wieder bei meinen Geschwistern zu sein, schlief ich ein.

Nach einer traumlosen Nacht und einer Katzenwäsche am Waschbecken der Gasthaustoilette saßen wir alle wieder an den blankgescheuerten Tischen und bestrichen die dicken Scheiben Brot mit Margarine und Schwarzbeergelee. Ich trank gerade meine zweite Tasse Milch, als Herr Kupper das Stimmengewirr übertönte: „Leute, alle mal herhören! Wir brechen in einer halben Stunde auf. Ein Bus wird uns zum Bahnhof bringen. Dort nehmen wir den Zug nach Schweinfurt, unserem endgültigen Ziel. Seht zu, dass ihr fertig werdet und nichts liegen lasst."

Was würde das für ein Ort sein, mit einem so komischen Namen? Meine Fantasie gaukelte mir das Bild einer ganzen Schweineherde vor, die über eine Furt getrieben wurde.

In der Nacht hatte es kräftig geregnet und die Morgenkühle ließ mich erschauern. Meine nackten Beine überzog eine dicke Gänsehaut, als ich ins Freie trat. Aber ich wollte noch nicht die langen Wollstrümpfe aus meinem Wäschebündel ziehen, sie kratzten auf der Haut, und außerdem hätte ich ein Leibchen anziehen müssen, um sie daran zu befestigen. Meine Tante bestand darauf, dass ich mir wenigstens ein Strickjäckchen überzog.

Die Leiterwagen und die Ochsen blieben bei Bauern in Hochspeyer zurück, als wir uns in den Bus setzten, der uns nach Kaiserslautern zum Bahnhof brachte. Dort stiegen wir dann in den Zug nach Schweinfurt.

Es war das erste Mal, dass ich in solch ein schwarzes Ungetüm einstieg und mir einen Platz auf den Holzbänken suchte. Auch Erhard war noch nie mit der Eisenbahn gefahren und ging gleich auf Entdeckungstour. Als der Zug anrollte, kam er aufgeregt zurück. „Du musst unbedingt mitkommen, ich will dir etwas zeigen."

Wir schlängelten uns durch den Gang des Abteils, der voller Gepäck lag. Durch eine schmale Tür gelangten wir hinaus auf die Plattform. Das war ein verrücktes Gefühl, als uns im Freien der Fahrtwind um die Nase wehte. Aber leider hielt ich es mit meinen nackten Beinen nicht lange aus. Durchgefroren und mit zerzaustem Haar schlängelte ich mich an meinen Platz zurück. Ich staunte über die Namen der Dörfer und Städte durch die wir fuhren, und von denen ich nie zuvor gehört hatte.

Es war Nachmittag, als wir in Schweinfurt ankamen und von einem Bus abgeholt wurden. Nach einer kurzen Fahrt durch die Stadt, hielt er vor einem langgezogenen, zweistöckigen grauen Sandsteinhaus. Hohe, schmale Fenster, von Ornamenten umrahmt, schmückten die Front.

Wir waren am Ziel angelangt. Der Busfahrer erklärte, dass es das Haus der Baronin von Sanden sei und wir hier vorläufig bleiben sollten.

„Baronin, ist das so was wie eine Prinzessin, die in Märchen auftaucht?", fragte ich mich.

Schüchtern gingen wir die breite Steintreppe hinauf und blieben vor der Haustür, die in einem Bogen endete, stehen. Als wir endlich den Klingelknopf entdeckten, wurde die mit Schnitzereien verzierte Tür von einem jungen Mädchen mit weißer Schürze und Häubchen auf dem Kopf geöffnet.

Das Dienstmädchen führte uns durch einen langen Korridor, auf dessen Boden ein dicker Läufer lag, der die Schritte verschluckte und uns weich wie auf Watte gehen ließ. Unzählige Fotos hingen an den Wänden. Über einem zierlichen Schränkchen mit hohen, geschwungenen Beinen hing ein gerahmter Spiegel. In diesem erhaschte ich einen Blick auf mich selbst in meinem abgetragenen Kleid mit dem Strickjäckchen, dessen Wolle aufgerubbelt und voller Knötchen war. Mein dunkles Haar war noch immer zerzaust von der Zugfahrt. Am liebsten hätte ich mich verkrochen, denn hier passten wir nicht her, das fühlte ich ganz deutlich.

Die vielen Türen, die vom Flur in irgendwelche Zimmer führten, machten mich benommen und unsicher. Am Ende des Korridors öffnete sich eine weitere Tür in einen riesigen Hof, der von einem Wohngebäude und Ställen umrahmt war. Dort saß die Hausherrin unter einem Sonnenschirm beim Kaffee, die schlanken Beine in Seidenstrümpfen übereinandergeschlagen. Die blonden Locken hochgesteckt, schaute sie uns aus graugrünen Augen, die mich frösteln ließen, entgegen. Sie lehnte sich weit auf dem Stuhl zurück, als wolle sie mehr Abstand zu uns gewinnen.

Unwillig über die Störung legte sie das Buch, in dem sie gelesen hatte, beiseite und gab uns Anweisungen: „Ihr werdet keine anderen Zimmer betreten als die, die euch zugewiesen werden. Ihr werdet keine Gegenstände anfassen, die euch nicht gehören. Außerdem werdet ihr in der Küche behilflich sein und in den Ställen. Ich erwarte, dass meine Anordnungen streng befolgt werden."

Trotz über die Selbstherrlichkeit der Frau kochte in mir hoch. Was bildete die Baronin sich ein? Tat wie eine Prinzessin. Dabei war ihre Kleidung unordentlicher als die ihres Dienstmädchens, daran änderten auch die Seidenstrümpfe nichts. Der Tisch, an dem sie mit ihrer feinen Porzellantasse saß, war mit Mückenschiss übersät, und dicke, grüngolden schillernde Fliegen schwirrten um sie herum. Lautes Muhen war aus den gegenüberliegenden Ställen zu hören, und ein durchdringender Geruch nach Mist hing in der Luft.

„Hoffentlich muss ich keine Kühe melken", schoss es mir durch den Kopf. Zugesehen hatte ich schon oft, es aber noch nie selbst gemacht.

Fasziniert schaute ich, wie die Baronin ein Glöckchen läutete, welches sie mit gespreiztem kleinen Finger vom Tisch genommen hatte. Das Dienstmädchen, das uns die Tür geöffnet und zu seiner Herrin geführt hatte, erschien sofort.

„Sophie, zeig diesen Leuten, die hoffentlich nicht lange unsere Gastfreundschaft in Anspruch nehmen werden, wo sie untergebracht sind." Mit einer Handbewegung als wolle sie eine Fliege verscheuchen, winkte sie uns, zu gehen.

Ich schlich meiner Tante hinterher und flüsterte ihr zu: „Bestimmt hat die hochnäsige Baronin erwartet, dass ich einen Knicks vor ihr mache, aber da kann sie lange warten."

Darauf bekam ich nur ein hilfloses Schulterzucken von meiner Tante zu sehen.

Das Dienstmädchen zeigte uns zwei Zimmer, die wir bewohnen durften. Ich war total aus dem Häuschen, als ich das Zimmer mit den zwei Betten sah, doch kriegte ich mich schnell wieder ein, als ich begriff, dass eins der Betten für Katche-Tante gedacht war. Ich musste also doch wieder mit Emma in einem Bett schlafen! Das andere Zimmer war für meinen Onkel und Erhard bestimmt.

Das Mädchen nahm uns mit in die Küche und erklärte: „Um sieben Uhr müsst ihr zum Frühstück hier sein, danach helft ihr mir beim Kochen und Putzen. Der Knecht wird euch morgen sagen, was ihr in den Ställen zu tun habt."

Während wir unsere wenigen Kleider und Wäschestücke auspackten, unterhielten Katche-Tante, Emma und ich uns flüsternd über die Hochnäsigkeit des Dienstmädchens.

„Das hat sich von seiner Chefin eine Menge abgeschaut und steht ihr an Hochmut in nichts nach", äußerte ich meine Meinung.

Einig mit mir wie selten, bemerkte Emma: „Recht hast du, stell dir vor, mit ‚Sie' sollen wir es anreden. Garantiert ist es nicht älter als ich!"

„Nehmt euch zusammen", mischte sich Katche-Tante ein, „euer vorlautes Mundwerk wird euch irgendwann mal zum Verhängnis werden." Meine Tante machte nie viele Worte und erlaubte sich selten ein Urteil über andere.

An dem Waschbecken in unserem Zimmer wuschen wir uns nacheinander Schweiß und Staub der letzten beiden Tage vom Leib. Nachdem wir frische Klamotten angezogen hatten, fühlten wir uns um einiges besser. Meine Tante schärfte uns ein, immer gleich unsere Wäsche auszuwaschen.

„Wir können hier keinen Großwaschtag abhalten, außerdem haben wir auch zum Wechseln nicht viel dabei", ermahnte sie uns.

Nach dem Abendbrot, das wir in der Küche zu uns nehmen durften, obwohl wir noch nichts gearbeitet hatten, verkrochen wir uns todmüde in unsere Betten.

Wieder war die Enttäuschung groß gewesen, als ich meine Mutter auch hier nicht vorfand. Niemand konnte mir sagen, wo sie sich aufhielt.

Meine Tante war es gewohnt, ohne Wecker früh aufzustehen. Ohne Gnade schmiss sie auch uns aus den Federn, so dass wir rechtzeitig zum Frühstück antreten konnten. Meine Füße und Beine schmerzten noch immer. Doch die Müdigkeit musste ich mir verkneifen.

Nachdem wir uns gestärkt hatten, nahm der Vorarbeiter der Stallungen meinen Onkel und Erhard mit, um ihnen eine Arbeit zuzuweisen.

Ich nahm all meinen Mut zusammen, um die Baronin zu fragen: „Bitte, Frau Baronin, können Sie mir helfen, meine Mutter zu finden? Vielleicht ist auch sie mit meinen drei Geschwistern hier in Schweinfurt."

Schnippisch antwortete sie: „Bin ich eine Auskunftei?"

Ich hasste die Frau; in ihrer Gegenwart fing ich an zu frieren.

Sophie hatte in der Zwischenzeit Katche-Tante zum Kartoffelschälen und Gemüseputzen eingeteilt, Emma zum Bügeln verdonnert und ich musste mir die Fenster vornehmen. Ich begutachtete gerade meine Arbeit – es war schon das dritte Fenster, dessen Scheiben nun blitzblank strahlten –, als Sophie zu einer Pause rief. Der Briefträger war schon da gewesen und hatte der Baronin einen Brief gebracht. Er war von irgendeinem Amt, und weil er uns betraf, las sie ihn vor.

Es war die Mitteilung, dass Arbeitsplätze in einer Munitionsfabrik und in einer Kartonagenfabrik für uns bereitstanden. Wir sollten am folgenden Tag dort erscheinen. Die Baronin giftete uns an, weil ihr nun nur meine Tante als Arbeitskraft blieb.

Ich wuselte von einem Platz an den anderen. Beinahe wäre mir beim Abwaschen ein Glas am Boden zerschellt, nur weil meine Gedanken sich unablässig mit dem nächsten Tag beschäftigten.

Am Abend endlich konnte ich Erhard, der schon in einer Fabrik gearbeitet hatte, fragen, was man dort tun musste. Lachend meinte er: „Aber Elisabeth, ich kann dir nur sagen, was man in einer Schuhfabrik macht, jetzt mach dich nicht verrückt, du schaffst das schon."

Katche-Tante, die uns zuhörte, mischte sich ein: „Deine Neugier bringt dich noch mal um. Wirst es wohl noch abwarten können. Aber du hast Glück, dass du in der Kartonagenfabrik arbeiten sollst, bestimmt ist die Arbeit leichter als in der Munitionsfabrik, in die dein Onkel, Erhard und Emma gehen müssen."

Ich freute mich, dass ich das bessere Los gezogen hatte. Schadenfroh grinste ich Emma an. Mir tat nur leid, dass Erhard nicht in die gleiche Fabrik gehen konnte wie ich, so dass wir unseren Kummer öfter hätten teilen können.

Zum ersten Mal würde ich arbeiten gehen, acht Stunden am Tag und am Samstagvormittag. Mir wurde ganz flau im Magen. Bisher war ich nur in die Schule gegangen und hatte meiner Mutter geholfen.

Die Frau Baronin ließ sich herab, uns den Weg zu unseren Arbeitsplätzen zu erklären. Eine halbe Stunde, so schätzte sie, würde ich zur Kartonagenfabrik brauchen.

Um pünktlich zu sein, beschloss ich, um sechs Uhr aufzustehen, also eine Stunde vor Arbeitsbeginn. Ich dachte an Mutters Schimpftiraden und die Schüssel mit kaltem Wasser, die sie über mich zu gießen drohte, wenn ich nicht aus dem Bett kommen wollte. Ruckzuck war ich dann aus den Federn. Nie hätte sie geduldet, dass ich zu spät zur Schule kam, darauf hatte sie immer streng geachtet. Warum nur konnte sie nicht hier sein, so dass ich ihr erzählen könnte, wie aufgeregt ich war? Sie wäre sicher stolz auf mich, dass ich nun Geld verdienen würde.

Nach einer unruhigen Nacht mit Träumen und Fantasieren kam ich trotzdem pünktlich aus den Federn und machte mich auf den Weg zu meinem Arbeitsplatz.

Ich war mächtig stolz auf mich, als ich vor dem dreistöckigen Backsteingebäude mit unzähligen Fenstern ankam. Nicht ein einziges Mal hatte ich mich verlaufen. Als ich in die Fabrikhalle trat, war sie angefüllt mit dumpfem Stampfen. Staub und der Geruch nach Farbe und Kleber nahmen mir den Atem.

Eine Frau, die sich als Vorarbeiterin vorstellte, konnte ich kaum verstehen, als sie mir sagte: „Ich bin Lore, das Stampfen kommt von den Stanzmaschinen, die die Pappe in der passenden Form ausstanzt. Du wirst dich schnell an den Lärm gewöhnen."

Sie zeigte mir, wie ich einen beschrifteten Bogen Pappe mit einem dünnen Papier beschichten und dann um eine rechteckige Form spannen und an der schmalen Seite zusammenkleben musste. Danach entfernte sie die Holzform, faltete die unteren vier Laschen um und verklebte sie.

„Siehst du, Elisabeth, schon ist eine Verpackung für AoK-Mandelkleie fertig."

Anfangs war ich sehr langsam, und es ging auch mal eine Packung kaputt, doch nie schimpfte deshalb jemand mit mir. Die Tätigkeit war nicht schwer, und nach ein paar Tagen ging sie mir ganz leicht von der Hand. Der Lärm störte mich auch nicht mehr.

Als ich etwas geschickter war, bastelte ich nebenbei für mich ein Schmuckkästchen, mit Papierspitze ausgeschlagen. Dabei hatte ich gar keinen Schmuck. Ich wollte es Mama schenken, wenn ich sie wiedersah.

Mit jedem Tag, der verging, machte mir die Arbeit mehr Spaß. Die Kolleginnen scherzten und lachten miteinander, und mich hätschelten und verwöhnten sie. Keine foppte mich, so wie früher meine Klassenkameraden, für die ich immer nur der „Bankert" war.

Strahlend drückte ich nach einer Woche Katche-Tante die Lohntüte mit meinem ersten selbstverdienten Geld in die Hand. Eine Reichsmark in der Stunde bekam ich für meine Arbeit.

Mein Onkel nutzte jede freie Minute, um nach einer Wohnung zu suchen. Doch für fünf Personen etwas Passendes zu finden, war nicht einfach.

Nach jedem Misserfolg erklärte er: „Es sind zu viele Menschen unterwegs, es sollen Tausende sein, die ohne Bleibe sind. Im Rathaus sagte man mir, dass die Schweinfurter verpflichtet seien, nicht genutzten Wohnraum zur Vermietung bereitzustellen. Aber sie könnten sich nicht um jeden Einzelnen kümmern, da sie überlastet seien."

Mehr als vierzehn Tage musste die Baronin uns ertragen und wir sie. Dann fand mein Onkel fast im Zentrum von Schweinfurt eine Küche mit Schlafzimmer und einer weiteren kleinen Kammer im Haus auf der anderen Straßenseite. Das war nicht das Gelbe vom Ei, aber egal, Hauptsache, weg von der Baronin. Was nutzte das schönste Haus, wenn wir darin stets mit misstrauischen Blicken verfolgt wurden? Das flaue Gefühl, hier nicht erwünscht zu sein und mit Luchsaugen beobachtet zu werden, machte es uns leicht, auf die „Gastfreundschaft" der Baronin zu verzichten.

Katche-Tante nannte die Baronin eine Sklaventreiberin. Sie hatte es bei ihr am schlimmsten getroffen. Eine Arbeit nach der anderen bekam sie aufgehalst. Wenn sie im Stall fertig war, ging es im Haus mit Putzen und Wäschewaschen weiter.

Katharina, die Duldsame, klagte: „Ich musste schon als Kind viel arbeiten, und bis zum heutigen Tag war mein Leben kein Zuckerlecken, aber so rackern musste ich noch nie. Gottlob haben wir jetzt eine Wohnung."

Von der neuen Unterkunft musste ich nicht mehr so weit zur Arbeit laufen, und es gab mehr Geschäfte in der Nähe. Wenn ich auch kein Geld hatte, mir etwas zu kaufen, so konnte ich doch die Schaufenster bewundern. Auf den Straßen war immer was los, das gefiel mir.

Es verging kein Tag, an dem mein Onkel mir nicht unter die Nase rieb, ihm auf der Tasche zu liegen. Doch das prallte von mir ab, denn durch meine Arbeit trug ich ja etwas zu Miete und Essen bei.

Widerwillig teilten Emma und ich uns wieder ein Bett. Ich hasste es, mit ihr zusammen zu sein. Sobald wir alleine waren, meckerte sie an mir herum und kommandierte: „Tu dies, tu das, pass doch auf!"

Ich wurde immer wütender auf Emma. Eines Tages fauchte ich sie an: „Blöde Kuh, blöde, auf was bildest du dir denn was ein? Siehst aus wie eine Ziege, deshalb musst du wohl ständig meckern."

Gezielt boxte ich auf ihre Brüste. Sie war zwei Jahre älter und hatte schon einen richtigen Busen, um den ich sie beneidete. Als sie aufjaulte und ihr die Tränen aus den Augen quollen, war ich zufrieden.

Meistens jedoch versuchte ich, ihr aus dem Weg zu gehen. Wenn ich nach dem Essen beim Abwasch geholfen hatte, verschwand ich in der Kammer auf der gegenüberliegenden Straßenseite und verkroch mich unter der Bettdecke. Ich weinte mich in den Schlaf, weil ich Mutter und meine Geschwister vermisste.

Am ersten Wochenende in unserer neuen Bleibe wollte ich mich auf den Weg in die Stadt machen, um ein bisschen mehr davon zu sehen als auf dem täglichen Weg zur Arbeit. Die Kolleginnen aus der „Schachtelbude", so nannten sie die Fabrik, hatten mir geraten, ich solle Richtung Bahnhof laufen, dann käme ich an den Main. „Da musst du unbedingt hin, einen so großen Fluss hast du bestimmt noch nicht gesehen."

Da ich Bammel hatte, mich zu verlaufen, neckte ich Erhard: „Sag mal, willst du etwa den ganzen Sonntag zu Hause herumlungern? Ich wüsste was Besseres! Lass uns auf Erkundungstour gehen."

Seine Unlust war greifbar.

„Komm, sei nicht so faul, zu zweit macht es einfach mehr Spaß", redete ich auf ihn ein.

Er rollte verzweifelt mit den Augen, gab sich dann aber geschlagen.

Meine Kolleginnen hatten recht, noch nie hatte ich ein so großes Gewässer gesehen! Nur wilder hatte ich mir den Fluss vorgestellt, doch er floss gemächlich dahin und Enten schwammen an seinem Ufer. Erhard versuchte Steine auf dem Wasser hüpfen zu lassen, was ihm kläglich misslang. Schon lange Zeit hatte ich nicht mehr so viel Spaß, dass ich darüber meine Verlassenheit vergessen konnte. Begeistert erzählte ich am nächsten Tag meinen Kolleginnen von unserem Ausflug, die sich freuten, dass es mir so gut gefallen hatte.

Woche um Woche ging ins Land, ohne dass ich etwas von meiner Mutter hörte; das machte mich traurig und oft grübelte ich vor mich hin.

Seit Kurzem behandelten mich meine Kolleginnen, die meinen Kummer bemerkten, wie ein rohes Ei. Obgleich sie es gut mit mir meinten, nervte mich das.

Als ich sie fragte: „Wollt ihr mich in Watte packen? Ich vertrage auch mal ein hartes Wort", drucksten sie herum.

Magda, die älteste der Kolleginnen, machte dem ein Ende, indem sie mir den Arm um die Schultern legte und jeden Satz vorsichtig formulierte: „Also Elisabeth, du musst hier nicht die Starke spielen und so tun, als ob dich der Tod deiner Mutter nicht berührt. Ich will dir unser Beileid ausdrücken, es tut uns unendlich leid für dich, dass deine Mutter bei der Geburt von Zwillingen gestorben ist. Wenn wir dir irgendwie helfen können, bitte sag es uns."

Magda hatte den Satz noch nicht beendet, als ich mit den Fäusten auf sie einschlug.

„Das ist nicht wahr, das ist gelogen, warum erzählst du so was, wer hat so was gesagt? Lügner seid ihr, alle Lügner!"

Die anderen Kolleginnen hielten mich fest, so dass ich von Magda ablassen musste. Ich schrie noch immer und schlug um mich. Ein Schmerz, wie von tausenden in mich eindringenden Nadeln, ließ meinen Körper in seiner rasenden Wut erlahmen. Eine bleierne Leere machte sich in mir breit. Verzweifelt fragte ich mich, was ich machen sollte, was aus mir werden würde. Bestimmt käme ich in ein Waisenhaus und meine Geschwister auch, sie waren ja noch so klein. Und was war mit den Zwillingen, bei deren Geburt Mutter gestorben war? Lebten sie? Warum erhielt ich keine Nachricht?

Als ich am Abend nach Hause kam und meiner Tante erzählte, was ich erfahren hatte und sie beschuldigte, es gewusst, mir aber nicht gesagt zu haben, setzte sie sich mit einem Griff zum Herzen auf den nächsten Stuhl.

Doch dann versuchte sie mich zu beruhigen: „Sieh mal, wenn es tatsächlich deine Mutter gewesen wäre, hätten wir mit Sicherheit eine Nachricht bekommen. Du kannst mir glauben, dass ich nicht mehr weiß als du. Dass die Leute immer so viel tratschen müssen." Sie stand wieder auf und nahm mich in die

Arme. „Du darfst nicht alles glauben, was erzählt wird. Wirst sehen, deine Mutter lebt."

Ich versuchte die quälenden Gedanken abzuschütteln, doch es gelang mir nicht. Wie eine schwere Decke lasteten sie auf mir und drohten, mich zu ersticken.

Erhard versuchte mich zu trösten, indem er an den Wochenenden mit mir durch die Stadt streifte. Wir liefen unzählige Kilometer an der Stadtmauer entlang, manchmal balancierten wir auch darauf, und stiegen auf Türme, von denen es etliche in Schweinfurt gab. Der runde, alte Stadtturm mit seinen Zinnen, zwischen denen wir hinunterblickten auf die Stadt und den Main, gefiel mir besonders gut.

Auf unserem Nachhauseweg kamen wir meist am Rathaus mit seinem halbrunden Turm, der sich als Erker an der Fassade hochreckte, vorbei. An den Dachgiebeln, die in Stufen zum Dachfirst hinaufführten, betrachtete ich immer wieder die Figuren, die darauf standen. Die kleinen Spitzgauben auf dem Dach hatte ich einmal gezählt, sechzehn Stück waren es auf einer Seite.

Im Jahr 1939

Nachdem es gestern den ganzen Tag geregnet hatte, war der Himmel heute wie blank geputzt. Die Sonne schickte ihre warmen Strahlen ungehindert zur Erde und sorgte für Temperaturen, die nicht recht zum Herbst passen wollten. Das Laub der hohen Kastanienbäume strahlte rotgolden im hellen Sonnenlicht. Kinder tollten ausgelassen auf den breiten Wegen, auf denen schon die ersten Blätter lagen. Die Farben des Parks, in dem noch verschiedene Blumen und Sträucher blühten, die weiten Rasenflächen und die Eichhörnchen, die ihren Wintervorrat anlegten, lenkten Bertha ab und beruhigten sie.

Das ungewohnte Nichtstun und Verwöhntwerden hatte ihr in den ersten Tagen ihres Aufenthaltes in dem Heim gut getan, doch nun begann sie, sich zu langweilen. Ihre Gedanken verselbstständigten sich. Wie ein Karussell drehten sie sich immer wieder um Elisabeth. Wo mochte ihre Tochter sein und wie mochte es ihr ergehen? Dazwischen blitzte das Bild von Reinhard auf.

Mit einem Stöhnen ließ sich Bertha auf einer Bank nieder und lauschte dem Gezwitscher der Vögel, die sich bereits sammelten, um in wärmere Gefilde zu fliegen. Sie hatten ein Ziel. Und sie, wohin würde der verdammte Krieg sie noch verschlagen? Ob sie ihre Heimat je wiedersehen würde? Ihre Ruhe wurde alsbald gestört von dem Geschrei, das die siebenjährige Irma veranstaltete.

Sie kam angerannt und verkündete schon von weitem, so als ob es alle in dem Park hören sollten: „Papa ist da, Papa ist da! Mama, komm!"

Ächzend stemmte sich Bertha von der Bank hoch und schaute mit einem Kopfschütteln Irma hinterher, die wie ein Wirbelwind wieder davonstob. Auch Bertha entdeckte jetzt ihren Mann, der vom Fahrrad gestiegen war und Irma an der Hand führte. Aber schon entzog er sie ihr und ließ das Rad zu Boden fallen, um auf seine Frau zuzustürmen. Lange lagen sie sich in den Armen. Dann schob er sie von sich, um sie zu betrachten und sie gleich wieder an sich zu ziehen und zu drücken, soweit ihr Zustand das erlaubte.

„Du lebst, Gott sei Dank lebst du", stammelte Reinhard.

Irma versuchte – ohne Erfolg – das Fahrrad aufzurichten. Auf dem Gepäckträger war eine große, rechteckige Persilschachtel festgezurrt, in der Reinhard Kleider und Unterwäsche verstaut hatte.

„Seit vier Wochen bin ich schon auf der Suche nach dir, Liebste, ich habe dich so sehr vermisst. Sicher weißt du, dass auch die Leute aus Eppenbrunn ihr Dorf verlassen mussten. Meine Eltern sind jetzt in Michelstadt, sie haben mir erzählt, dass eine Frau aus Hilst bei der Geburt von Zwillingen starb."

Reinhard umarmte Bertha erneut und freute sich wie ein kleiner Junge, sie gefunden zu haben.

„Deshalb dachtest du, ich sei nicht mehr am Leben?" Fragend schaute sie ihn an.

„Ich ging durch die Hölle auf dem langen Weg zu dir. Ich weiß nicht, in wie vielen Krankenhäusern ich nachfragte, ob eine Bertha dort entbunden hatte. Mit jedem Mal, da ich erfuhr, dass bei ihnen keine Frau bei der Geburt von Zwillingen gestorben sei, schöpfte ich neue Hoffnung."

Auch Bertha war erleichtert, dass sie sich wiedergefunden hatten, beschäftigte sie doch schon eine Weile die Frage, wie sie die Kinder ohne Mann an ihrer Seite durchbringen sollte. Die kurze Trennung hatte ihr gut getan und bewusst gemacht, dass sie Reinhard trotz seiner Fehler liebte.

Über der Wiedersehensfreude hatten beide die Kinder total vergessen. Alma klammerte sich an die Hosenbeine des Vaters. Die dreijährige Magdalena versteckte sich hinter dem Rockzipfel ihrer Mutter, als er sie auf den Arm nehmen wollte. Irma kam wieder angehüpft, nachdem sie es aufgegeben hatte, das Fahrrad aufzurichten. Aufgeregt plapperten sie alle durcheinander.

Bertha hängte sich bei Reinhard ein und gemeinsam gingen sie zur nächsten Parkbank und erzählten sich, was in der Zwischenzeit alles passiert war. Später drängelte Reinhard wie ein frisch Verliebter: „Komm, lass uns in dein Zimmer gehen."

Beschwichtigend legte sie ihre Hand auf sein Knie.

„Also Reinhard, so sei doch vernünftig. Wir haben uns so lange nicht gesehen, ich bin froh, jetzt hier mit dir zusammenzusitzen. Die Heimleitung hat strikt untersagt, Männer mit ins Haus zu nehmen. Ich will mir keine Schwierigkeiten einhandeln", hielt Bertha ihn in Schach und dachte bei sich: „Immer will er nur das Eine, selbst jetzt in meinem Zustand. Es ist ganz gut so, dass keine Männer ins Heim dürfen."

Ablenkend schlug sie ihm vor, in die Stadt zu fahren: „In Bad Brückenau gibt es eine Gaststätte, die auch Zimmer vermietet. Die Männer, die in den letzten Tagen hier ankamen, bezogen dort auch Quartier."

Reinhard, der sich gerne ein paar Tage ausruhen und bei seiner Familie sein wollte, ergab sich ungern in sein von Bertha geplantes Schicksal, als sie ihn bedrängte, sich gleich nach einer Arbeit umzusehen. Sie dachte rationaler und wusste, dass sie nicht ewig in dem Heim wohnen würden und dann benötigten sie mehr Geld.

Also radelte Reinhard am folgenden Tag in das nur wenige Kilometer von Bad Brückenau entfernte Wildflecken. Dort lag eine Division, bei der er sich meldete und sofort als Wachtposten eingestellt wurde. Bertha war sich sicher, dass sich, wenn das Kind erst geboren war, einiges ändern würde.

Schon jetzt waren Frauen nach der Entbindung ins Hermannsheim umquartiert worden. Das Elisabethenheim wurde dringend für die verwundeten Soldaten benötigt und wurde zu einem Lazarett umfunktioniert. Bertha beobachtete mit Entsetzen, dass kein Tag verging, an dem nicht Transporte mit Verletzten von der Front eintrafen.

Im Jahr 1939
Elisabeth

Tag um Tag ging ins Land. Ich wartete vergeblich auf ein Lebenszeichen von meinen Lieben und glaubte, sie nie mehr wiederzusehen. Der Gedanke, was aus mir werden sollte, beschäftigte mich unablässig.

Meine Tante war lieb zu mir, aber mein Onkel und Emma schimpften oder ärgerten mich beim geringsten Anlass. Erhard versuchte mich zu trösten so oft er konnte, aber er hatte ja selbst Trost nötig, da er unter den Schikanen seines Vaters litt. Niedergeschlagen ging ich zur Arbeit, und wenn die Kolleginnen mich mit irgendwelchen Späßen aufzuheitern versuchten, fing ich eher an zu weinen als zu lachen.

Die Abendkühle ließ mich frösteln, als ich mich lustlos von der Fabrik auf den Nachhauseweg machte. Ich trödelte vor mich hin. Früh genug würde ich wieder zu Hause sein, wo niemand wirklich auf mich wartete.

Das letzte Viertel des Jahres war angebrochen. Die Dunkelheit hatte es eilig, den Tag zu verschlucken. Trauer saß mir im Nacken wie ein hungriges Tier.

Ich erschrak, als meine Tante mir aufgeregt die Tür öffnete und einen Brief aus der Schürzentasche zog.

„Schau, der ist heute vom Roten Kreuz gekommen. Du wirst staunen über die Neuigkeit."

Ich wollte den Brief nicht lesen, sah ich doch die Nachricht, ohne hinzuschauen, überdeutlich vor meinen Augen: „Bertha Scholz bei der Geburt von Zwillingen verstorben."

Nach einem kurzen Zögern stellte Katche-Tante fest: „Aber du freust dich ja gar nicht. Soll ich dir die Mitteilung vorlesen oder liest du selbst?"

Ein dicker Kloß saß mir im Hals, als ich widerwillig den Umschlag ergriff und das Schreiben aus dem Kuvert zog.

„Ja, nun mach' schon", drängelte sie.

Mein Blick glitt über die Seite. Sprachlos ließ ich mich auf den nächsten Stuhl fallen. Tränen quollen aus meinen Augen und liefen wie Sturzbäche über mein Gesicht.

Mit belegter Stimme krächzte ich: „Sie lebt, ich bin nicht alleine, Mama lebt!"

Gebetsmühlenartig konnte ich immer nur den einen Satz wiederholen. Die Anspannung, unter der ich seit Wochen stand, löste sich in Lachen und Weinen auf. Katche-Tante stand entsetzt vor mir.

„Aber Elisabeth, was redest du für einen Blödsinn? Du bist doch nicht alleine."

Meine Umgebung wurde wieder greifbar und ich fiel meiner Tante um den Hals. „Ich bin so froh, du glaubst nicht, wie glücklich ich bin, du hattest recht, du wusstest, dass Mama noch lebt!"

Stürmisch nahm ich sie um die Taille und wirbelte sie in der Küche herum. „Jetzt kann ich zu meiner Familie fahren. In dem Brief steht ihre Adresse. Gleich morgen fahre ich zu ihr", sprudelte es aus mir heraus.

„Langsam, langsam, Elisabeth, warte erst mal, bis dein Onkel zu Hause ist. Alleine lässt er dich sicher nicht fahren", beschwichtigte sie mich. Ich zuckte verächtlich die Schultern.

„Der, ach was, der ist doch froh, wenn er mich los ist."

Meine Tante bemühte sich, ihrer Stimme Strenge zu verleihen, als sie sagte: „Sprich nicht so von deinem Onkel. Denk erst nach, bevor du dumm daherredest. Hast du überhaupt eine Ahnung, wo das ist, Bad Brückenau, und wie du dort hinkommst?"

Selbstbewusst antwortete ich: „Das krieg ich schon raus, Onkel hat weniger Ahnung als ich."

„Und wo willst du das Geld hernehmen für die Fahrt? Einen kleinen Koffer wirst du auch brauchen."

Ich überlegte eine Weile. „Aber ich habe doch jede Woche meinen ganzen Lohn abgegeben. Da wird doch was übrig sein für einen Koffer. Außerdem müsstet ihr mich nicht mehr durchfüttern."

Die Tante warnte: „Elisabeth, es reicht jetzt, ich will nichts mehr hören. Dein Onkel wird gleich hier sein, dann sehen wir weiter. Und fang' nicht schon vor dem Essen an ihn zu nerven, ist das klar?"

Schlurfend ging sie wieder an den Herd, um die Kartoffelpuffer zu wenden. Mein Onkel verstand nämlich überhaupt keinen Spaß, wenn es um die Mahlzeiten ging. Wenn er die Küche betrat, musste das Essen auf dem Tisch stehen.

Mitleid flog mich an, als ich die ausgemergelte, gebeugte Gestalt meiner Tante am Herd stehen sah. Sie war schon alt, fünfzig Jahre oder noch älter? Ich hatte noch nie darüber nachgedacht.

Als wir alle um den Tisch saßen und mein Leibgericht „Kartoffelpuffer und Apfelmus" auf den Tellern dampfte, schnürte mir die Aufregung die Kehle zu, so dass ich kaum etwas herunterbrachte.

Aufmerksam beobachtete ich den großen, hageren Mann am Kopfende des Tisches. Sein Gesicht hing über dem Teller und ohne nur einmal den Blick zu heben, schob er sich Kartoffelpuffer in den Mund und löffelte das Mus dazu.

„Von ihm sollte es nun abhängen, ob ich zu meiner Familie durfte oder nicht", schoss es mir durch den Kopf. Nie, das schwor ich mir, würde ich mich dem fügen, was er anordnete. Wie befürchtet, ließ er mich gar nicht erst ausreden, als ich ihm erzählte, dass ich zu meiner Mutter fahren wolle.

Sofort geiferte er los: „Du undankbares Balg, was erwartest du, soll ich dich vielleicht auch noch hinbringen? Schlag dir das aus dem Kopf, und alleine wirst du sowieso nicht fahren. Das ist mein letztes Wort."

Ich stand vom Tisch auf, half meiner Tante beim Abwasch und flüchtete in mein Zimmer.

„Dieser Stoffel, selbst zu blöd zu allem, bildete sich ein, andere wären genau so dumm wie er", brummelte ich vor mich hin, als mir Ludwig, der achtzehnjährige Sohn unserer Vermieterin, über den Weg lief. Ich fühlte, wie mir die Röte in die Wangen stieg. Verlegen senkte ich den Kopf. Der blonde Junge mit dem Lockenschopf musste nicht sehen, wie verschossen ich in ihn war.

„Na, Kleines!" So neckte er mich immer, weil ich jünger war und auch nicht besonders groß für meine vierzehn Jahre.

„Rennst mich ja fast über den Haufen, wer ist denn hinter dir her?", wollte er wissen.

Ich schaute zu ihm auf, direkt in seine blauen Augen, die mich anstrahlten und wärmten wie die Sonne am Himmel an einem Sommertag. Hibbelig erzählte ich ihm von dem Brief und von meinem Onkel, der mir die Freude darüber verdarb.

Beruhigend redete er auf mich ein: „Bad Brückenau, wo deine Mutter jetzt ist, erreichst du mit dem Zug. Ich schätze, er braucht gut eine Stunde bis dorthin. Es ist nicht weit von hier."

Er lachte mich an, so dass in seinen Wangen Grübchen erschienen. Schon fühlte ich mich besser.

„Wenn du mit deiner Abreise bis Sonntag wartest, gehe ich mit zum Bahnhof und bin dein Gepäckträger", bot er an.

„Du hast gut reden, erst muss ich mir mal einen Koffer kaufen und eine Fahrkarte. Glaubst du im Ernst, dass der Geizhals von Onkel mir dafür das Geld gibt? Also von wegen schon morgen fahren, daraus wird sowieso nichts."

Ludwig besänftigte mich: „Du hast so lange auf ein Lebenszeichen deiner Mutter gewartet, nun kommt es auf einen Tag mehr auch nicht an. Du wirst sehen, Elisabeth, am Sonntag steigst du in den Zug, der dich zu deiner Familie bringt. Sprich doch noch mal mit deiner Tante. Sie wird dir sicher das Geld geben." Nach kurzem Überlegen zuckte er die Schultern.

„Wenn nicht, packst du deine paar Sachen eben in einen Karton. Bestimmt habe ich einen passenden. Da morgen Samstag ist, bekommst du deinen Wochenlohn. Wenn du mittags nach Hause kommst, musst du eben ein bisschen schwindeln und das Geld behalten."

Gespannt folgte ich seinen Worten, zweifelte aber, ob mir eine gute Ausrede für die Lohntüte einfallen würde. Ich ging zu Bett und überlegte, wie ich es anstellen könnte, zu meiner Mutter zu kommen, ohne meine Tante in Schwierigkeiten zu bringen.

Glaubte ich, eine Lösung zu haben, tat ich sie gleich darauf als unbrauchbar wieder ab. Ich konnte es drehen wie ich wollte, was immer ich tat, am Ende würde die Tante dafür büßen müssen.

Ich beschloss, sie besser gar nicht um Geld zu fragen. „Morgen, gleich wenn ich zur Arbeit komme, werde ich meine Chefin bitten, eine Stunde früher gehen zu dürfen und sie außerdem fragen, ob ich auch schon die Lohntüte haben könnte. Wenn ich ihr erzähle, dass ich zu meiner Mutter fahren will, wird sie sicher nicht Nein sagen", schmiedete ich meinen Plan.

Die Stunde wollte ich nutzen, um zum Bahnhof zu gehen und die An- und Abfahrtszeiten der Züge nach Bad Brückenau zu erfragen. Dann musste ich noch zur Post und ein Telegramm an meine Mutter aufgeben. Mit diesen Gedanken schlief ich ein.

Am nächsten Tag setzte ich meinen Plan in die Tat um. Die Chefin hörte mir zu und las den Brief, den ich ihr zeigte.

„Aber Elisabeth, natürlich kannst du in dem Fall früher nach Hause gehen, und deine Lohntüte mache ich dir auch fertig. Ich freue mich so sehr für dich und hoffe, dass nun alles gut wird."

Den ganzen Morgen war ich mit meinen Gedanken überall, nur nicht bei der Arbeit. Als ich meinen Kolleginnen erzählte, dass heute mein letzter Arbeitstag sein würde, bildete sich mit einem Schlag eine Traube aus neugierigen Frauen um mich, die mich mit Fragen bestürmten.

„Aber wieso? Was willst du denn machen? Ziehst du woandershin?"

„Eigentlich sollte ich euch gar nichts sagen, nachdem ihr mir erzählt habt, dass meine Mutter gestorben ist. Aber Gott sei Dank lebt sie. Es war ein dummes Gerücht."

Ein Aufatmen stieg aus der Traube.

„Gestern bekam ich einen Brief vom Roten Kreuz, in dem der jetzige Aufenthaltsort meiner Mutter steht. Was glaubt ihr, werde ich nun machen?"

„Na, du wirst natürlich zu ihr fahren, oder etwa nicht?" Noch dichter schloss sich der Kreis, als wollten sie mich nicht aus ihrer Mitte fortlassen.

Wir lachten und drückten uns. Noch nie war so viel Freude und Glück in mir. Es war ein so gutes Gefühl, dass alle sich mit mir freuten. Sogleich gab es Ratschläge und ein lebhaftes Austauschen von Adressen. Die Chefin musste uns schließlich ermahnen, auch mal wieder etwas zu arbeiten.

Bevor ich die Fabrik verließ, hatte meine Vorgesetzte die Frauen aus der Abteilung zusammengerufen, um mir mit allen gemeinsam auf Wiedersehen zu sagen. Die meisten der Kolleginnen waren viel älter als ich und hatten mich in der Zeit, in der ich bei ihnen war, immer bemuttert, so dass es der einzige Platz war, an dem ich mich wohlfühlte. Als ich nun in vielen Augen Tränen schimmern sah und sie mir selbst schon über die Wangen liefen, machte ich, dass ich schnell fortkam, ehe sich ein See daraus bildete.

Im Bahnhof näherte ich mich zögernd dem Schalter. Der Beamte öffnete ein kleines Fenster in der Glaswand, hinter der er saß, und fragte: „Na, wo soll's denn hingehen, junges Fräulein?"

Zaghaft nannte ich mein Ziel.

„Hm, da gibt's mehrere Züge", meinte er. „Weißt du was, ich schreibe dir die Zeiten auf einen Zettel, dann kannst du es dir überlegen."

Ich setzte mich in der Halle auf eine Bank und studierte die Angaben auf dem Blatt, das er mir gegeben hatte. Die Zeiten der Ankunft hatte mir der nette Beamte gleich dazugeschrieben. Die brauchte ich für das Telegramm, das ich meiner Mutter schreiben wollte. Ich entschied mich, den Zug um vierzehn Uhr dreißig zu nehmen. So würde ich zu Hause keinen Verdacht erregen. Ich konnte sagen, mit einer Kollegin verabredet zu sein.

Obwohl ich mich beeilte, kam ich mit Verspätung nach Hause. Das Herz klopfte mir im Hals, als meine Tante die Lohntüte verlangte und wissen wollte, wo ich so lange war. Verlegen wegen der Lüge, die ich ihr nun erzählen musste, stand ich ihr gegenüber.

„Bitte nicht schimpfen! Ich habe die Tüte im Spind liegen lassen. Als ich die Schürze aus- und die Jacke anzog, legte ich sie hinein und habe sie dann vergessen."

Schuldbewusst senkte ich den Kopf und hoffte, dass sie mein Erröten nicht bemerken würde.

„Du bist aber auch zu nichts zu gebrauchen. Wenn dein Kopf nicht angewachsen wäre, würdest du den auch noch vergessen. Du kannst von Glück sagen, dass dein Onkel noch nicht da ist."

Das dachte ich auch, denn dann hätte ich wieder ein gewaltiges Donnerwetter zu hören bekommen.

Mich verteidigend sagte ich: „Ich bin nochmal zurückgelaufen, aber es war schon alles zu. Am Montag liegt die Tüte ganz sicher noch im Spind, ich habe ihn ja abgeschlossen."

„Gnade dir Gott, wenn es nicht so ist. Nun mach schon und deck den Tisch."

So war es immer. Auch wenn Emma da war, hieß es: „Elisabeth, mach das, Elisabeth, mach jenes." Natürlich war ich es auch, die nach dem Essen helfen musste, das Geschirr abzuwaschen. Doch heute machte mir das gar nichts aus, danach würde ich frei sein. Mein Onkel würde in die Wirtschaft gehen und Emma zu einer Freundin.

Ich wollte Erhard noch ein paar Minuten für mich alleine haben, denn er wusste noch nicht, was ich im Schilde führte. Es war mir unmöglich fortzugehen, ohne mich von ihm zu verabschieden. Er saß noch am Tisch, als ich mich auf den Weg über die Straße machte, und es war einfach, ihn zu überreden, kurz in mein Zimmer mitzukommen, um ihm etwas zu zeigen. Als ich Erhard mein Vorhaben verriet, bewunderte er meinen Entschluss und drückte mir die Daumen.

"Ich wünsche dir, dass dein Plan aufgeht, Elisabeth, aber du wirst mir sehr fehlen. Unsere sonntäglichen Ausflüge werde ich vermissen."

Als Erhard gegangen war, holte ich von Ludwig den Karton und packte meine Habseligkeiten hinein. Er wollte sie mir bis morgen aufbewahren.

Kaum schickte am Sonntagmorgen die Sonne ihre ersten Strahlen durchs Fenster, wachte ich auf und mein erster Gedanke war: Heute Abend bin ich wieder bei meiner Familie. Einen verträumten Augenblick lang sah ich in das milchige Sonnenlicht, das in die Stube fiel und einen warmen Tag versprach. Dann stieg ich rasch über Emma hinweg aus dem Bett.

Sofort fing sie an zu maulen: „Kannst du nicht aufpassen, du Trampeltier? Musst du mich jetzt schon wecken? Es ist der einzige Tag in der Woche, an dem ich ausschlafen kann."

„Selber Trampeltier", dachte ich.

„Ich muss genauso früh aufstehen wie du. Ich arbeite auch sechs Tage in der Woche. Beschwer dich bei deiner Mutter, die gleich kommen wird, um uns zu wecken", gab ich bissig zurück.

Wie zur Bestätigung hörte ich unten meine Tante mit der Vermieterin sprechen.

„Du musst dich beeilen. Du musst früher in die Kirche gehen. So gemein wie du bist, hast du sicher einen langen Zettel voller Sünden zu beichten."

Sich aufplusternd sprang Emma aus dem Bett.

„Und vergiss auch nicht zu beichten, dass du dich mit dem belämmerten Helmut abgeknutscht hast. Ich habe es gesehen."

Bevor sie sich auf mich stürzen konnte, hörte auch sie die Schritte vor der Tür. Sofort war sie lammfromm.

Nachdem Tante uns ermahnt hatte, nicht zu trödeln, ging sie wieder über die Straße in ihre Wohnung.

Kaum war sie aus der Tür, ging meine Cousine aufs Neue auf mich los. Rechtzeitig fiel mir der Zaubersatz ein: „Ich verrate, dass du mit Helmut poussierst."

Ich war erstaunt, wie schnell ihre Angriffslust verpuffte. War das ein Spaß, nicht mehr länger vor ihr kuschen zu müssen. Das Wissen, dass es die letzte Nacht war, die ich mit ihr in einem Bett verbracht hatte, machte mich stark.

Als wir aus der Kirche kamen, war es gleich Mittag. Nun zählte ich nicht mehr die Stunden, sondern die Minuten.

Alles lief wie geplant. Ludwig war mit meinem Paket schon zum Bahnhof vorausgegangen. Als ich mich zu dem angeblichen Treffen mit der Arbeitskollegin auf den Weg machte, gab ich meiner Tante einen Kuss.

„Was sind denn das für neue Moden?", wollte sie wissen. „In spätestens drei Stunden bist du wieder hier."

„Ich hab dich eben lieb", versuchte ich den Kuss zu erklären. Das Herz war mir schwer, als ich meine Tante mit einer Lüge verließ.

Kurz vorm Bahnhof holte ich Ludwig ein und war überrascht, Erhard bei ihm zu sehen. Er wollte mich also auch begleiten. Ein wehmütiges Gefühl beschlich mich, als ich an die Tage dachte, an denen ich auch Spaß und Freude hier erlebt hatte. Fragend schaute ich die beiden an: „Wenn ich nicht mehr da bin, werdet ihr mich ein wenig vermissen?"

Ohne zu antworten, zog Ludwig ein kleines Foto von sich aus seiner Brieftasche. „Willst du es haben? Ich dachte, damit du mich nicht vergisst."

Meine Knie wurden weich wie Wackelpudding. Er mochte mich also auch! Bedrückt und schweigsam liefen wir nebeneinander her. Auf dem Bahnsteig drängten mich die zwei: „Nun mach, dass du einsteigst, bevor der Zug ohne dich abfährt."

Ich stieg die Gitterstufen hinauf und Erhard hievte meinen Karton hinterher. Im letzten Moment, als der Schaffner schon die Türen schloss und einen durchdringenden Pfiff aus seiner Pfeife hervorstieß, fragte Ludwig: „Meinst du, dass du mir mal schreiben kannst?"

Die Worte: „Alles zurücktreten von der Bahnsteigkante!" schallten in unseren Ohren.

„Er hat mich lieb", summte es in meinem Kopf. „Er hat mich lieb." Warum sonst hatte er sich eine Bahnsteigkarte gekauft? Er wollte bis zur Abfahrt des Zuges bei mir sein, sonst gab es keine Erklärung. Ein Hauch von Abschiedsschmerz flog mich an; ich fragte mich, ob ich Ludwig je wiedersehen würde.

Das Abteil dritte Klasse mit seinen Holzbänken war voll besetzt. Ich schlängelte mich mit meinem Karton durch den engen Gang, auf der Suche nach einem freien Platz.

Ein Mann forderte mich auf: „Komm, Mädchen, hier kannst du dich noch dazwischen quetschen."

Er stand auf und verfrachtete meine Schachtel im Gepäcknetz.

„Bestimmt sehen mir alle Leute an, dass ich noch nie alleine mit der Bahn gefahren bin", ging es mir durch den Kopf. Wo hatte ich nur den Mut hergenommen, mich alleine auf den Weg zu machen, zu einem mir fremden Ort? Ich kniff mir in die Wange und spürte den Schmerz. „Es ist die Wirklichkeit, Elisabeth, du wirst nicht gleich aus einem Traum aufwachen." Fast hätte ich es laut vor mich hingesprochen.

Ich nestelte an meinem Handtäschchen, um zu sehen, ob mein Geldbeutel noch darin war. Ein paar Minuten später suchte ich die Fahrkarte. Ich fühlte alle Blicke auf mich gerichtet.

Beim ersten Halt sprang ich vom Sitz hoch und wollte aussteigen. Ich besaß keine Uhr und hatte keine Ahnung, wie lange ich schon eingequetscht zwischen den Reisenden saß.

Mein Helfer fragte: „Kindchen, wo willst du denn hin?"

„Ei, zu meiner Mama."

„Ja, wo wohnt denn deine Mama?"

Ohne zu zögern antwortete ich, stolz, dass ich die Adresse wusste, ohne sie von einem Zettel abzulesen: „In Bad Brückenau im Elisabethenheim, Zimmer dreizehn."

„Dann setz dich ruhig wieder hin, ich werde dir sagen, wann du aussteigen musst."

Die Zeit wurde mir lang, unruhig rutschte ich auf meinem engen Platz hin und her. Der freundliche Mann neben mir erlöste mich schließlich von meiner Qual.

„Wir werden gleich anhalten, ich hole schon mal dein Gepäck aus dem Netz."

In Bad Brückenau war der Zug noch nicht zum Stehen gekommen, als ich zwei kleine Gestalten hinter der Absperrung entdeckte. Ich glaubte, Irma und Alma zu erkennen, und täuschte mich nicht. Als ich aus dem Bahnhof trat, stürmten meine Schwestern auf mich zu. Sie klammerten sich an mich, als wollten sie mich nie wieder loslassen. Ich ließ mein Gepäck fallen, ging in die Knie und herzte die beiden. Sie erzählten mit sich überschlagenden Stimmen. Jede wollte zuerst zu Wort kommen. Ihre Begeisterung über unser Wiedersehen trieb mir Tränen in die Augen. Ich küsste immer wieder eine nach der anderen ab, ohne ihr Geplapper zu verstehen. Die beiden wollten alle Neuigkeiten im Schnelldurchlauf loswerden. Liebe und Wiedersehensfreude quollen mir aus Herz und Seele.

Die erst sieben und fünf Jahre alten Mädchen führten mich zu dem Heim, in dem sie untergebracht waren. Auf meine Frage, ob sie den Weg auch wirklich kennen würden, erzählten sie mir, dass sie schon oft mit Mutter am Bahnhof waren.

„Weißt du, wir hatten gehofft, dass Vater irgendwann aus dem Zug steigt. Dabei ist er mit dem Fahrrad gekommen. Er ist auch erst seit ein paar Tagen hier."

Ein leises Bedauern beschlich mich, als ich hörte, dass auch mein Stiefvater da war.

Nach etwa zehn Minuten kamen wir im Elisabethenheim an.

Ich hatte meine Enttäuschung, dass Mutter nicht mitgekommen war, um mich abzuholen, hinuntergeschluckt wie bittere Arznei. Doch als ich sie nun sah, verstand ich, warum sie den Weg nicht gehen wollte. Mutter war eine kleine Frau. Jetzt, mit dem dicken Bauch, war sie rund wie eine Kugel. Die fast noch sommerliche Wärme des Tages trieb Schweißperlen auf ihre Stirn und ich ahnte, dass ihr das Laufen schwerfiel. Wie üblich hing Magdalena ihr am Rockzipfel. Immer wollte sie Mutter für sich alleine.

Ich rannte auf meine Mutter zu, wurde aber langsamer, als ich sie fast erreicht hatte, und zögerte dann, sie zu umarmen. Dabei sehnte ich mich so sehr danach, von ihr gedrückt zu werden. Ein Seufzer hob ihre Brust und ein Leuchten ging über ihr Gesicht, als ich vor ihr stand.

Ich sah all das Vertraute: das Doppelkinn zitternd von unterdrückten Tränen und den kurzen Hals, der darunter fast verschwand. Die vollen Lippen, um die stets ein Hauch von

Schmerz lag. Sie zog mich an ihren üppigen Busen, hielt mich fest und streichelte meine Wange. Ihre Tränen tropften in mein Haar. Ich sog ihren matten Geruch von Schweiß ein und wollte mich gar nicht mehr von ihr lösen.

„Alles ist wieder gut, ich bin nicht mehr alleine", surrte es in meinem Kopf.

„Es tut mir so leid, Elisabeth", hauchte Mutter mir ins Ohr. „Aber was hätte ich tun sollen? Gott sei Dank sind wir jetzt wieder zusammen."

Am sechzehnten Oktober 1939, am zweiten Tag nach meiner Ankunft, brachte Mutter ihr fünftes Mädchen zur Welt. Ich bildete mir fest ein, dass Gertrud – so wollten wir sie taufen lassen – mit ihrer Geburt gewartet hatte, bis ich bei der Familie war.

Vorsichtig wiegte ich sie, als eine Schwester sie mir zum ersten Mal in die Arme legte. Voller Andacht schaute ich herunter auf das kleine Wesen und schwor mir, immer gut auf Gertrud aufzupassen.

Täglich beobachteten wir, wie mit dem roten Kreuz gekennzeichnete Lastwagen vor dem Eingang hielten. Die Zahl der verwundeten Soldaten, die hier eingeliefert wurden, wuchs von Tag zu Tag. Der Platz im Elisabethenheim reichte nicht mehr aus für die Frauen und die Verwundeten, und so mussten alle Wöchnerinnen ins Hermannsheim umziehen. Diesmal durfte ich bei meiner Familie bleiben. Jede Hand wurde dringend benötigt.

Meine Arbeit war es nun, die Zimmer der Wöchnerinnen sauber zu halten, Essen aufzutragen und das Geschirr abzuräumen. Manchmal durfte ich ein Neugeborenes seiner Mutter zum Stillen bringen. Stolz trug ich dann die kleinen Bündel im Arm. Sie waren so winzig und leicht. Die Gesichtchen sahen aus wie schrumpelige Äpfel. Oft waren sie rot angelaufen vom

Schreien, weil sie hungrig waren. Ich staunte, wie schnell die Runzeln verschwanden und sie runde, pralle Bäckchen bekamen. Bei jedem Winzling fragte ich mich, ob es ihm mal gut gehen, oder ob er auch einmal Schlimmes erleben würde, so wie ich.

Einmal sah ich, wie eine Schwester meiner Mutter ein fremdes Kind an die Brust legte. Erschrocken rief ich: „Aber Mama, das ist doch das falsche Kindchen!"

Meine Mutter wies mich zurecht: „Meinst du, ich hätte das nicht bemerkt?"

Wenn ich mal nichts zu tun hatte, schweiften meine Gedanken zu Katche-Tante, Erhard und Ludwig. Es war an der Zeit, meiner Tante einen Brief zu schreiben, in dem ich mich entschuldigte für meine Lügen und dass ich ihr meinen letzten Lohn nicht gegeben hatte.

Ludwig hatte mir geschrieben, dass meine Tante am Abend meiner Abreise aufgeregt überall nach mir gefragt hatte, worauf er ihr gestand, mich zum Bahnhof begleitet zu haben. Außerdem wollte er von mir wissen, ob er mich besuchen dürfe. Überschwänglich vor Glück zeigte ich den Brief meiner Mutter und auch das Foto, das er mir beim Abschied gegeben hatte. Sie gab ihr Einverständnis zu seinem Kommen.

Doch wie üblich machte ich die Rechnung ohne meinen Stiefvater. Immer musste er das letzte Wort haben. Ihm passte es nicht, dass Ludwig sich hier mit mir treffen wollte, und damit nicht genug, ich musste vor seinen Augen das Foto, von dem ihm meine Mutter erzählt hatte, zerreißen.

Voller Wut platzten die Worte aus mir heraus: „Du hast mir gar nichts zu sagen, du bist nicht mein Vater. Mein Vater wäre nie so gemein. Was hat Ludwig dir denn getan? Du kennst ihn doch überhaupt nicht." Heftig schnäuzte ich mir die Nase. „Ich wünschte, ich wäre schon erwachsen, dann müsste ich dich nicht mehr sehen."

Mit drohend erhobener Hand meinte er: „Du kannst dir zusätzlich noch eine Tracht Prügel einhandeln, wenn du dein freches Mundwerk nicht hältst."

Ich wusste, er würde seine Drohung wahr machen, also biss ich die Zähne zusammen und schwieg. Meine Kehle wurde eng und ich glaubte, an meinen Tränen zu ersticken. Doch die Genugtuung, mich weinen zu sehen, sollte er nicht bekommen.

Die Zeit von 1940 – 1941

Ein halbes Jahr verbrachte Bertha mit ihrer Familie in Bad Brückenau. Der Winter in der Rhön übertraf mit heftigen Schneefällen und beißender Kälte all jene, welche sie in Hilst erlebt hatte. Da sie sich jedoch nicht um Brennmaterial sorgen musste und es in dem Heim stets gut warm war, störte es sie wenig.

Nur Irma klagte manchmal. Seit vier Monaten ging sie in die Schule nach Wernarz. Für den Weg dorthin und zurück musste sie eine Stunde durch den Schnee stapfen. Ihre Stupsnase leuchtete rot aus dem Gesichtchen, wenn sie zu Hause ankam. Aber ebenso oft, wie sie über die Kälte klagte, war sie auch glücklich über den vielen Schnee und die Schneemänner, die sie mit den anderen Kindern bauen konnte, und die Schneeballschlachten, die sie sich lieferten.

Die Festtage, die Bertha zum ersten Mal fern der Heimat verbrachte, verliefen so ruhig wie noch nie in ihrem Leben. Kein Weihnachtsgebäck war zu backen. Für die Kinder hatte sie vor Wochen schon angefangen, Handschuhe und Strümpfe zu stricken. Für Elisabeth hatte sie in letzter Minute einen Pullover fertiggestellt.

An Heiligabend war im Speisesaal ein großer, mit unzähligen Kugeln und Lametta behängter Christbaum aufgestellt worden. Die vielen Kerzen, die daran brannten, zauberten eine festliche Stimmung unter die Heimbewohner. Voller Andacht stimmten sie das Lied „O du fröhliche, o du selige" an.

Nachdem die Kleinen unter der Anleitung der Kindergärtnerin gesungen und Gedichte vorgetragen hatten, verteilte der Weihnachtsmann Äpfel, Nüsse und Gebäck an die mit geröteten Bäckchen und leuchtenden Augen zu ihm aufblickenden Kinder.

Am ersten Weihnachtsfeiertag besuchte Bertha mit ihren Kleinen die Verwundeten im Elisabethenheim, um ihnen ein

Weihnachtslied zu singen. Viele der Frauen taten das ebenfalls. So manchem der Verwundeten liefen Tränen vor Rührung und wohl auch Heimweh über das Gesicht. Die verbundenen Arme und Beine waren nicht das Schlimmste, damit hatte Bertha gerechnet. Schaurig war, zu sehen, wie viele Männer ein Körperglied verloren hatten. Bertha durfte sich die Verwundungen derer nicht vorstellen, bei denen nur noch Mund und Augen aus dem Kopfverband schauten. Der Geruch von Desinfektionsmittel und Krankheit hing in der Luft und unterdrückte Schmerzenslaute quälten die Sinne.

Beklommen von dem Elend, das sie sehen musste, kehrte sie mit ihren Kindern von dem Ausflug zurück. Elisabeth war gerne im Heim zurückgeblieben, um auf Gertrud aufzupassen. Die Zeit war ihr nicht lang geworden, nun freute sie sich aber doch, dass sie alle wieder zusammen waren, um zu singen und zu spielen.

Anfang des Jahres informierte die Heimleitung die Frauen, dass auch das Hermannsheim als Lazarett gebraucht wurde. Von Anfang an war Bertha klar gewesen, dass die Heimunterbringung nur eine Übergangslösung sein konnte. Nun hegte sie die Hoffnung, dass sie eine Wohnung in der Nähe von Bad Brückenau bekommen und Irma weiterhin in die gleiche Schule gehen könnte.

Doch als die Frauen mit ihren Kindern in verschiedene Städte umgesiedelt wurden, stand Berthas Name auf der Liste derer, die nach Miltenberg mussten. Sie sprach mit Reinhard über die Sorgen, die sie sich um Irma machte; ob dann ein Schulbesuch noch möglich für sie sein würde?

„Ich wäre so gerne in Bad Brückenau geblieben, hier kenne ich mich jetzt aus. Was wird mich und die Kinder in Miltenberg erwarten?", klagte sie.

„Aber Bertha, natürlich komme ich mit, ich lass euch nicht schon wieder alleine."

Bertha bekniete Reinhard: „Du wirst doch nicht deinen gutbezahlten Arbeitsplatz aufgeben? Ich komme schon alleine zurecht."

Doch Reinhard schlug alle Argumente, die Bertha vorbrachte, in den Wind. Er war wie ein Heftpflaster, das sich nur schwer löst. Eine erneute Trennung kam für ihn nicht infrage.

Im Frühjahr 1940 stiegen sie in den Zug nach Miltenberg. Für Gertrud, die nun schon fünf Monate alt war, hatten sie einen Kinderwagen gekauft, der im Gepäckwaggon untergebracht wurde. Das Ein- und Aussteigen auf den schmalen Trittbrettern des Zuges mit der Kleinen im Arm erforderte alle Kraft von Bertha. Sie gestand sich ein, froh zu sein, dass Reinhard dabei war. Auch die Hilfe von Elisabeth bei der Betreuung der Kleinen war eine große Erleichterung.

Am frühen Abend kamen sie in Miltenberg an. Ein Bus stand bereit, um sie zu einem Gasthaus zu bringen. Da es unmöglich war, den Kinderwagen im Bus zu transportieren, schob Reinhard ihn – mit seiner Jüngsten darin – durch die ganze Stadt. Die einsetzende Dunkelheit hatte Kälte und Nässe in ihrem Gepäck. Auf den Bürgersteigen lagen noch verharschte, schmutzige Schneereste, so dass er oft auf die Straße ausweichen musste und glaubte, nicht von der Stelle zu kommen. Immer wieder musste Reinhard nach dem Weg fragen. Er hoffte, dass die Kleine in dem Kinderwagen warm genug eingepackt war.

Bertha, die vor ihrem Mann im Wirtshaus eintraf und das Zimmer sah, in dem sie untergebracht wurden, lamentierte: „Hierhin hat man uns also verfrachtet, wo werden sie uns noch hinstecken? Wie sollen wir denn in dieser Kammer zu siebt schlafen? Sie ist höchstens für vier Personen gedacht. Da haben sie schnell noch ein Bett dazugestellt. Man muss über das Fußende hineinsteigen."

Als Reinhard mit Gertrud ankam, war Bertha einem Nervenzusammenbruch nahe. Nur mit Mühe schaffte sie es, das Kind aus dem Kinderwagen zu nehmen, zu stillen und frisch zu wickeln.

Die Toilette am Ende des Flurs war nur ein kleines Kabuff. Zum wer weiß wievielten Male schon schaute Bertha aus ihrem Zimmer, ob die Schlange davor kleiner geworden war; immerhin war sie jetzt auf zwei Frauen geschrumpft. Sie stritten, weil die eine schon zum zweiten Mal anstand und nun als Erste an der Reihe zu sein glaubte. Rasch trat Bertha aus dem Zimmer, sie musste dringend für kleine Mädchen. Es hatte keinen Sinn, länger zu warten und zu hoffen, dass niemand mehr anstehen würde, da noch weitere drei Zimmer auf dem Stockwerk lagen.

„Wie soll das nur morgen in der Früh gehen, wenn alle dort drinnen ihre Morgentoilette machen?", überlegte Bertha laut, als sie zurückkam.

Elisabeth meinte: „Bevor ich mich da lange anstelle, gehe ich nach unten auf die Straße, irgendwo wird eine Ecke sein, wo man mich nicht sieht."

Eine ganze Woche quälten sie sich mühsam über die Tage und Nächte. Wenigstens wurden sie alle satt, auch wenn das Essen nicht so gut schmeckte wie in Bad Brückenau.

Am Morgen trieb es Reinhard mit seiner Familie hinaus ins Freie, um der Enge zu entfliehen. Ziellos liefen sie in der Stadt herum. Zufällig entdeckten sie den Marktplatz mit seinen eindrucksvollen Fachwerkhäusern und die mit Kopfstein gepflasterten Gassen hinauf zum Schnatterlochtor. Doch meist liefen sie hinunter zum Mainufer, wo sich immer wieder eine Bank zum Ausruhen fand und wo sie die Aussicht auf den Main mit den vorbeiziehenden Schiffen und die dicht bewaldeten Berge genießen konnten.

Bertha war es zu anstrengend, mit den Kindern in der Stadt herumzulaufen. Auch störten sie die abschätzigen Blicke der Passanten, mit denen sie gemustert wurden wie Aussätzige.

Die Märzsonne war noch zu schwach, um sich den ganzen Tag draußen aufhalten zu können. Außerdem wollte Gertrud gestillt sein, und Mittagessen gab es nur bis vierzehn Uhr. Daher machten sie sich meist um die Mittagszeit wieder auf den Rückweg, um am Nachmittag erneut loszuziehen.

So verbrachten sie Tag um Tag, ohne zu wissen, wie lange dieser Zustand anhalten würde. Bertha hasste es, so die Zeit totzuschlagen. Ihr Nervenkostüm war dünner als ein Spinngewebe.

Als der Bürgermeister von Miltenberg sie nach acht Tagen aufsuchte, um ihnen mitzuteilen, dass sie nach Großheubach umsiedeln mussten, packten sie mit Freude das Wenige, was sie besaßen, zusammen. „Es konnte ja nur besser werden", war ihre feste Überzeugung. Der Bürgermeister hatte ihnen gesagt, dass sie höchstens zehn Kilometer mit dem Bus fahren mussten, um in das Städtchen Großheubach zu gelangen, was Bertha sehr beruhigte.

Wie um sie besonders willkommen zu heißen, strahlte die Sonne von einem wolkenlosen Himmel auf die kleine Stadt am Main mit steilen Weinberghängen, auf deren höchstem Punkt die Franziskaner einst ein Kloster erbauten.

Schnell fanden sie die Hauptstraße, über der das Kloster Engelberg thronte, und ihre neue Bleibe, das Gasthaus „Zum Engel". Der verheißungsvolle Name hielt allerdings nicht, was er versprach, wie sie schon bald feststellten. Treffender wäre „Kleiner Teufel" gewesen.

Kein Tag verging, an dem sie nicht hungrig vom Mittagstisch aufstanden, obwohl Bertha dem Wirt alle Lebensmittelmarken gab, die sie zugeteilt bekam. Für einen Normalverbraucher gab es in der Woche 2.400 g Brot, 500 g Fleisch und 270 g Fett; und auch alle weiteren Lebensmittel waren begrenzt. Wenn Bertha einen Nachschlag für die Kinder verlangte, weigerte sich der „Kleine Teufel", auch nur noch einen Löffel voll auf die Teller zu geben. Er pflegte dann zu sagen: „Ihre Rasselbande frisst mir noch die Haare vom Kopf."

„Wollen Sie mich für dumm verkaufen? Ich würde für die Menge an Marken etwas anderes auf den Tisch bringen, als Ihren Fraß", stritt sich Bertha mit ihm.

Sie war nicht die Einzige, die sich mit dem Wirt wegen des Essens anlegte, auch die anderen Frauen forderten, dass er für die Marken, die sie ihm gaben, mehr auf den Tisch brachte. Doch der „Kleine Teufel" hatte ein dickes Fell, die Beschwerden perlten daran ab wie Regenwasser.

Die Situation in dem Gasthaus wurde unerträglich. Bertha fragte sich, ob sie wohl zu anspruchsvoll wäre, aber dann sagte sie sich: „Nur weil wir Flüchtlinge sind, müssen wir uns doch nicht alles bieten lassen!"

Angenehm fiel Bertha auf, dass die Leute auf den Straßen und in den Geschäften nicht ganz so abweisend waren wie in Miltenberg. Doch ganz konnten auch sie ihre Abneigung gegen die Flüchtlinge nicht verbergen.

Jeden Tag machte sich Reinhard aufs Neue auf die Suche nach einer Arbeit. Doch er war machtlos, etwas an ihrer Situation zu ändern.

Eines Tages nahm Bertha all ihren Mut zusammen und ging aufs Bürgermeisteramt, um dort ihre Lage zu schildern: „Ich hätte gerne eine eigene Wohnung, so dass ich für meine Familie selbst kochen und sie versorgen kann. Ich bin nicht anspruchsvoll, wenn ich nur zwei Zimmer und eine Kochgelegenheit bekommen könnte."

„Wir werden sehen, was wir für Sie tun können", wurde sie abgespeist. Wie eine Bettlerin schlich sie davon, überzeugt, dass der Gang umsonst gewesen war.

Umso überraschter war sie, als nach ein paar Tagen ein Gemeindediener zu ihr ins Gasthaus kam und sie aufforderte, mit ihm in die Bachgasse zu gehen, um sich eine Wohnung anzusehen.

Eine Frau namens Horn, deren Oberkörper fast im Neunzig-Grad-Winkel nach vorn gekrümmt war, mit einem langen, gebogenen Zinken im Gesicht, öffnete ihnen die Tür. Sie zeigte Bertha zwei Zimmer im Obergeschoß, die sie bereit war zu vermieten.

„Die Küche können Sie mitbenutzen, aber nicht den Herd. Hier steht ein Spirituskocher, der muss Ihnen genügen. Den Spiritus müssen Sie allerdings selbst in Kleinheubach kaufen."

Ein stechender Blick durchdrang Bertha und ließ eine Gänsehaut über ihren Rücken rieseln.

„Eines von Ihren Bälgern kann das machen, Sie haben ja genug davon, habe ich gehört. Meine Tochter Rosemarie kann einmal mitkommen, um den Weg zu zeigen. Kleinheubach ist auf der anderen Mainseite, man muss mit der Fähre übersetzen. Aber wie schon gesagt, Rosemarie wird es Ihnen zeigen."

Der Gemeindediener hüstelte, um auf sich aufmerksam zu machen. „Nehmen Sie nun die Wohnung oder nicht?", wollte er wissen.

Mit Bauchgrimmen stimmte Bertha zu. Sie wollte auf keinen Fall undankbar erscheinen.

„Wird schon alles gut gehen", beruhigte sie sich. Was konnte die Frau ihr schon Böses tun?

Erst einmal zufrieden, aus dem Gasthaus herauszukommen, packte sie mal wieder ihr Bündel, um mit Reinhard und den Kindern in die Bachgasse zu ziehen. Sie hoffte von ganzem Herzen, dass damit das Herumvagabundieren ein Ende haben und ihr nächster Umzug sie wieder zurück nach Hilst bringen würde.

Nach einem halben Jahr, in dem das Essen mal besser, mal schlechter war – letzteres häufiger –, durfte sie ihrer Familie endlich wieder etwas selbst Zubereitetes auf den Tisch stellen.
Bertha kochte leidenschaftlich gerne. Waren es auch nur einfache Gerichte, so waren sie doch immer mit Liebe zubereitet. Nach der langen Koch-Abstinenz brachte Bertha „Plattgeschmälzte", Rührei und dazu eine große Schüssel Salat auf den Tisch. Die Familie nannte das Gericht so, weil die Salzkartoffeln erst auf der Platte mit in Schmalz gerösteten Zwiebeln verfeinert wurden. Die Kinder fielen darüber her wie über ein Festessen. Für Gertrud konnte sie ein Fläschchen machen, denn das Stillen alleine wollte nicht mehr reichen.

Sehr bald merkte sie, dass sie gut planen musste, was sie auf den Tisch brachte, denn der Brennspiritus war eine teure Angelegenheit, und außerdem standen ihr nur zwei Flammen zur Verfügung. Aber nachdem Reinhard zwei Wagenladungen Holz aus dem Wald geholt, zersägt und kleingehackt hatte, war Frau Horn so gnädig und erlaubte Bertha, auf dem Herd zu kochen.
Sie war schon eine merkwürdige Frau, die Horn. Bertha bekam sie selten zu Gesicht, und noch weniger kam sie mit ihr ins Gespräch. Sie gestand sich jedoch ein, dass es ihr so ganz recht war. Die Augen von Frau Horn durchbohrten sie wie Dolche, so oft sie ihr gegenüberstand. Sie fühlte sich dann nackt und verletzlich.
Sobald Herr Horn bei der Arbeit und das Mädchen Rosemarie in der Schule waren, trat absolute Ruhe ein. Erst wenn Bertha gegen Mittag nach unten in die Küche ging, um zu kochen, kam Frau Horn im Nachthemd und mit zerzaustem Haar aus ihrem Schlafzimmer, holte sich ein Glas Wasser und verschwand wieder. Am Nachmittag, kurz bevor Herr Horn von der Arbeit kam, wurde hektisches Töpfe- und Geschirrklappern in der Küche laut. Bertha wollte lieber nicht wissen, was

die Frau zusammenbraute. Meist stank es ekelhaft, säuerlich und ranzig nach Verdorbenem.

Ein andermal ging Frau Horn, gleich nachdem Mann und Kind weg waren, auch aus dem Haus und wurde den ganzen Tag nicht mehr gesehen. Ihrem dicken, schwarzen Kater, der ihr stets um die Beine streifte, widmete sie mehr Aufmerksamkeit als ihrer Familie. Wenn Rosemarie von der Schule kam, war sie sich meist selbst überlassen. Bertha brachte es nicht über sich zu sehen, dass die etwa zehn Jahre alte Rosemarie nichts Gekochtes bekam. Darum ließ sie das feingliedrige Mädchen oft zusammen mit ihren Kindern am Mittagstisch sitzen.

Von der Nachbarin, Frau Schmitt, hörte Bertha, dass man munkelte, Frau Horn sei eine Hexe.

„Wissen Sie, weshalb der Priester vor der Messe über das Altartuch streift?", wollte Frau Schmitt von Bertha wissen. Die musste gestehen, dass ihr, obwohl sie schon immer eine eifrige Kirchgängerin war, noch nie aufgefallen war, dass er das tat.

„Ja, das macht er, um zu fühlen, ob ein Buch unter der Decke versteckt ist. Gelingt es der Hexe, das Buch, in dem Handlungen und Zaubersprüche geschrieben sind, dort zu verstecken und der Priester liest darüber eine Messe, so gewinnt sie mit dem Buch sehr viel Macht."

Bertha zweifelte an der Geschichte, und doch beschäftigte sie das Gerede. In dem Städtchen wurde überall hinter vorgehaltener Hand über Hexen getuschelt. Bertha spukte das Gehörte im Kopf herum und bewirkte, dass sie des Nachts, von Albträumen geweckt, hochschreckte. Stets war es der gleiche Traum: Der Kater von Frau Horn saß auf ihrer Brust und hatte ihre Jüngste im Maul. Mit einem Satz sprang er dann aus dem Bett und verschwand mit ihr. Schweißgebadet wachte Bertha auf und tastete neben sich, um sicher zu sein, dass Gertrud noch dort lag.

Nach solchen Nächten nahm sie ihre Kinder und setzte mit der Fähre nach Kleinheubach über, um mit ihnen durch den weitläufigen, mit großen Rasenflächen und hohen Bäumen bewachsenen Schlosspark zu spazieren, dessen Eingang von zwei imposanten steinernen Löwen bewacht wurde. Hier versuchte sie, das Bedrückende der Nacht zu vergessen.

Ihre Albträume, Frau Schmitts Gruselgeschichten und die Verdächtigungen, Frau Horn sei eine Hexe, brachten Bertha so weit, dem Gerede Glauben zu schenken. Sie war darum sehr dankbar, als Frau Schmitt ihr zwei Zimmer und Küche bei sich im Haus anbot.

Nach dem Umzug ging Elisabeth, die eine tüchtige Arbeitskraft war, Frau Schmitt beim Kochen und Wäschewaschen zur Hand, und als die Tabakernte anstand, half sie, die Blätter zu bündeln und zum Trocknen aufzuhängen. Bertha ahnte wohl, dass Frau Schmitt ihr die Wohnung nicht ganz selbstlos vermietete, aber es war ihr egal, aus welchen Gründen sie es tat. Sie war einfach nur froh, endlich ihre eigene Küche zu haben, in der sie schalten und walten konnte, wie sie wollte. Nur das Heimweh und der ewige Streit zwischen Reinhard und Elisabeth machten Bertha noch das Leben schwer. Immer wieder musste sie schlichtend einschreiten, wenn die beiden sich in die Haare gerieten.

Einmal, als Reinhard mitbekam, dass Elisabeth immer noch mit Ludwig aus Schweinfurt in Briefkontakt stand, tobte er, als wäre es das größte Verbrechen, und seine Hand wäre auf Elisabeths Wange gelandet, hätte Bertha sie nicht festgehalten. Mit den Streithähnen zusammen unter einem Dach wurde es immer unerträglicher.

„Mann, wieso regst du dich so auf? Elisabeth ist fünfzehn Jahre, und da machst du so einen Aufstand wegen einem Brief. Ich glaube fast, du bist eifersüchtig. Sie ist meine Tochter, nimm dich also in Acht, was du denkst und tust", tadelte sie Reinhard scharf.

Ein Jahr lang hatte Reinhard die Familie mit Gelegenheitsarbeiten, die er bei Bauern fand, ernährt. Dann musste er im April 1941 zum Militär nach Nürnberg einrücken. Bertha war erleichtert und gleichzeitig schuldbewusst. Solange er in ihrer Nähe war, lebte sie ständig in der Angst, wieder schwanger zu werden. Die Gefahr war jedoch nicht gebannt. Häufig kam er an den Wochenenden nach Hause. Manchmal wünschte sie ihn weit fort, auch wegen seiner Eifersucht.

Die Geburt von Gertrud hatte Bertha aufgehen lassen wie eine Dampfnudel. Sie neigte zu einem ausgeprägten Doppelkinn und prallen Wangen, alles an ihr war rund und weich. Ihr dunkles, volles Haar, das sie mit der Brennschere in Wellen legte, trug sie zu einem Knoten im Nacken hochgesteckt. Obwohl sie an allen Ecken sparen musste, verstand sie es doch, immer gut gekleidet zu sein. An einem Spiegel konnte sie nie vorbeigehen, ohne hineinzublicken. Sie fühlte sich geschmeichelt, wenn von den wenigen Männern, die nicht im Krieg waren, sie begehrliche Blicke trafen. Aber deshalb würde sie Reinhard doch nicht betrügen!

Der Herbst färbte schon zum zweiten Mal die Blätter bunt, seit die Familie Hilst verlassen musste, als sie ein Brief vom Einwohnermeldeamt aus Pirmasens in helle Aufregung versetzte. Man bot ihnen an, im Zuge der Rückführung nach Schmalenberg umzusiedeln.

„Wo um Himmels willen war Schmalenberg?", fragte Bertha sich.

Warum sollten sie überhaupt von hier wegziehen, wenn schon nicht nach Hilst? Hilst, so hatten sie erfahren, war von den Franzosen total zerstört worden. Es sollte nicht wieder aufgebaut, sondern dem Truppenübungsplatz Bitsch zugeschlagen werden.

Es war doch immer das Gleiche: Wenn es darum ging, etwas zu entscheiden, war Reinhard nicht da. Nach seinem freien Wochenende war er nach Nürnberg zurückgefahren.

Berthas Schwiegereltern, die auch eine Zeitlang hier gelebt hatten, sich aber nicht wohlfühlten in Main-Franken, konnten bei der Rückführung wieder in ihr Haus in Eppenbrunn ziehen, da Hitler Frankreich annektiert hatte. Bertha erfuhr, dass ihr Schwiegervater auch für sie einen Antrag gestellt hatte. Sie war erbost über seine Eigenmächtigkeit. Was erlaubte der sich? Sie fühlte sich wohl in Großheubach und wollte bleiben. Irma und Alma gingen hier zur Schule. Was sollte sie in Schmalenberg?

Elisabeth lernte einen Jungen kennen, in den sie sich bis über beide Ohren verliebte. Der achtzehnjährige Norbert mit seinem blonden Haarschopf hatte es ihr angetan. Hatte früher Reinhard etwas gegen den Briefwechsel Elisabeths mit Ludwig einzuwenden, so war es nun Bertha, die gegen die Freundschaft ihrer Tochter mit dem gutaussehenden Norbert wetterte.

„Du wirst sehen, bald wird Norbert zum Militär eingezogen, verschwende also gar nicht erst deine Gefühle an ihn. Im Übrigen bist du auch noch zu jung für einen festen Freund."

Doch Bertha kannte ihre Tochter schlecht, wenn sie glaubte, ihr noch etwas verbieten zu können. Bei Einbruch der Dunkelheit, wenn sie mit ihrer Arbeit fertig war, stahl sich Elisabeth davon, um sich mit Norbert zu treffen. Gemeinsam schlenderten die Verliebten dann am Mainufer entlang. Sie hörten das Gegurgel und leise Plätschern des Flusses und aus dem nahen Schilf die Frösche quaken. Verhalten klangen Stimmen anderer Spaziergänger durch die Dunkelheit. Schüchtern tauschten sie die ersten Zärtlichkeiten.

Wenn Elisabeth sich dann wieder auf den Heimweg machte, wappnete sie sich schon gegen die Schläge, die ihre Mutter, ohne Rücksicht, wohin sie trafen, auf sie niedergehen ließ. Sie würde sich wie immer nicht lange mit Fragen aufhalten, wo sie gewesen war und so spät herkomme.

Stoisch ertrug Elisabeth alles und schwor sich, Norbert trotzdem wiederzusehen. Nur noch wenige Male war den beiden ihr unschuldiges Beisammensein gegönnt, bevor Norbert Elisabeth eines Abends sagen musste, dass er seinen Stellungsbefehl erhalten habe und sich in Würzburg melden müsse. Weinend hatten sie sich getrennt und einander versprochen, zu schreiben.

Bertha war erleichtert, als sie hörte, dass Norbert nicht mehr da war. Hatte sie doch geahnt, dass der Junge an die Front musste und Elisabeth unnötig leiden würde. Diese schrieb unzählige Briefe an Norbert, von denen sie jedoch keinen auf den Weg brachte, da sie nicht wusste, wohin sie ihre Liebesschwüre schicken sollte. Sie löcherte ihre Mutter täglich mit der Frage nach Post und verdächtigte sie im Geheimen, sie zu unterschlagen. Sie war fest überzeugt, dass Norbert ihr schon mehr als einen Brief geschrieben hatte und diese irgendwo versteckt lagen. Aber ihr Suchen in Schubladen und Schränken war ohne Erfolg.

„Was soll ich denn noch hier, wenn Norbert nicht mehr da ist?", fragte sich Elisabeth. „Ob Großheubach oder Schmalenberg, was spielt es für eine Rolle?"

Zuhause fühlte sie sich nirgendwo.

Sie war es dann auch, die ihrer Mutter Argumente aufzählte, einem Umzug zuzustimmen: „Schau, jetzt werden die Kosten dafür übernommen, wer weiß, ob das so bleibt? Außerdem liegt Schmalenberg näher bei Hilst." Sie hielt ihrer Mutter eine Landkarte unter die Nase. „Da, schau, es sind nur circa dreißig Kilometer."

Bertha vermutete, dass Elisabeth fort wollte, um Norbert zu vergessen. Für sie selbst war nur die Übernahme der Kosten wichtig, in dem Punkt hatte Elisabeth sicher recht. Wenn Hilst wieder aufgebaut war und sie dahin zurückwollte, war das von Schmalenberg aus bestimmt leichter als von Großheubach.

Nach all den Überlegungen schrieb Bertha Reinhard einen Brief nach Nürnberg, wo er stationiert war. Sie berichtete ihm von der Rückführung und ihrer Entscheidung. Inzwischen hatte Bertha Erfahrung im Kofferpacken.

Doch in den eineinhalb Jahren, die sie hier lebten, war eine Menge an Wäsche, Geschirr und Kleidern, die sie auf Bezugsscheine erhalten hatte, zusammengekommen. Sie wollte nicht wieder mit fast leeren Händen einen neuen Start unternehmen. So packte sie gemeinsam mit Elisabeth zwei große Kartons, die sie zum Bahnhof brachten und nach Waldfischbach verschickten. Das war die nächstgelegene Bahnstation zu Schmalenberg.

Die Zeit von 1941 – 1942

Im November 1941 machte sich Bertha mit ihren Kindern auf den Weg nach Schmalenberg. Im Laufe des langen Tages mussten sie dreimal die Prozedur des Umsteigens auf sich nehmen, aus einem überfüllten Zug in den nächsten. Immer wieder mit Kind und Kegel die hohen Stufen erklimmen und aufpassen, dass keines in dem Gewühle auf den Bahnsteigen verloren ging. Nun stand die letzte Etappe an.

„Die werden wir auch noch schaffen", machte sich Bertha Mut.

Es war ein verregneter kalter Novemberabend, als Bertha mit ihren fünf Kindern in Waldfischbach wie gerädert aus dem Zug stieg. Sie traten vor den Bahnhof und hielten Ausschau nach einem der gelben Postbusse mit ihren mächtigen langen Schnauzen, der sie nach Schmalenberg bringen sollte. Elisabeth nahm Irma und Alma bei der Hand und ging auf die Suche. Bald schon hatte sie den Bus entdeckt und winkte ihre Mutter herbei, die die zweijährige Gertrud auf dem Arm trug.

Langsam hinkte Bertha auf sie zu. Magdalena hatte sich wie üblich an ihren Rockzipfel gehängt. Elisabeth bemerkte, wie stark das kürzere Bein ihre Mutter behinderte; die Erschöpfung stand ihr ins Gesicht geschrieben.

Verärgert über Magdalena schimpfte sie: „Wie lange willst du noch an Mutters Rockzipfel hängen? Mit deinen fünf Jahren kannst du auch alleine laufen."

Bertha fragte sich, wie sie die Tortur heute ohne ihre Älteste hätte schaffen sollen. Doch kein Lobeswort kam über ihre Lippen; dazu war sie viel zu müde.

Als der Bus sich in Bewegung setzte, hatte die Dunkelheit endgültig das Tageslicht verdrängt. Schwarz glänzte der nasse Asphalt unter dem Scheinwerferlicht. Was abseits der Straße lag, blieb ihnen verborgen. Die Strecke musste sehr kurvig sein, denn immer wieder wurden sie auf ihren Sitzen hin- und hergeworfen. Alma klammerte sich an ihre große Schwester.

„Mir ist schlecht!", jammerte sie in einem fort.

Nach einer guten halben Stunde hielt der Bus an und der Chauffeur verkündete: „Schmalenberg, Endstation, alles aussteigen."

Sie brauchten eine Weile, bis sie mit den Kindern und mit Taschen beladen auf der Straße standen. Die anderen Fahrgäste waren schnell in der Schwärze der frühen Nacht verschwunden.

Nieselregen empfing sie, drang in die Kleidung und die übermüdeten Knochen, so dass sie vor Kälte zitterten. Wegen der Luftangriffe waren alle Fenster verdunkelt und keine Straßenlaterne beleuchtete den Ort. Nicht der kleinste Lichtschimmer war zu entdecken. Die Stille und Finsternis des fremden Dorfes legten sich gespenstig über sie und ein verhaltenes Bangen machte sich in Berthas Herz breit.

Magdalena klagte weinerlich: „Ich muss aufs Klo."

Genervt befahl Bertha ihr: „Dann zieh die Hosen runter und setz dich hin! Hier beobachtet dich kein Mensch, oder siehst du Quälgeist jemanden?"

Sie sah sich um und runzelte die Stirn. „Was machen wir denn nun? Kein Schwein da, um uns abzuholen. Das fängt ja gut an."

Von einer nahen Kirche klangen Glockenschläge. Elisabeth zählte mit. „Acht Uhr", stellte sie fest. „Großvater hat doch geschrieben, dass am Bus jemand auf uns wartet, oder etwa nicht?"

„Ja, das hat er mir mitgeteilt. Auch dass Herr Lehrer Busch eine Unterkunft bei einer Familie organisieren und eine Frau uns dort hinbringen würde. Ich kann aber noch immer niemanden entdecken", brummelte Bertha.

„Von wem sollen wir jetzt erfahren, wo Familie Schwebilus wohnt? Bei dem Wetter geht doch kein Mensch mehr vor die Tür", gab Elisabeth zu bedenken.

„Du bist doch die, die nach Schmalenberg wollte, dann geh' und klopf' an eine Haustür, um zu fragen."

Elisabeth hatte einen bitteren Geschmack im Mund. Sie strengte sich so sehr an, ihrer Mutter alles recht zu machen und doch war sie jetzt wieder schuld, dass sie hier standen. Warum nur war ihre Mutter so ungerecht?

Der Nieselregen, der sie beim Aussteigen empfing, verwandelte sich in heftigen Niederschlag. Wie aus dem Kanal gekrochene Ratten würden sie in Kürze aussehen. Bertha wurde das Herz schwer vor Selbstmitleid. Sie zweifelte ihre Entscheidung an. Hätte ein Bus dagestanden, um sie zurückzubringen, wäre sie sofort eingestiegen.

Eine Stimme wie in Watte gepackt drang an ihr Ohr und ließ sie zusammenzucken: „Ich bin Frau Hinzmann und soll Sie hier abholen und zu dem Haus von Familie Schwebilus führen. Sie sind doch Frau Scholz?"

Bertha nickte stumm und atmete erleichtert auf.

„Es sind nur zehn Minuten zu laufen", informierte Frau Hinzmann sie. „Mit den Kindern kommen wir aber nicht so schnell voran. Haben Sie denn keine Schirme dabei?", wollte sie wissen.

„Doch, einen, aber wie sollen wir den tragen? Wie Sie sehen, haben meine Große und ich die Hände voll." Elisabeth trug Gertrud auf dem Arm, die mit dem Kopf auf ihrer Schulter eingeschlafen war, und Bertha mühte sich mit zwei schweren Taschen ab. Müde und hungrig schleppten sie sich eine steile Gasse bergan, deren Kopfsteinpflaster vor Nässe glänzte.

„Das ist die Kirchgasse", erklärte ihnen Frau Hinzmann. Wie zur Bestätigung, dass sie den Namen verdiente, erklang ein einzelner Glockenschlag vom Kirchturm zu ihrer rechten Seite. In der Dunkelheit wirkte das langgezogene Kirchenschiff wie ein mächtiges Ungetüm, auf einem Hügel hingekauert.

Am Haus von Familie Schwebilus angekommen, wünschte Frau Hinzmann Bertha viel Glück und machte sich auf den Heimweg.

Bertha musste wiederholt heftig an die Haustür klopfen, ehe dahinter schlurfende Schritte zu hören waren. Sie wollte sich am liebsten auf die nassen, kalten Stufen setzen und nicht mehr aufstehen, sie konnte sich vor Müdigkeit kaum noch auf den Beinen halten. Eine Frau öffnete ihr einen Spaltbreit die Tür.

Als diese Bertha mit ihren Kindern erblickte, ließ sie sie erst gar nicht zu Wort kommen und legte gleich los: „Ja, Frau, ich kann euch nicht aufnehmen."

Bertha fehlten die Worte, sie war einem Zusammenbruch nahe. „Sicher hat Frau Schwebilus sich nur erschrocken, als sie die vielen Kinder sah", versuchte Bertha das Verhalten der Frau zu entschuldigen. Sie würde sie doch nicht hier draußen stehen lassen.

Aber hatte ihnen auf dem Weg hierher Frau Hinzmann nicht erzählt, dass alle hier im Dorf wussten, dass eine Frau mit fünf Kindern ankommen würde? Also war es kein Erschrecken von Frau Schwebilus, nein, die wollte ihnen wirklich eine Unterkunft verweigern. Sie machte keine Anstalten, die Tür weiter zu öffnen.

Bertha sandte ein stilles Stoßgebet gen Himmel: „Oh Vater, was habe ich verbrochen, dass du mich diesen Weg führst? Bitte, Magdalena, Mutter Gottes, hilf mir aus meiner Not."

Sie war nahe daran, vor Frau Schwebilus auf die Knie zu fallen, als sie fragte: „Aber wo sollen wir denn jetzt hin, in der Nacht?"

„Das ist mir doch egal, gehen Sie in die Wirtschaft." Kurz angebunden schlug Frau Schwebilus ihnen die Tür vor der Nase zu.

Aus der Finsternis rief eine Männerstimme: „Guten Abend, Bertha."

Erschrocken drehte sie sich um, im Glauben, ihre Nerven spielten ihr einen Streich. Wie sonst sollte hier in dem gottverdammten Ort, in dem sie keine Menschenseele kannte, jemand sie bei ihrem Namen rufen?

Erlöst hörte sie den Mann sagen: „Ich bin der Mitschler Georg aus Hilst. Ich dachte mir schon, dass du hier keine Aufnahme findest. Du kommst jetzt mit deinen Kindern erst mal zu mir." Entschlossen nahm er ihr die Taschen aus der Hand. „Wir wohnen gerade auf der anderen Straßenseite. Meine Frau wird Kaffee kochen. Sicher haben wir auch noch ein Stück Brot zu Hause. Ihr seid ja total durchnässt und holt euch noch eine Lungenentzündung, wenn ihr nicht ins Trockene kommt."

Die Worte Georgs waren Balsam für Berthas zum Zerreißen gespannte Nerven. Tatsächlich lief ihnen allen das Wasser in Strömen aus den Haaren und übers Gesicht. Es würde nicht mehr lange dauern, bis der Regen ihre Kleidung vollkommen durchdrang und sie bis auf die Haut nass waren. Bertha durfte sich nicht vorstellen, wie sie frierend auf der Straße hätten übernachten müssen, wenn Georg nicht aufgetaucht wäre.

„Sind noch mehr Leute aus Hilst hier untergebracht?", wollte sie wissen.

„Aus Hilst bin nur ich mit meiner Familie in Schmalenberg gestrandet, aber deine Cousine Alma aus Kröppen wohnt seit einiger Zeit auch hier. Wenn ihr euch bei meiner Frau in der warmen Stube von dem Schreck erholt habt, werden wir Alma aufsuchen. Am besten, ich lauf' gleich zu ihr und sag' ihr Bescheid. Für eine Nacht ist es sicher möglich, dass sie Schlafgelegenheiten für euch richtet."

Bertha freute sich, ihre Cousine zu sehen, und hoffte, bei ihr unterzukommen. Die Freude von Alma hielt sich zwar in Grenzen, aber das wunderte Bertha nicht; sie hätte an ihrer

Stelle auch keine Luftsprünge gemacht, wenn ihr in der Nacht sechs Personen in die Wohnung geschneit wären.

Berthas Töchter Elisabeth, Irma und Alma verbrachten die Nacht auf dem Fußboden. Wenigstens hatten sie Wolldecken, unter denen sie sich verkriechen konnten. Ihre Cousine teilte das Bett mit ihr und Gertrud. Die zwei Mädchen von Alma nahmen die widerspenstige Magdalena in die Mitte.

Trotz der beengten Verhältnisse schliefen alle wie Steine nach dem anstrengenden Tag.

Bertha ging am Morgen frisch gestärkt und von ihrer Cousine begleitet zu Lehrer Busch. Es regnete nicht mehr, und bei Tageslicht gesehen wirkte der kleine Ort Schmalenberg nicht mehr ganz so abweisend. Sie war voller Hoffnung, dass sich alles klären würde. Herr Busch war es, der es in die Hand genommen hatte, eine Wohnung für Bertha zu suchen, also sollte er sich jetzt auch kümmern.

Die Frau des Lehrers fertigte sie an der Tür ab, als wäre sie eine Bettlerin: „Sie wissen doch, dass mein Mann in Eppenbrunn arbeitet und nur sonntags zu Hause ist. Wenn Sie also etwas von ihm wollen, setzen Sie sich mit Ihren Kindern in den Bus und fahren dorthin."

Von Stund' an hasste Bertha die Frau. Wie hätte sie denn wissen sollen, dass der Lehrer seinen Dienst in Eppenbrunn versah? Sie wünschte den beiden die Pest an den Hals. Was war das für ein Mensch, der eine Frau mit fünf Kindern einfach in einen Ort schickte, ohne sicher zu sein, dass sie wirklich eine Bleibe dort finden würden? Ohne Frau Busch noch eines Blickes oder Wortes zu würdigen, drehte Bertha sich auf dem Absatz um. Sie musste hier verschwinden, bevor sie anfing, mit der Frau zu streiten. Es brachte ja doch nichts.

Die Mutlosigkeit vom Vorabend überfiel sie aufs Neue und drückte sie nieder, als würden alle Sünden der Welt auf ihren Schultern lasten. Bertha blieb keine andere Wahl, als dem unfreundlichen Rat zu folgen. Für eine Nacht war es sicher möglich, bei den Schwiegereltern unterzukommen, die in Eppenbrunn ein Häuschen besaßen.

Allerdings wohnte schon ihre Schwägerin, deren Mann an der Front war, mit zwei Kindern dort. Aber nachdem ihr Schwiegervater ihr die Suppe eingebrockt hatte, musste er es auch ertragen, sie für eine Nacht aufzunehmen.

An einem Tag nach Eppenbrunn hin- und wieder zurückfahren war nicht durchführbar, zumal es schon auf Mittag zuging. Sie sah keine andere Möglichkeit, als in Eppenbrunn zu übernachten. Morgen musste dann Lehrer Busch mit ihnen nach Schmalenberg fahren und sie zu einer Unterkunft bringen. Sie schwor sich, dass wenn der Schwiegervater meckern sollte, sie ihm Paroli bieten würde. Immer sollte sie nur einstecken und stillhalten. Sie hatte die Nase gestrichen voll.

Doch als sie am Abend in Eppenbrunn ankamen, war der Schwiegervater ungewöhnlich schweigsam. Sie vermutete, sein schlechtes Gewissen war der Grund.

Gleich in der Früh am nächsten Morgen wurde Bertha bei Herrn Busch vorstellig. Er versprach, sich zu bemühen so schnell wie ihm irgend möglich in Schmalenberg eine andere Unterkunft für sie zu finden, doch würde das nicht an einem Tag zu machen sein. Er verstand ihren Vorwurf, dass er sie verantwortungslos hatte ins Messer laufen lassen und bedauerte sehr, dass sie nun erst einmal in Eppenbrunn bleiben mussten.

Doch was nutzten Bertha Entschuldigungen? Dadurch wurde ihre Situation nicht besser.

Die Tage gingen ins Land und reihten sich zu Wochen. Immer wieder suchte Bertha den Lehrer auf. Selbst in der Schule verschonte sie ihn nicht.

Der Dezember brach mit Regen und Schneeschauern an. Der Himmel war ständig grau verhangen und das Tageslicht, das durch die kleinen Fenster fiel, schaffte es nicht, die niedrigen Räume zu erhellen.

„Mir fällt hier noch die Decke auf den Kopf", schimpfte Bertha mit ihrem Schwiegervater. „Du hast uns das eingebrockt, nun geh du mal zu dem Lehrer, auf den du so große Stücke hältst, und mach ihm Dampf unterm Hintern."

Der Schwiegervater, der sein Geld mit Hausschlachtungen verdiente, hatte wenig Arbeit, obwohl er auch in den umliegenden Orten schlachtete. Es gab aber kaum noch Vieh in den Ställen. Als die Eppenbrunner ihren Ort verließen, mussten sie ihre Tiere zurücklassen und die marodierenden Soldaten und Westwallarbeiter hatten alles geplündert, was nicht niet- und nagelfest war. Es dauerte lange Zeit, ehe die Bauern und Landwirte wieder Nutztiere ihr Eigen nennen konnten.

Zu Hause mit den vielen Enkelkindern hielt der Schwiegervater es nicht aus. Also machte er sich meist aus dem Staub, um seine Zeit im Gasthaus zu verbringen. Bertha ärgerte sich, dass sie Kleidung und Wäsche in das Gepäck verfrachtet hatte, das nun in Waldfischbach lagerte. Wer hätte denn gedacht, dass sie wochenlang unterwegs sein würden? Bertha blutete das Herz, wenn sie die Kinder in ihren besten Sonntagskleidern spielen sah. Ihre Schwester Frieda bot ihr an, dass drei der Kinder bei ihr schlafen konnten. Dankbar war sie ihr um den Hals gefallen, doch gleichzeitig plagte sie ein schlechtes Gewissen, dass sie so viele Umstände machte.

Frieda hatte zwei Mädchen in Elisabeths Alter, und der Wohnraum war nicht ganz so beengt wie bei Berthas Schwiegermutter.

Fast täglich machte sich Bertha am Morgen mit Gertrud und Magdalena auf den Weg ans andere Ende des Dorfes und verbrachte den Tag bei ihrer Schwester, um der qualvollen Enge und dem ständigen Zwielicht zu entfliehen. Einmal trieb sie das Heimweh nach Hilst. Zusammen mit Elisabeth legte sie den Weg hinauf in ihren Heimatort zurück.

Mit Entsetzen sahen beide die Zerstörungen in dem kleinen Ort. Fast kein Stein stand mehr auf dem anderen. Auch in Eppenbrunn waren die Schäden groß und so manches Haus ohne Dach und Wände. Ohne Innenleben standen sie wie Skelette in der Landschaft. Doch was sie in Hilst sahen, erstickte ihre Hoffnung je wieder dort leben zu können im Keim. Ein Geisterdorf mit einer Handvoll hartgesottener Menschen, die die Sehnsucht in die Heimat zurückgeführt hatte. Den Schwierigkeiten trotzend, die sich ihnen in den Weg stellten, lebten sie in den Kellern ihrer Häuser, die nur noch Ruinen waren.

Ungläubig hörte die Schwiegermutter Berthas Schilderung von dem Gesehenen. Sie war ja auch noch nicht lange wieder in ihrem Haus in Eppenbrunn, das zwar geplündert worden war, doch unbeschädigt blieb.

Die Schwiegermutter war eine Seele von einer Frau, doch Bertha bemerkte, dass selbst sie immer öfter die Geduld mit den Kindern verlor, wenn sie sich zankten und die kleine Gertrud quengelte. So konnte es nicht weitergehen. Mit Sorge dachte sie an die wiederholten Unterrichtsausfälle von Irma und Alma in der Schule und außerdem brauchten sie alle dringend Winterkleidung. Es würde gerade noch fehlen, dass sie krank wurden.

Kurz entschlossen fuhr Bertha nach Pirmasens. Wenigstens für die Kleinen wollte sie wärmere Sachen kaufen. Dazu musste sie zum Versorgungsamt gehen, um sich Bezugsscheine zu holen. Bestimmt würden die wieder hundert Fragen stellen. Sie verstand ja, dass an allem Mangel herrschte, aber sie würde mit Sicherheit kein Geld ausgeben, wenn sie die Dinge nicht dringend brauchen würde.

Die sechste Woche war bereits angebrochen, als Herr Busch bei ihren Schwiegereltern anklopfte. Na, dachte Bertha, wenn er sich selbst meldet, bringt er bestimmt eine gute Nachricht. Aber sie war gegenüber seinen Versprechen vorsichtig geworden. Darum fiel sie ihm nun auch ins Wort, noch bevor er einen Satz gesprochen hatte.

„Herr Lehrer Busch, sind Sie ganz sicher, dass Ihr jetziges Versprechen Hand und Fuß hat? Sie müssen wissen, dass die Fahrt mit Bus und Bahn mit den Kindern kein Vergnügen ist. Vor allem, wenn wir wieder keine Bleibe finden und wie Bettler dastehen. Sagen Sie also jetzt nicht leichtfertig etwas daher."

Der Lehrer war sichtlich eingeschnappt: „Darf ich nun ausreden oder wollen Sie gar nicht wissen, über was ich Sie informieren will?"

Schuldbewusst senkte Bertha den Kopf.

„Also, ich wollte Ihnen sagen, dass Sie am kommenden Montag nach Schmalenberg aufbrechen können. Ich versichere Ihnen, dass diesmal alles gutgehen wird. Die Unannehmlichkeiten, die Sie hatten, tun mir ehrlich leid."

„Der Mann hat gut reden, wo soll ich noch Vertrauen hernehmen? Ich muss es wagen, mir bleibt gar nichts anderes übrig. Muss ihm glauben und hoffen, dass ich den jetzigen Umständen entfliehen kann", schwirrten die Gedanken durch Berthas Kopf.

Wieder einmal setzte sie sich mit Kind und Kegel in den Bus. Zweimal würden sie umsteigen müssen, zuerst in Pirmasens und dann in Waldfischbach. Mit Grausen dachte sie an die Strapazen. Wenn sie nur nicht umsonst waren und sie diesmal in eine Wohnung einziehen konnten; niemand sollte dann eine Klage von ihr hören.

Ein Schimmer von Tageslicht lag noch über den Dächern, als sie in Schmalenberg ankamen. Erneut war es Frau Hinzmann, eine rüstige Frau um die fünfzig Jahre alt, die sie am Bus abholte. Bertha erkannte sie nicht wieder. Kein Wunder – in der Finsternis damals, in der sie sich zum ersten Mal trafen, konnte man ja die Hand vor Augen nicht sehen. Aus dem wettergegerbten Gesicht leuchteten blaue Augen, die Bertha Vertrauen einflößten.

Auch diesmal ging es die Kirchgasse bergan. Es hatte frisch geschneit und eine dünne Schneeschicht bedeckte das Kopfsteinpflaster. Bertha, beladen mit einem großen Karton und einer Tasche, setzte vorsichtig einen Fuß vor den anderen. Magdalena trippelte neben ihr her. Irma und Alma versuchten zu glitschen, aber den Berg hinauf gelang es ihnen natürlich nicht. Elisabeth mühte sich mit Gertrud auf dem Arm die glatte Steigung hoch.

Berthas Herz klopfte zum Zerspringen. Nicht allein der Steigung wegen hämmerte es in ihrer Brust; es war die Erinnerung an die erste Nacht in diesem Ort. Die würde sie ihr ganzes Leben lang nicht vergessen. Je näher sie dem Haus von Familie Schwebilus kamen, desto weicher wurden ihr die Knie.

Ein Seufzer der Erleichterung stahl sich aus ihrem Mund, als Frau Hinzmann vor einem putzigen Haus, das mit Holzschindeln verkleidet war, anhielt. Zwischen zwei mannshohen Pfeilern, in deren obere Drittel ein Herz eingemeißelt war, öffnete sie ein Gartentürchen. Sie ging einige Steinstufen zur Haustür hoch und steckte den Schlüssel ins Schloss.

Bertha blieb zögernd auf dem Bürgersteig stehen, bis die Frau sie resolut aufforderte: „Na, was ist, wollen Sie da draußen festfrieren?"

„Nein, natürlich nicht. Ich kann nur nicht glauben, was ich sehe." Zögernd betrat sie das Grundstück. „Das Haus soll ganz allein für uns sein?"

Mit einem breiten Lachen, das die vorderen vier Schneidezähne und die dahinterliegenden Lücken freilegte, sagte Frau Hinzmann: „Na, sehen Sie vielleicht sonst noch jemand?"

Sie erklärte Bertha, dass es das Wochenendhaus einer betuchten Familie aus Kaiserslautern sei.

Flur und Küche waren mit großen Steinplatten ausgelegt. Hier, wie auch in den anderen drei Räumen, waren die Fenster mit Eisblumen bedeckt. Die Kälte, die im Freien erträglich war, biss sich Bertha im Haus durch die Kleider. Die Anspannung und die Anstrengungen des Tages ließen sie zittern. Krampfhaft presste Bertha die Lippen aufeinander, um ein Zähneklappern zu vermeiden.

Ihre Erleichterung, eine Unterkunft für sich und ihre Lieben gefunden zu haben, war riesig. Eine ganze Geröllhalde löste sich von ihrem Herzen. Alle Worte hätten ihre Zufriedenheit nicht auszudrücken vermocht. Nun konnte sie das Schnattern vor Kälte nicht mehr länger unterdrücken.

Frau Hinzmann war eine mitfühlende Frau und erkannte, dass Bertha eine warme Stube und ein wenig Ruhe brauchte.

„Wissen Sie was, Frau Scholz, ich wohne gleich nebenan und gehe schnell rüber, ein paar Kiefernzapfen zum Feuer anmachen holen. Sie sehen mal hinters Haus, da muss unter der Veranda noch Brennholz gestapelt sein. Wenn erst einmal ein Feuer im Herd flackert, wird es Ihnen gleich besser gehen."

Bertha fand unter der Veranda einen ganzen Ster Holz. Es half alles nichts, sie und Elisabeth mussten, wenigstens für den Anfang, einen von den meterlangen Scheiten auf den Sägebock legen, zersägen und kleinhacken. Aber es war gut zu wissen, dass Brennmaterial vorrätig war. In der einbrechenden Dunkelheit – die ersten Sterne glitzerten bereits am Himmel – tastete sie sich den ungewohnten Weg zurück ins Haus, um Elisabeth zu rufen.

Neugierig wie die war, hatte sie derweil in der Küche die Tür zum Keller geöffnet. Steinstufen führten hinunter zu einer Toilette mit Wasserspülung. Was für ein Komfort! So eine hatte es nur im Heim und den Wirtshäusern, in denen sie wohnen mussten, gegeben. Bei ihrem weiteren Erkundungsgang fand sie auch eine Menge Brennholz, sauber aufgeschichtet an einer Wand. Aufgeregt stürmte sie die Treppe wieder hoch, um zu berichten.

Inzwischen war Frau Hinzmann zurückgekommen und hatte die Zapfen schon zum Brennen gebracht.

„Ja, auf was wartest du denn noch? Lauf schon, warum hast du nicht gleich einen Armvoll mitgebracht?", wollte Bertha von Elisabeth wissen. Zufrieden legte sie sodann ein paar von den herbeigeschafften Scheiten auf die flackernden Hutzeln.

Beim Anblick der lodernden Flammen im Herd löste sich allmählich Berthas Verkrampfung. Sie konnte nicht verhindern, dass die ganze Anspannung des Tages ihr Tränen in die Augen trieb, die ihr ungebremst über die Wangen liefen. Sie ergriff die Hand ihrer neuen Nachbarin.

„Danke, Frau Hinzmann, Sie sind ein guter Mensch, danke. Ich werde Ihre Hilfe nie vergessen."

Die Frau wehrte verlegen ab. „Ja, ja, ist schon gut. Ich geh' dann mal, und wenn Sie was brauchen, einfach nach nebenan kommen. Ich werde Ihnen später noch ein paar Briketts und Kohlen bringen, die Sie mir irgendwann zurückgeben können."

Bertha drückte ihr erneut die Hand. „Ich weiß nicht, wie ich das je wieder gutmachen kann. Nochmals vielen Dank und auf eine gute Nachbarschaft."

Inzwischen schneite es kräftig, und der Vollmond legte sein milchig weißes Licht über die wie mit Puderzucker bestäubten Straßen und Gärten. Ausgelassen tobten die Kinder hinter dem Haus.

Elisabeth kochte für Gertrud das Fläschchen und wechselte die Windel; manchmal passierte der Kleinen noch ein Malheur und es ging in die Hose. Sie spielte und erzählte mit ihr, fürsorglich wie eine Mutter.

Die drei Mittleren kamen nun mit roten Backen ins Haus gerannt und klagten über kalte Hände und Füße. Bertha sah ihre nassen Schuhe und die schon wieder verschmutzten Kleider.

„Elisabeth, schau' dir das an, wir müssen so schnell wie möglich das Gepäck aus Waldfischbach holen. Bald taugen die guten Kleider nur noch für den Lumpensammler", seufzte Bertha. Sie kramte in der Tasche nach trockenen Sachen für die Kleinen.

„Ich werde früh aufstehen, Mutter, dann kann ich vielleicht gleich am Morgen einen Bus bekommen, und wenn ich Glück habe, geht mittags noch einmal einer. Dann hätten wir das ganze Gepäck hier."

Am nächsten Abend machte sich Bertha über die Gepäckstücke her, als ob sie die größten Reichtümer enthielten. Ein Strahlen lag auf ihrem Gesicht, als sie Stück für Stück aus seiner Verpackung befreite.

Unangemeldet stand nach ein paar Tagen eine große, schlanke Frau mit hochgestecktem blondem Haar vor der Tür und verlangte Einlass. Im Schlepptau hatte sie einen Mann in gesetztem Alter, in dem nicht sogleich ihr Ehemann zu erkennen war. Er erklärte, der Besitzer des Hauses zu sein. „Meine Frau, Dr. Hardlein, und ich wollen sehen, ob alles in Ordnung ist."

Ohne lange zu fragen, öffneten sie die Zimmer. Frau Doktor stellte herablassend klar, was Bertha zu tun und vor allem zu lassen hatte: „Man hat Ihnen sicher schon gesagt, dass die Zimmer im oberen Stockwerk tabu für Sie und Ihre Kinder sind. Zu Deutsch: Sie werden sie nicht betreten. Habe ich mich klar ausgedrückt? Sie können froh sein, dass ich hier unten an Sie vermiete", fuhr sie ohne Luft zu holen fort.

Für einen Moment glaubte Bertha, in der Schule vor ihrem Lehrer zu stehen; fehlte nur noch, dass sie die Hände vorzeigen musste, ob sie sauber und die Fingernägel geputzt waren. Sie war sprachlos vor so viel Überheblichkeit.

„Nun stehen Sie nicht da wie zur Salzsäule erstarrt. Man weiß doch, was zu Bruch geht mit so vielen Kindern. Wir sind auch schon durch den Keller gegangen und mussten feststellen, dass Sie sich an unserem Brennholz bedienen. Das erstatten Sie uns natürlich."

Bertha fragte sich, ob die Person statt einem Herzen einen Stein in ihrer Brust trug. Wo um Himmels willen hätten sie denn trockenes Holz hernehmen sollen, mitten im Winter?

„Keine Angst, sobald das Wetter es erlaubt, werden wir Holz aus dem Wald holen und Sie bekommen Ihres ersetzt." Bertha versuchte, ruhig zu bleiben, obwohl es in ihr brodelte. Stolz blickte sie auf ihren Nachwuchs, der sich um sie geschart hatte. „Ich habe fleißige Kinder, die mir dabei helfen werden."

Elisabeth hatte sich neben ihrer Mutter aufgebaut. Zu gerne hätte sie die Frau gefragt, ob sie auch nur die geringste Ahnung hatte, wie das war, seine Heimat verlassen zu müssen. Aber sie durfte sich ja nicht in Erwachsenengespräche einmischen.

„Da ist noch ein Punkt", erklärte die Frau Doktor. „Meine Möbel, Wäsche und Geschirr werden Sie nicht weiter benutzen."

Bertha pflanzte sich mit in die Hüften gestemmten Fäusten vor ihr auf. „Was glauben Sie eigentlich, Frau Doktor, meinen Sie, mir macht es Spaß, Ihre Sachen zu benutzen? Meine eigenen wären mir lieber. Sie haben ja keine Ahnung wie das ist, wenn man alles, was einem lieb und wert ist, aufgeben muss. Sie können jedoch beruhigt sein, ich werde eine Entschädigung für meinen nicht mehr existierenden Hausstand, den ich in Hilst zurücklassen musste, bekommen."

Bertha setzte sich auf die Stuhlkante, sie musste erst mal Luft holen, ehe sie weiter mit dieser hochnäsigen Person debattierte. „Sobald das Geld eintrifft, werde ich nichts Eiligeres tun, als mir eigene Möbel und alles, was man im Haushalt braucht, zu kaufen. Das Geld wäre schon da, hätte es nicht dummerweise den Umweg über Großheubach gemacht. Der Geldbriefträger wird mir in den nächsten Tagen das per Postanweisung geschickte Geld zustellen."

Noch immer stand das Ehepaar mitten in der Küche, doch Bertha fiel im Traum nicht ein, Stühle anzubieten. So wie die Frau sich aufspielte, sollte sie sich doch die Beine in den Bauch stehen.

„Ich frage mich nur, was soll ich mit Ihrem wertvollen Eigentum anstellen, wenn ich meine eigenen Möbel bekomme, Frau Hardlein?"

„Frau Doktor Hardlein, wenn ich bitten darf. Benimmregeln sind Ihnen wohl fremd, Frau Scholz? "

Bertha war in Fahrt gekommen und ließ sich nicht beirren: „Was soll ich mit Ihren Möbeln machen? Sagen Sie schon. Ich möchte gerne wieder an meine Arbeit."

Frau Hardlein war eine feine Röte in das hochmütige Gesicht gestiegen, sie konnte sich nicht verkneifen, eine letzte Giftspritze zu versprühen. „Na, Sie haben doch fleißige Kinder, die Ihnen helfen können, sie abzuschlagen und nach oben zu schaffen. Ach, da ist noch etwas! Vergessen Sie nicht, zum Ersten jedes Monats die Miete zu überweisen, und zwar pünktlich!"

Bertha fragte sich, weshalb die Frau ihren Mann dabeihatte. Von ihm kam kein einziges Wort. Verlegen räusperte er sich, als er ihr die Hand gab, um sich zu verabschieden. Die gnädige Frau erachtete das für überflüssig.

Eine Woche später brachte der Geldbriefträger zweitausend Reichsmark als einmalige Entschädigungszahlung. Zufrieden, wieder ein Stück weiter zu sein, fuhr Bertha mit dem Bus nach Kaiserslautern. Hier war sie noch nie gewesen. Sie fragte sich durch, bis sie nach einigem Suchen das Möbelgeschäft fand, das ihr Frau Hinzmann empfohlen hatte.

Ein Verkäufer, der zu Hause hätte die Beine hochlegen müssen, so alt schätzte Bertha ihn, fragte sie nach ihren Wünschen.

Zwei Betten und zwei Nachtschränkchen wollte sie, auf einen Waschtisch konnte sie verzichten, ein kleiner Spiegel an der Wand musste reichen.

Aber der knorrige Alte gab nicht nach; zu einem Schlafzimmer gehöre nun mal ein Waschtisch, er könne es nur komplett verkaufen, belehrte er sie. Als er sie zu den Tischen führte, musste sie ihm sagen, dass sie nicht vorhabe, mit einer Baronin zu speisen, sondern einen robusten Küchentisch brauche, an dem sie arbeiten und mit der Familie essen könne, und dass ihre Mittel nicht unbegrenzt seien. Sie musste sich gut überlegen, wie viel die einzelnen Dinge kosten durften, es fehlte ja von der Kücheneinrichtung über Betten, Matratzen und Schränke einfach alles. Auch an Geschirr und Wäsche mangelte es.

Inzwischen hatte sie Kohlen und Briketts auf Bezugsscheine bekommen, aber an Holz fehlte es nach wie vor. Doch zumindest in der Küche konnte sie richtig einheizen. Sie war ihnen allen der angenehmste Aufenthaltsort, weil es dort kuschelig warm war. Die Kinder liebten es, nach dem Schlittenfahren oder Schneemannbauen die kalten Füße im geöffneten Backofen aufzuwärmen.

In den beiden Schlafzimmern bewunderten sie morgens, wenn sie noch in den warmen Federn steckten, die Formen der Eisblumen, die die Fenster bedeckten wie ein dichter Vorhang.

Abends wollten sie nicht schlafen gehen, weil es ihnen vor den eisigen Stuben graute. Der Winter war außergewöhnlich kalt, und Bertha hoffte, dass er sich nicht zu lange hinziehen würde.

Am späten Nachmittag schon legte sie Ziegelsteine in den Backofen, so dass sie gut durchgewärmt waren, wenn sie diese in Zeitungspapier wickelte und eine Stunde vor dem Schlafengehen der Kinder in die Betten packte. Die Unterwäsche durften die Kinder anbehalten, darüber zogen sie ein Nachthemd und ein Bettjäckchen. Eng aneinander gekuschelt hielten sie sich warm.

Wieder einmal stand die Hausbesitzerin vor der Tür und Bertha ahnte schon, dass es kein Freundschaftsbesuch sein würde. Und richtig: Sie wollte eine noch ausstehende Monatsmiete eintreiben. Damit traf sie bei Bertha einen empfindlichen Nerv.

„Sie können mich als arm und kinderreich bezeichnen, doch niemals als schmutzig oder unehrlich. Hier sind die Überweisungsabschnitte, jeden Monat kann ich belegen. Übrigens habe ich Ihren Fußboden geschrubbt, so sauber sah er wohl noch nie aus. Aber so etwas sehen Sie natürlich nicht."

Frau Hardlein war für einen Moment sprachlos. So weit kam es noch, dass sie sich von einer „Dahergelaufenen" sagen lassen musste, sie sei nicht sauber.

„Gehen Sie nicht zu weit; wenn es Ihnen hier nicht passt, dann suchen Sie sich doch eine andere Bleibe. Ich habe Ihnen von Anfang an gesagt, dass Sie hier keine Wurzeln schlagen können."

„Das müssen Sie nicht noch mal betonen, Frau Doktor. Der Gemeindesekretär hat mir versichert, Bescheid zu sagen, sobald eine Wohnung frei wird."

Erleichtert atmete Bertha auf, als die Besitzerin sich in ihr Auto setzte, von dem sie zuerst die Kinder aus der ganzen Nachbarschaft vertreiben musste. Die Neugier, vor allem die der Jungen, war verständlich. In Schmalenberg fuhr nur ein einziges Auto, ein Kleinlaster mit Holzvergaser. Typisch für sein Aussehen war das lange Abzugsrohr, das seitlich der Kühlerhaube aufragte.

Obwohl Bertha jeden Tag damit rechnete, das Haus wieder verlassen zu müssen, konnte sie es nicht lassen, Pläne zu schmieden, was sie alles im Garten anpflanzen wollte.

Ende März war es dann so weit: Der Frost, der den dunklen, schweren Boden in seinen Fängen hatte, wich mit den ersten warmen Strahlen der Märzsonne.

Der Garten hatte die Größe eines halben Fußballfeldes, und Bertha vermutete, dass er im vergangenen Jahr nicht bepflanzt worden war, da sich das Unkraut ungehindert ausgebreitet hatte. Sie würde einige Stunden mit Jäten und Umgraben zubringen müssen, doch Gartenarbeit machte ihr Spaß, und sie freute sich schon auf den ersten Salat, den sie frisch geerntet auf den Tisch bringen konnte. In das kleine Rondell inmitten der Beete wollte sie ein paar Blumen pflanzen. Die Brombeerhecken, die üppig am Ende des Gartens wucherten, trugen bestimmt eine Menge Früchte, aus denen sie Gelee kochen würde.

Doch sie eilte mit ihren Gedanken der Zeit voraus; bis dahin ging noch ein halbes Jahr ins Land und wer weiß, was noch alles geschah.

Wenn das Wetter es erlaubte, fand man Bertha in eine Kittelschürze gekleidet, die Strümpfe bis zu den Knöcheln heruntergerollt und ein Tuch um den Kopf geschlungen im Garten. So auch an jenem Tag.

Sie bemerkte das vorgefahrene Auto erst, als die schneidende Stimme von Frau Hardlein sie aufblicken ließ: „Wer hat Ihnen erlaubt, den Garten zu nutzen? Sie glauben doch nicht ernstlich, dass ich meinen Garten von Dahergelaufenen bestellen lasse."

Gerade noch überlegte Bertha, dass es wohl schon die Hälfte war, die sie umgegraben hatte, da zerplatzte ihr Traum vom selbstbestellten Garten wie eine Seifenblase.

„Lieber sehe ich ihn brachliegen, als dass Sie Salat und Gemüse für Ihre Brut darin pflanzen!"

Wie Messerstiche fühlte Bertha die Worte. Doch sie dachte nicht daran, zu Boden zu gehen.

„Besser eine Dahergelaufene, die ihre Brut zu versorgen sucht, als eine wie Sie, ohne einen Hauch von Herzensbildung. Ihr Mann muss sich sicher immer warm anziehen, so dass er neben Ihnen nicht erfriert."

Sollte die Person sie nun vor die Tür setzen oder nicht, im Moment war ihr das egal. Musste sie sich denn alles bieten lassen? Auch sie hatte Achtung verdient. Bertha als „Dahergelaufene" und ihre Kinder als „Brut" zu bezeichnen, da war die Frau Doktor übers Ziel hinausgeschossen.

Es wurde immer offensichtlicher, dass sie Bertha nicht mochte und sie lieber heute als morgen aus dem Haus haben wollte. Bertha überlegte, ob die Frau Doktor vielleicht das Haus das ganze Jahr bewohnen wollte, das hätte sie sogar verstanden. Kaiserslautern war oft Ziel von Luftangriffen, bei denen Häuser und Menschenleben zerstört wurden. Da war es in dem zwanzig Kilometer entfernten kleinen Schmalenberg, wo nur Landwirtschaft betrieben wurde, sicherer. Hier waren kein Bahnhof oder Fabriken zu zerstören.

Doch wenn es sich so verhielt, dann sollte die Frau das offen sagen und nicht stattdessen Terror ausüben. Die Mieteinnahme war ihr wohl doch wichtiger als die eigene Sicherheit.

Aber Bertha wollte sich trotz der Querelen und der Not nicht beklagen und zufrieden sein mit ihrem Los.

Die Zeit von 1942 – 1943
Elisabeth

Im April 1942 wurde ich siebzehn Jahre alt. Auf Drängen meiner Mutter fand ich eine Anstellung in einem Apothekerhaushalt in Pirmasens.

Wie schon so oft in meinem jungen Leben fühlte ich mich alleine und abgeschoben. Ich durfte nur an den Wochenenden nach Hause fahren und vermisste meine Geschwister sehr, vor allem die kleine Gertrud.

Einen Trost gab es für mich: Ich konnte nun öfter meinen Onkel Jakob besuchen, der sich immer freute, mich zu sehen und mich in die Arme schloss mit den Worten: „Na, hat unsere kleine Elisabeth wieder Heimweh?"

Tante Babette drückte mich und gab mir einen schmatzenden Kuss auf beide Wangen. Dann erzählte sie von ihren Jungs Kurt und Heinz, die vor Kurzem an die Front eingezogen worden waren.

„Wir machen uns solche Sorgen, dass sie verwundet werden oder nicht mehr nach Hause kommen. Sie sind ja kaum älter als du. Aber jetzt zu dir, Elisabeth; ich erzähle von unseren Sorgen, ohne zu fragen, was dir alles auf der Seele brennt. Sicher hast du auch Hunger, ich mach' dir eine Scheibe Brot und du verrätst uns, was dich beschäftigt."

Nachdem ich Onkel und Tante meine Einsamkeit geklagt hatte, kehrte ich getröstet zurück an meinen Arbeitsplatz. Das Apothekerpaar hatte einen Jungen von drei Jahren, auf den ich aufpassen musste. Das half mir, das Getrenntsein von Gertrud besser zu ertragen. Außerdem hatte meine Chefin, der ich auch beim Putzen und Kochen half, oft ein freundliches Wort für mich, und mit der Zeit gewöhnte ich mich daran, nur an den Wochenenden bei meiner Familie zu sein.

Als im Dezember zweiundvierzig der Reichsarbeitsdienst mich nach Arnstadt in Thüringen schickte, packte mich tiefe Verzweiflung. Ich sollte in einer Fabrik, die Radioteile herstellte, arbeiten. Ich überlegte, ob ich mir eine Verletzung zufügen sollte, um nicht so weit fort zu müssen. Wie lange würde ich nicht nach Hause fahren können? Jedes Wochenende meine Familie zu sehen, davon konnte ich bei der Entfernung nur träumen. Dabei vermisste ich meine Geschwister doch jetzt schon, nach acht Tagen! Doch danach fragte keiner. Nie fragte jemand nach mir.

Mutter versuchte mich zu beruhigen: „Elisabeth, der Propagandaminister Goebbels hat doch 1939 den Bund deutscher Mädchen, kurz BDM, gegründet. Achtzehn- bis fünfundzwanzigjährige Mädchen müssen dort ein Pflichtjahr ableisten."

Ungeduldig unterbrach ich meine Mutter: „Was soll mir das nutzen, soll ich etwa ein ganzes Jahr in Thüringen verbringen?"

Mutter mahnte: „Nun mach doch nicht gleich die Pferde scheu und lass mich ausreden. Also, das Pflichtjahr muss in der Landwirtschaft oder in einer kinderreichen Familie verbracht werden, damit es ins Arbeitsbuch eingetragen wird. Du wirst doch im April achtzehn Jahre alt, die Möglichkeit nutzen wir und stellen den Antrag, dass du das Jahr in deiner Familie arbeiten darfst."

Bertha wusste zwar nicht genau, wie sie es anstellen sollte, Elisabeth zu Hause zu behalten, aber da sie zu den kinderreichen Familien zählten, rechnete sie sich gute Chancen aus.

„Die drei Monate gehen vorbei und dann bist du wieder ganz zu Hause, wir kriegen schon heraus, an welches Amt wir uns wenden müssen", tröstete sie Elisabeth. „Du wirst zwar nicht studieren können oder eine Ausbildung machen, da uns dazu das Geld fehlt, aber man weiß ja nie, wozu der Eintrag ins Arbeitsbuch sonst noch gut ist."

Als ich meinem Onkel beim nächsten Besuch davon erzählte, fand er die Idee auch gut. Er erklärte mir den Weg zu dem

Amt, wo der Reichsarbeitsdienst untergebracht war, bei dem solche Anträge gestellt werden mussten. Ich machte mich sofort auf den Weg dorthin, um mehr Informationen zu bekommen.

Einer Angestellten vom RAD gelang es, mir den Arbeitseinsatz richtig schmackhaft zu machen. Sie erzählte, wie man den Mädchen das Jahr mit Treffen, bei denen deutsches Liedgut gepflegt, gespielt oder der Körper ertüchtigt wurde, versüßte. Als ich ihr erzählte, dass ich den Dienst in meiner Familie ableisten wollte, drosselte sie ihre Freundlichkeit und gab mir widerwillig zu verstehen, dass auch das möglich sei, wenn meine Mutter einen Antrag stellen würde.

Hätte ich nicht das Vierteljahr in Thüringen vor mir gehabt, alles wäre gut gewesen. Ich wünschte mir nichts sehnlicher, als schon achtzehn Jahre alt zu sein.

Schweren Herzens verabschiedete ich mich im Januar 1943 von meiner Familie. Alleine kam ich in der Fremde an. Damals in Schweinfurt hatte ich meine Verwandtschaft und die lieben Arbeitskolleginnen, doch hier war alles anders, sogar die Sprache!

Nach und nach lernte ich ein paar Mädchen aus Nachbarorten von Schmalenberg kennen, die auch hier arbeiten mussten. Sie hatten sich schon angefreundet und ich fand eine Weile keinen Anschluss, doch allein ihren Dialekt zu hören, linderte ein wenig mein Heimweh.

Die Tätigkeit in der Fabrik machte mir keinen Spaß. Mit einem Lötkolben musste ich Drähtchen auf Platinplatten löten. Ich hatte absolut keine Ahnung, wo das Ganze eingebaut wurde. Nie sah ich ein fertiges Produkt, an dem ich mitgearbeitet hatte.

Die drei Monate zogen sich wie ein Jahr ohne Frühjahr, Sommer und Herbst. Nur der Winter war allgegenwärtig. Mir schien, als wären die Menschen erstarrt, hart und kalt wie die eisige Jahreszeit.

Mittags konnte ich in der Werkskantine essen. Ein Bus brachte uns am Abend zurück in ein Landheim, in dem wir Mädchen – sogar Polinnen waren unter uns – untergebracht waren. Dort gab es Abendbrot, danach wartete im kalten Schlafsaal ein noch kälteres Bett. Schnell verkroch ich mich schnatternd unter meiner Decke und wartete darauf, dass der Schlaf mich in ein Traumland entführen würde. Angsteinflößend waren die Nächte, in denen die Sirenen heulten und alle aufschreckten.

„Fliegeralarm!", brüllten wir Mädchen hysterisch, schnappten unsere Decken, warfen sie uns über die Schultern und rannten aus der Tür, um schnell in den Keller zu kommen. Bibbernd saßen wir zum Teil auf dem blanken Boden und lauschten. Wenn das nervtötende Geheul der Sirenen verstummte, taumelten wir mit zitternden Knien zurück in unsere Betten.

Da in Arnstadt, das in der Nähe von Erfurt lag, viel Industrie angesiedelt war, dröhnten sehr oft die angreifenden Flieger über uns. In Schmalenberg gab es in einem Jahr nicht so viele Bombenangriffe wie hier in drei Monaten.

Ich zählte die Tage, indem ich von einem Metermaß, das ich von zu Hause mitgebracht hatte, jeden Tag einen Zentimeter abschnitt.

Am dritten April, noch acht Zentimeter waren auf meinem Band, durfte ich mich an einem Samstag in den Zug setzen und Richtung Heimat fahren. Zwei Tage zuvor war mein achtzehnter Geburtstag gewesen, der ohne Kuchen, Glückwünsche oder gar einer Feier vorbeiging. Die Vorfreude auf die Heimreise war mein Geschenk!

Schon um sechs Uhr in der Früh stieg ich in den Zug nach Frankfurt. Noch müde nach einer unruhigen Nacht, in der die Sirenen wieder einmal ihre Schauermelodie heulten, fielen mir die Augen zu, kaum dass der Zug sich in Bewegung setzte. Ich hatte tief geschlafen und war überrascht, dass mich helles Tageslicht blendete, als ich auf die vorbeihuschende Landschaft blickte.

Als der Zug in Frankfurt einfuhr, hatte der Wind die grauen Wolken verscheucht und den Himmel blank geputzt in ein zartes Blau. Ich glaubte, dass sich sogar das Wetter mit mir freute. Auf der Weiterfahrt entdeckte ich an manchen Hecken das erste noch sparsame Grün und in Mannheim lachte sogar die Sonne vom Himmel.

Nach fast elf Stunden stieg ich in Schmalenberg aus dem Bus. Meine vier Geschwister und Mutter erdrückten mich fast vor Wiedersehensfreude. Ich hätte singen, tanzen, lachen und weinen können, alles zugleich. Ich atmete den mir bekannten Geruch von Landwirtschaft. In der Küche hing der Duft von Gugelhupf, mit Kakao gefüllt, den Mutter zur Feier des Tages für mich gebacken hatte.

Irma und Alma hatten je ein Taschentuch für mich umhäkelt und warteten ungeduldig, dass ich ihr Geschenk gebührend bewunderte. Magdalena hatte mir ein Bild auf ihre Schiefertafel gemalt, Papier war Mangelware. Die kleine Gertrud beschenkte mich mit ihrer kindlichen Wiedersehensfreude.

Nun konnte mein Pflichtjahr beginnen! Willig ging ich beim Kochen und Putzen zur Hand, half Mutter Holz zersägen, um es anschließend kleinzuhacken. War die Hausarbeit erledigt, setzte ich mich mit Kleidern, die nicht mehr tragbar oder zu klein geworden waren, in eine Ecke und trennte die Nähte auf, um aus den so gewonnenen Stoffstücken ein Kleidchen oder ein Röckchen für Gertrud zu nähen. Aus den kleineren Fetzen schneiderte ich Kleider für die Puppen der Kleinen. Bis Weihnachten war es zwar noch eine Weile hin, doch konnte es nicht schaden, schon jetzt damit anzufangen. Wie neu würden sie dann wieder aussehen.

Ich war so damit beschäftigt, meiner Mutter zur Hand zu gehen, dass ich selten Freundinnen vermisste. Es wollte mir einfach nicht gelingen, Kontakt zu Gleichaltrigen im Ort zu knüpfen. Entweder waren sie mir zu kindisch oder zu eingebildet.

So schrieb ich, wenn die Zeit es erlaubte, lange Briefe an meine Cousine Hanna in Eppenbrunn. Ihr berichtete ich von meinen Kümmernissen oder Schwärmereien. Auch Onkel Jakob und Tante Babette, die Ängste um ihre Söhne litten, welche noch immer an der Front waren, schrieb ich, um sie zu trösten.

Die Zeit von 1943 – 1944

Reinhard war noch immer in Nürnberg. In den zwei Jahren, die Bertha mit ihren Kindern in Schmalenberg lebte, konnte er selten nach Hause kommen, da die Fahrt für ein Wochenende zu lange dauerte.

Bertha war es recht so. Er nervte sie mit seiner ständigen Angst, dass die Kinder sich verletzten. Holten sie sich eine Schramme, hatte er gleich ein Pflaster parat. Panik war ihm ins Gesicht geschrieben, fiel mal eines der Kleinen und trug einen Kratzer davon. Stets befürchtete er, sie würden eine Narbe zurückbehalten und womöglich entstellt sein.

Für dic Kinder war es immer ein kleines Drama, wenn ihr Vater sich wieder auf den Weg nach Nürnberg machte und sie zurückließ. Jeden Tag wollten sie dann wissen: „Wie lange dauert es noch, bis Papa wiederkommt?"

Schon vor einem halben Jahr hatte er ein Gesuch um Versetzung eingereicht. Dann, als er kaum noch Hoffnung hatte, wurde er nach Kaiserslautern verlegt. Er strahlte vor Glück wie ein kleiner Junge über eine Tafel Schokolade, als er Bertha die Neuigkeit verkündete. Bertha gestand sich insgeheim, dass es gar nicht so schlecht war, wenigstens am Wochenende einen Mann im Haus zu haben, der Arbeiten wie das Holzschlagen im Wald und das Nachhauseschaffen der schweren Fuhre übernahm.

Nachdem er nun so nahe stationiert war, kam er fast jedes Wochenende nach Hause, oft auch ohne die Erlaubnis seines Vorgesetzten. Mit dem Zug fuhr er bis Schopp, und von dort ging es auf Schusters Rappen sechs Kilometer bis nach Schmalenberg. Es passierte ihm auch schon einmal, dass er in Kaiserslautern zum Bahnhof kam und der Zug weg war. Dann nahm er seinen Kompass zur Hand und marschierte die ganze Strecke querfeldein bis nach Hause.

Die Kinder erlebten nun, dass auch der Vater sie ausschimpfte und tadelte, wenn sie nicht gehorchten. Das kam allerdings so selten vor, dass es der Zuneigung zu ihrem Vater keinen Abbruch tat. Oft gerieten sich Bertha und Reinhard aufgrund seiner Nachsicht in die Haare.

Meist kam er freitagabends oder gar erst in der Nacht in Schmalenberg an. Doch das hinderte ihn nicht daran, sich samstags in aller Frühe auf den Weg in den Wald zu machen, um für Nachschub an Holz zu sorgen.

Die Kinder, die nun alle – außer Gertrud – in die Schule gingen, konnten das Unterrichtsende nicht erwarten, um heim zu ihrem Vater zu kommen. Nach dem Mittagessen würde er mit dem Handwagen erneut in den Wald fahren. Wie Prinzessinnen fühlten sie sich, wenn sie darauf saßen und er mit ihnen schnellen Schrittes durchs Dorf auf den Wald zusteuerte. Dort angekommen halfen sie eifrig, kleinere Stämme zum Handwagen zu schleifen und Magdalena, die Jüngste, sammelte Kiefernzapfen in einen Sack. „Die sind gut zum Feuer anmachen", erklärte ihr der Vater.

Wenn sie am Sonntagmorgen mit ihrem Vater durch den Wald in das vier Kilometer entfernte Heltersberg liefen, um die Heilige Messe zu besuchen, war das für die Kinder die Krönung.

Gemächlich traten sie nach dem Kirchenbesuch den Rückweg an. Den ersten Teil des Weges ging es bergab durch dunklen Tannenwald, in dem Rehe, von ihnen aufgeschreckt, das Weite suchten und Hasen vor ihnen Reißaus nahmen.

Ungefähr auf halber Strecke, am tiefsten Punkt ihres Weges, war ein Weiher, an dem sie eine Rast einlegten. Der Vater ließ sie flache Kieselsteine sammeln. Leicht gebeugt und zur Seite geneigt, warf er sie so aufs Wasser, dass sie erst darin versanken, nachdem sie fünf, sechs Mal über den Weiher gehüpft waren und dabei weite Kreise bildeten. Manchmal schaffte er es, sie sogar acht Sprünge machen zu lassen. „Die Steine tanzen lassen", nannte der Vater das.

Er zeigte den Kindern die Stellen, wo die Frösche ihren Laich abgelegt hatten, eine grünliche Gallertmasse.

„Nächsten Sonntag werden schon kleine Kaulquappen hier schwimmen", erklärte er. Oder er zupfte Grashalme aus und zeigte ihnen, wie man darauf pfeifen konnte.

Immer hatte er ein Messer dabei, so dass er, wenn er ein geeignetes Stück Holz fand, den Kindern etwas daraus schnitzen konnte. Mal war es ein Flugzeug, mal ein Schiff oder eine Tierfigur.

„Wenn wir zu Hause sind, stelle ich sie auf ein kleines Brett und befestige darunter Rollen, so dass ihr sie hinter euch herziehen könnt", versprach er ihnen.

Er und die Kinder waren meist so beschäftigt mit Spielen und Erzählen, dass erst ein Blick auf seine Uhr, die an einer Kette befestigt war, und die er nun aus der Westentasche zog, ihn erschrocken ausrufen ließ: „Oh weh, Kinder, wo ist nur die Zeit geblieben? Jetzt müssen wir uns aber sputen. Ihr wisst, um zwölf Uhr steht das Essen auf dem Tisch, und wenn wir dann nicht zu Hause sind, kennt eure Mutter keinen Spaß. Wir haben noch den steilen Kreuzberg vor uns, also nichts wie los."

Bertha freute sich zwar, dass die Kinder nun öfter ihren Vater sahen, und dass er viele Arbeiten übernahm, doch gleichzeitig quälte sie nach jedem Beisammensein mit Reinhard die Angst, noch einmal schwanger zu werden. Sie war jetzt neununddreißig Jahre alt und wollte nicht noch ein Kind zur Welt bringen.

Wie sich zeigte, war die Befürchtung nicht unbegründet.

Als Reinhard im März 1944 an die Front musste, war sie im vierten Monat schwanger. Sie verfluchte ihn von ganzem Herzen; waren denn fünf Kinder in der Fremde nicht genug?

„Doch ich bin ja mit schuld", dachte sie bei sich. „Weil ich ihn liebe und gern mit ihm schlafe, gebe ich immer nach."

Sie konnte die Kränkung, die er ihr beim letzten Heimaturlaub angetan hatte, nicht vergessen.

Bis zum Abschied wartete er, um ihr nach langem Herumdrucksen zu gestehen: „Bertha, du weißt, du bist die einzige Frau, die ich liebe; es ist so schwer, wie soll ich es dir nur sagen? Aber ich kann nicht fortgehen, ohne dir zu beichten. Du hast mir so sehr gefehlt, Liebes. Die Zeit ohne dich war zu lang. Bitte verzeih' mir, dass ich dich mit einer anderen Frau betrogen habe."

Danach hatte er erleichtert aufgeatmet. Bertha war wie versteinert. Hätte jemand sie gestochen, wäre kein Tropfen Blut gekommen.

Doch als der erste Schock vorbei war, schlug sie mit beiden Fäusten auf ihn ein und schrie: „Geht es dir verdammtem Hurensohn jetzt besser, nachdem du dein Gewissen erleichtert und mir aufgebürdet hast? Ich hab's geahnt, dass du jedem fremden Rockzipfel hinterherrennst, und wenn nicht ich unter dir liege, so muss eben eine andere daran glauben. Wie, so frag ich mich, kann man nur so triebhaft sein? Verschwinde endlich aus meinem Bett und mach, dass du Land gewinnst. Ich will dich nie wieder sehen."

Wie ein Ballon, der Luft verliert, schrumpfte Reinhard in sich zusammen. Er wusste, wie unglaubhaft jede weitere Liebesbeteuerung in ihren Ohren klingen würde, und so sagte er nur immer wieder, wie leid es ihm tue.

„Erspar mir jedes weitere Gestotter von dir. Oder war ich nicht deutlich genug, müssen erst die Kinder wach werden und mitkriegen, was für ein Schwein du bist? Mir wird schlecht bei deinem Anblick. Wenn ich Gift bei der Hand hätte, würde ich dich ohne zu zögern umbringen."

Die Zeit von 1943 – 1944

Elisabeth entwickelte eine große Fertigkeit beim Schneidern. Die Nachbarin, Frau Murka, bot ihr an, ihr die Maschine auszuleihen, da das Nähen mit der Hand zu mühsam sei. Dankbar nahm Elisabeth das Angebot an; die Nähmaschine eröffnete ihr andere Möglichkeiten.

In Waldfischbach hatte sie Modezeitschriften mit Schnittmusterbogen gesehen. Die Abbildungen von Kinderkleidung hatten es ihr angetan.

„Stoff zu kaufen und selbst zu nähen wäre doch günstiger als fertige Kleidung", überlegte sie. Sie nervte ihre Mutter so lange, bis diese ihr das Geld gab, um die begehrten Dinge zu erwerben.

Nun war Elisabeth nicht mehr zu bremsen. Ihr erstes Stück sollte ein Faltenröckchen für Gertrud werden. Bis in die Nacht saß sie. Kreuz und quer liefen die Linien, die in verschiedenen Farben in dem Schnittmusterbogen eingetragen waren. Konzentriert fuhr sie mit dem Kopierrädchen die entsprechende Linie für das Röckchen ab. Auf dem darunterliegenden Papier drückte sich ein dünnes Lochmuster durch, das sie ausschnitt und mit Stecknadeln auf dem Stoff feststeckte. Elisabeth fing vor Aufregung an zu schwitzen, denn nun musste sie genau um das Papier herum den Stoff ausschneiden. Und das mit einem Werkzeug, das stumpf war. Wenn das nächste Mal der Scherenschleifer auf seinem Fahrrad durchs Dorf fuhr, musste sie unbedingt die Schere schleifen lassen, nahm sie sich vor. Sie reihte die zugeschnittenen Teile mit weißem Faden zusammen und betrachtete ihr Werk.

Nachdem sie sich stundenlang angespannt über den Tisch gebeugt hatte, schmerzte ihr der Rücken und ihre Fingerkuppen bitzelten. Sie streckte sich ausgiebig. Es reichte ihr für heute. Ohnehin wollte sie Gertrud das Röckchen zuerst anprobieren lassen, bevor sie es mit der Maschine zusammennähte.

Als Elisabeth das fertige Stück Gertrud zum ersten Mal anzog, war auch Bertha überzeugt, dass sich die Ausgaben gelohnt hatten.

„Wir müssen zusehen, dass wir das nötige Geld für eine eigene Nähmaschine zusammensparen. Immer die von Frau Murka über die Straße zu tragen, geht auf Dauer nicht. Wir wollen ihre Hilfsbereitschaft nicht überstrapazieren, Elisabeth."

In dem Ort, in dem Zugezogene ohnehin als Außenseiter galten, war es Bertha wichtig, die Kinder sauber und gut gekleidet aus dem Haus zu schicken. Ein Glück, dass Elisabeth so geschickt war, denn die fünf Mädchen in einem Geschäft einzukleiden, dazu hätte Bertha nicht die Mittel gehabt.

Zu den ständigen Geldsorgen kamen die Bedenken wegen der vielen Unterrichtsausfälle von Irma und Alma. Sie hoffte, nachdem zwei Lehrer in das Lehrerhaus eingezogen waren, dass nun ein normaler Unterricht stattfinden würde. Bei Magdalena, die vor Kurzem eingeschult wurde, durfte es nicht ebenso weitergehen. Bertha fragte sich ohnehin, wie es möglich war, gleichzeitig vier Klassen in einem Klassenzimmer den Lernstoff zu vermitteln. Während ihrer eigenen Schulzeit war es genauso gewesen, doch sie wusste nicht mehr, wie damals der Unterricht ablief.

Aus dem vier Kilometer entfernten Heltersberg kam ein Pfarrer einmal in der Woche am Nachmittag in die Schule, um die wenigen katholischen Kinder in Religion zu unterrichten.

Doch als die – wahrscheinlich von den Eltern aufgewiegelten – Dorfkinder den Gottesmann mit Steinen bewarfen und beschimpften: „Ein Pfaffe hat nichts in unserem Dorf verloren, wir wollen keinen Pfaffen bei uns sehen, verschwinde!", gab er es auf, nach Schmalenberg zu kommen; stattdessen mussten die Kinder nun nach Heltersberg laufen.

Berthas Mädchen kamen oft weinend nach Hause und klagten, dass die Kinder hinter ihnen herriefen: „Haut ab, ihr katholischen Kreuzböcke!"

Die Kirche im Dorf war eine protestantische, und so mussten sie auch an den Sonntagen den Weg nach Heltersberg auf sich nehmen.

„Wie sollte es auch anders sein?", fragte sich Bertha. „In einem Ort mit sechshundert Einwohnern, von denen nur etwa drei Prozent katholisch sind. Wäre ich doch nur in Großheubach geblieben", klagte sie innerlich zum wiederholten Mal. In Großheubach lag die wunderschöne Klosterkirche Engelberg. Sie zu erreichen hatte ihr auch Mühe bereitet, da sie viele Stufen steigen musste. Doch alleine der Pfad hinauf, mit seinen Stationen des Kreuzweges, dann die herrlichen Deckengemälde in der Kapelle, mit Szenen der Heiligengeschichte und dem Wirken der Engel, ließen sie die Mühe gerne auf sich nehmen.

Die rechte Seitenkapelle hatte es ihr besonders angetan gehabt. Auf dem Marienaltar stand eine holzgeschnitzte, kunstvoll bemalte Marienfigur. Fast einen Meter war sie hoch. So oft sie dort gewesen war, kniete sie davor und betete.

Bevor sie sich nach dem Besuch der Kirche wieder an den Abstieg machte, hatte sie auch immer den Blick über die Stadt und den träge dahinfließenden Main in sich eingesogen.

Hier in Schmalenberg war alles so mühsam. Nach Heltersberg den steilen Berg zuerst hinunterzulaufen und dann wieder stetig bergan zu gehen, strengte sie zu sehr an. Noch fiel ihre Schwangerschaft kaum auf, da sie in den letzten Jahren ohnehin mollig geworden war. Ihr von Geburt an verkürztes Bein erschwerte ihr mit zunehmendem Alter das Gehen. Deswegen ließ sie sich nur selten im Ort sehen. Noch musste nicht jeder wissen, dass sie zu den fünf Kindern, die sie schon hatte, ein weiteres erwartete. Ihre Gehbehinderung war für sie selbst und für andere eine glaubhafte Ausrede, für sich zu bleiben.

Bertha geizte mit Sympathiebezeugungen. Frau Hinzmann und Frau Murka bildeten Ausnahmen. Sie hatten sie sich durch ihre Hilfsbereitschaft erworben, noch bevor Bertha deren Religionszugehörigkeit kannte. Mit Frau Emma Aul, einer redseligen, ja, geschwätzigen Frau, die in der näheren Nachbarschaft wohnte, unterhielt sie den meisten Kontakt.

Frau Aul hatte ständig ein nervöses Blinzeln in ihrem heiteren Gesicht. Ihre Schuhe waren nach außen schief getreten, zwischen ihren krummen Beinen hätte man ein Fässchen durchrollen können. Das Wichtigste für Bertha war aber, dass sie die gleiche Religion hatten. Allein dadurch schon genoss Emma gleich ihr Wohlwollen. Sie war die einzige Person im Dorf, mit der sie sich duzte.

Emma hatte ein Haus mit großem Grundstück, aber kein Geld.

„Wenn Emma doch nur etwas mehr Wert auf Sauberkeit legen würde", sagte Bertha oft zu Elisabeth. „Die Kleidung ihrer drei Kinder ist stets vernachlässigt und verschmutzt. Sicher machen die zwei Jungs viel kaputt und achten nicht sehr auf ihre Sachen, aber Ilse läuft genauso herum. Unser Wildfang Gertrud, die demnächst sechs wird, also grad so alt wie Ilse, kommt doch auch sauber daher."

Elisabeth verkniff sich zu sagen, dass sie ja auch ständig Gertruds Kleider ausbesserte und Emma vielleicht keine Zeit dazu hatte.

Gertrud ging mit Begeisterung zu den Auls. Wenn sie mit Ilse und den Jungs von der Tenne der Scheune in das darunterliegende Heu springen konnte, war sie glücklich. Außerdem bekam sie immer ein Löffelchen Honig von Emma.

Hin und wieder borgte sich Emma Geschirr oder Töpfe, die Bertha sich meist zurückverlangen musste. Doch das hatte für Bertha keine große Bedeutung. Sie verstanden und halfen sich. Sie freute sich, wenn Emma an den langen Winterabenden lachend und plaudernd zu ihr hereinschneite. Dann saß sie ein

Stündchen auf dem Holzkistchen, das neben dem Herd stand. Sie erzählte von den vielen Jugendlichen, die eingezogen wurden, noch bevor sie richtige Männer waren.

„Die werden als Luftwaffenhelfer gebraucht. Seit dreiundvierzig ziehen sie schon die Fünfzehnjährigen ein. Deren Mütter vergehen vor Sorge. Ich bin froh, dass meine beiden Jungs noch nicht alt genug sind."

Dann berichtete sie von Begebenheiten, die sich im Dorf zutrugen, und so wie Emma sie zum Besten gab, wurde das Zuhören nie langweilig.

Bertha redete von Reinhard, von ihrem Zuhause, wie sie Hilst immer noch nannte, und der langen Irrfahrt, die sie zurückgelegt hatte, ehe sie in Schmalenberg strandete.

Emma musste immer mal wieder von der Kiste aufstehen, so dass Bertha ein paar Scheite Holz herausholen und durch die enge Türöffnung des Herdes legen konnte.

Wenn das trockene Holz im Herd knisterte und duftete, wollte keine von ihnen anderswo sein als hier in der Küche. Im Backofen brutzelten meist ein paar Äpfel, die die Kinder, mit Zucker bestreut, noch vor dem Zubettgehen essen durften. Elisabeth zündete später eine Kerze an – das Zeichen für die vier Kleinen, ihr ins Schlafzimmer zu folgen. Hatte Elisabeth ihre Geschwister ins Bett gebracht, leistete sie wieder ihrer Mutter und Emma Gesellschaft.

Die Fensterläden waren geschlossen und das Fenster in der Küche zusätzlich mit einer Decke verhängt, so dass kein Lichtschimmer nach draußen fiel. Die Verdunkelungspflicht nahm ein jeder sehr ernst.

Das Nähkästchen und jede Menge Wäsche und Strümpfe zum Stopfen standen während des Erzählens zwischen Elisabeth und ihrer Mutter, von denen sie Stück für Stück ausbesserten. Sich einfach hinzusetzen und die Hände in den Schoß zu legen, war Bertha fremd. Gab es gerade nichts Dringendes zu tun, nutzte sie die Zeit und nahm Papier und Tinte zur Hand, um an ihre Lieben zu schreiben.

Von Reinhard kam fast täglich Post, und er wartete voller Ungeduld auf ihre Antworten – das versicherte er ihr jedenfalls. Doch an ihr nagten Zweifel; sein Geständnis konnte sie nicht einfach vergessen.

Auch Berthas Geschwister warteten auf Nachrichten von ihr, ebenso wie sie die ihren herbeisehnte. Sie waren auseinandergerissen und im Moment gab es keine Hoffnung, die vier öfter zu sehen. Vor allem nach Marie hatte Bertha große Sehnsucht, waren doch inzwischen Jahre vergangen, seit sie sich zuletzt gesehen hatten. Sie fragte sich, ob das je wieder möglich sein würde. Wann nur würde der Krieg enden, der die Familien erbarmungslos trennte?

Es war Juni und die Kinder pflückten eimerweise Heidelbeeren. Die Flaschen standen schon gereinigt zum Füllen bereit.

Bertha hatte nach dem Kochen das Feuer ausgehen lassen, um nach dem Essen die große Herdplatte zu putzen und auf Hochglanz zu polieren. Doch gleich danach heizte sie aufs Neue ein. Denn bevor sie die Heidelbeeren mühsam mit Hilfe eines Trichters und einer langen Stricknadel in die engen Flaschenhälse füllte, musste sie sie kurz kochen, um sie haltbar zu machen. Zum Schluss gab sie noch Salizylsäure zum Konservieren darauf und verschloss die Flaschen mit einem kleinen, mit Alkohol getränkten Tuch.

Zu der Wärme, die draußen die Menschen ins Schwitzen brachte, kam in der Küche die Hitze dazu, die der Herd abstrahlte, und Bertha die Kleider am Körper kleben ließ. Das Stehen und Herumhantieren in der Küche ließ die im siebten Monat Schwangere stöhnend innehalten; beide Hände in den Rücken gestützt, sank sie auf den nächsten Stuhl.

Elisabeth, die in einer Ecke an der Nähmaschine saß, unterbrach das Treten in die Pedale, als ihre Mutter ächzte: „Ich kann nicht mehr, für heute reicht es mir. Elisabeth, mach du den Rest noch fertig. Du musst die Flaschen später auch in den Keller bringen."

Im Juni gab es Heidelbeeren in allen Variationen: als Kuchenbelag, als Kompott zu Grießklößen oder in Pfannkuchen. Die blauen Finger und Lippen wollten gar nicht mehr verschwinden. Manches Mal wusste Bertha nicht, wie sie die vielen Heidelbeeren noch verarbeiten sollte. Dann schickte sie Elisabeth mit zwei Spankörbchen voll nach Waldfischbach, um sie zu verkaufen.

August und September zauberten Schwarzbeeren an die Sträucher, die gepflückt werden wollten. Wie ein Eichhörnchen, das Nüsse für den Winter sammelt, so musste auch Bertha daran denken, einen Vorrat zu schaffen. Von den Schwarzbeeren kochte sie ein köstliches Gelee. Sie brachte die Beeren zum Kochen, füllte sie dann in ein sauberes Geschirrtuch und drückte und wrang mit aller Kraft, die sie in den Händen hatte, bis kein Tropfen mehr herauskam und ihre Hände schmerzten. Dem Saft fügte sie Zucker bei und kochte ihn ein paar Minuten, dann schöpfte sie etwas davon auf einen kleinen Teller, zur Probe der Festigkeit. Wurde es nicht gleich fest, ließ sie das Gelee nochmals kurz aufkochen. Wenn die dunkel glänzende, nach Beeren duftende Flüssigkeit in die Gläser gefüllt war, schnitt Bertha Zellophanpapier in passende Stücke und machte diese nass, um dann das schrumpelige Papier mit einem Gummi auf die Gläser zu spannen. War es dann getrocknet, spannte es sich glatt wie eine Trommel.

Zu dem täglichen Kochen und Backen kam das mühsame Waschen. Mochte die Sonne noch so heiß vom Himmel brennen, musste Bertha dafür den Herd kräftig aufheizen, um den riesigen Waschbottich mit der Wäsche zum Kochen zu bringen.

„Wie würde ich das nur alles ohne Elisabeth schaffen, in meinem Zustand?", fragte sie sich oft.

War die Wäsche gewaschen und getrocknet, wollte sie geplättet werden. Zuerst sortierte sie die Leinenwäsche aus, spritzte sie mit Wasser ein und rollte sie zusammen, so dass sie sich später leichter bügeln ließ. Bertha nahm eines der zwei Bügeleisen, die zum Wechseln auf dem Herd standen. War eines nicht mehr warm genug, um das gewünschte Ergebnis zu erzielen, stellte sie es wieder auf den Herd und nahm das andere. Sie stöhnte laut auf, als sie merkte, dass dies auch nicht wärmer war.

„So ein Mist!", fluchte sie vor sich hin. „Nur weil mir der Schweiß den Rücken herunter läuft, so dass kein trockener Faden mehr an mir ist, hab ich, im wahrsten Sinne des Wortes, verschwitzt, Holz nachzulegen. Hoffentlich bekomme ich mit dem bisschen Glut noch ein anständiges Feuer zustande."

Notgedrungen machte Bertha eine kleine Pause, bis die Eisen wieder heiß waren. Am Tisch konnte sie nichts schaffen, dazu hätte sie den Bügelteppich wegräumen müssen. Aber um neuen Gummizug in zwei, drei Unterhosen einzuziehen, dafür konnte sie die Zeit nutzen.

Die Kinder hatten ihre Hausaufgaben gemacht und spielten draußen Ball, Gelegenheit blieb ihnen dazu nicht oft. Bertha kannte kein Pardon. Sie mussten im Haus mit anpacken. Es war Holz zu sägen und in den Keller zu bringen, außerdem im Wald Kleinholz zu sammeln. Nicht immer ging dies ohne Blessuren ab. Eine schlimme trug Alma davon.

Elisabeth war zum Holzholen mit dem Handwagen in den Wald gefahren und hatte die Axt, die von ihrem Stiefvater gut geschärft hinter dem Kleiderschrank versteckt war, hervorgeholt und unter dem Wägelchen befestigt. Zum Helfen hatte sie Irma mitgenommen. Sie lief voraus und motzte, weil sie lieber zu Hause gespielt hätte. Die zehnjährige Alma wollte auch unbedingt mit und als die Straße bergab ging, bettelte sie, dass Elisabeth ihr die Deichsel geben sollte, so dass sie allein in dem Wagen fahren konnte. Elisabeth ließ sie gewähren. Alma rollte der Handwagen nicht schnell genug, so dass sie mit den Füßen nachhalf, um mehr Schwung zu bekommen. Schon nach wenigen Metern schrie Elisabeth aus Leibeskräften: „Alma, stopp, halt an, du blutest!"

Irma kam zurückgerannt und sah Elisabeth über Almas Bein gebeugt. Die Axt hatte ihr eine ungefähr fünf Zentimeter lange Wunde ins Bein geschnitten, so tief, dass man den Knochen sah. Sie war beim Anschubsen mit der Wade ein wenig unter den Wagen geraten und hatte gar nicht gespürt, als die Axt ihr ins Bein drang. Vor Schreck landete Elisabeths Hand auf Almas Wange. Doch dann wusste sie, was zu tun war.

„Irma, renn voraus zur Dorfschwester, sag ihr was passiert ist und dass wir einen guten Kilometer vom Dorf entfernt sind. Sobald ich Alma einen Verband angelegt habe, kommen wir nach!"

Elisabeth zog Alma die Schürze aus, die sie ihr aus einer Metzgerjacke von Opa genäht hatte, und legte ihr damit einen festen Verband an. Im Eilschritt, das Gewimmer von Alma in den Ohren, zog sie den Wagen bergan.

Die Diakonissenschwester in ihrem knöchellangen dunkelblauen Kleid und dem weißen Organza-Mützchen, das unterm Kinn mit einer großen Schleife gebunden war, hatte sich eine weiße Schürze um die Hüften geschnürt und stand schon wartend auf der Treppe. Sie half Elisabeth, die hinkende Alma ins Haus zu bringen. Als die Schwester der Zehnjährigen Jod auf die Wunde gab, brüllte diese los, als würde sie geschlachtet werden. Nur langsam ging ihr Schreien in Klagelaute über, als sie ihr einen richtigen Verband anlegte. Die Schwester trug Elisabeth auf, Alma sofort nach Trippstadt zum Arzt zu bringen.

Bertha, hochschwanger, saß hilflos auf einem Stuhl und jammerte in einem fort: „Muss das nun auch noch passieren, nimmt das Pech denn gar kein Ende?" Dann kam ihr die rettende Idee. „Wir haben doch noch den Kinderwagen von Gertrud, dort setzen wir Alma hinein, der ist nicht so hart wie der Handwagen und lässt sich besser fahren."

Elisabeth lief sofort in den Keller, um den Kinderwagen zu holen. Mit Hilfe der Schwester bettete sie Alma hinein, um sie die fünf Kilometer nach Trippstadt zu bringen.

Der Arzt nähte die Wunde und gab ihr eine Tetanusspritze, dann durfte Elisabeth sie wieder im Kinderwagen nach Hause fahren.

Sie mussten einige Male diesen Weg zurücklegen, ehe Alma wieder laufen konnte. Nach einem Vierteljahr dachte Bertha, dass Almas Wunde soweit verheilt sei, dass sie in die Schule gehen könnte, doch sie brach wieder auf. Glücklicherweise nahten die Sommerferien, so dass Alma nicht noch mehr Unterricht versäumte.

Reinhard machte in seinen Briefen allein Elisabeth verantwortlich an dem Unglück. Doch es war nun mal geschehen und Schimpfen und Schuldzuweisungen änderten nichts daran. Außerdem hatte Bertha ihm seine Untreue noch keineswegs verziehen; er sollte besser vorsichtig sein bei seiner Suche nach einem Schuldigen.

Er war ein eifriger Briefeschreiber, aber Papier war Mangelware. So verfasste er seine Briefe in winziger Schrift und füllte jede Ecke aus. Er war nun in Rumänien stationiert, und in einem seiner Briefe berichtete er:

Ich liege mit meiner Kompanie in einem Weinberg. Die Trauben werden bald reif sein. Auf den Feldern wachsen Melonen, die ich mit dem Beil teilen muss, so dick sind sie. Sie sehen Kürbissen ähnlich und ich habe sie in Deutschland noch nie gesehen. Sie schmecken nach nichts, löschen aber sehr gut den Durst, den ich bei der Hitze hier immer habe.

Jeden Brief begann er mit den Worten: „Meine liebe, gute Frau." Und in jedem Brief kam die Frage nach dem Ungeborenen, von dem er sicher glaubte, dass es dieses Mal ein Junge sein würde. Das hatte er sich schon so sehr bei Gertrud erhofft. „Was machen die lieben Kinder?", wollte er auch stets wissen.
Bertha berichtete ihm von den Mühen und Plagen zu Hause:

Gestern wurden Kohlen und Briketts geliefert, der Bürgersteig lag so voll, dass kein Durchkommen mehr war. Zum Glück ist Elisabeth ein gesundes, kräftiges Mädchen, sie hat den Löwenanteil mit Irma im Wechsel durchs Kellerfenster geschaufelt. Alma, die wieder gesund ist, und Magdalena mussten dann im Keller die Briketts zu einer Mauer aufschichten, um Platz zu schaffen. Wie Schornsteinfeger sahen die vier am Ende aus.

Bertha musste für einen Moment den Federhalter zur Seite legen, so heftig trat das Kind gegen ihre Bauchdecke.
Mit einem Lächeln im Gesicht tauchte sie die Feder wieder in die Tinte und schrieb:

Geliebter Mann, ich glaube, in den nächsten Tagen wird das Kind zur Welt kommen, gerade tritt und strampelt es heftig. Sicher erwartest Du es schon sehnsüchtig; auch, weil Du dann auf Heimaturlaub kommen könntest. Ich sehne mich nach Dir, trotz Deinen Fehlern, und hoffe, Dich bald wiederzusehen.
Deine Dich liebende Bertha

Jetzt, wo Reinhard in Rumänien – so weit fort von ihr – stationiert war, fehlte er ihr und sie fürchtete um sein Leben. Wenn morgens der Postbote durch den Ort ging und unter ihrer Haustür einen Brief durchschob, der mit einem lauten „tsch" über die Fliesen flutschte, stürzte sie aus der Küche, egal bei welcher Arbeit sie war. Mit vor Ungeduld zittrigen Händen riss sie ihn hastig auf.

Auch am neunzehnten August 1944 brachte der Bote einen Brief von Reinhard mit folgendem Inhalt:

Liebste Bertha,
ich bin voller Unruhe. Müsste unser Kind nicht inzwischen das Licht der Welt erblickt haben? Du hattest es doch schon am neunten August erwartet. Benachrichtige mich auf dem schnellsten Weg, wenn es soweit ist. Ich würde dann ein paar Tage Heimaturlaub bekommen. Du glaubst nicht, wie glücklich ich wäre, der Hölle hier zu entfliehen. Hunger und Durst sind unsere ständigen Begleiter. Du hast geschrieben, dass der August eine große Hitze über das Land ausbreitet, doch ich denke, dass es hier in Rumänien noch um ein paar Grad wärmer ist. Ich liege mit meinen Kameraden in der Nähe eines Sumpfgebietes und die Schnaken fallen in Schwärmen über uns her. Ich möchte nach Hause, zu Dir und unseren Kindern. Mein Heimweh ist übermächtig.
Mein Liebstes, ich hoffe, dass wir uns bald wiedersehen. Ich küsse Dich und die Kinder.
Dein Reinhard

An eben diesem neunzehnten August musste Elisabeth am Nachmittag nach Heltersberg laufen, um die Hebamme zu rufen, die Bertha half, ihr sechstes Mädchen zur Welt zu bringen. Elisabeth hatte für ihr jüngstes Schwesterchen den Namen aussuchen dürfen, und ihre Wahl war auf Astrid gefallen.

Die Geschwister hatten während der Geburt bei Emma auf der Lauer gelegen. Als Elisabeth rief, dass sie nach Hause kommen konnten, waren sie wie aus dem Häuschen und stürmten über die Straße, um ihr Schwesterchen zu sehen. Bertha schrieb noch am gleichen Abend eilig einen Brief an Reinhard.

Sie erfuhr nie, ob er die Nachricht, dass er erneut Vater eines Mädchens geworden war, erhalten hatte. Woche um Woche ging ins Land, ohne dass sie ein Lebenszeichen von ihm erhielt.

Die Zeit von 1944 – 1945

Frau Murka, die einen kleinen Volksempfänger besaß, übermittelte Bertha die neuesten Nachrichten. So erfuhr sie, dass am einunddreißigsten August die Rote Armee in Rumänien einmarschiert war, und bereits acht Tage zuvor die diplomatischen Beziehungen zu Deutschland abgebrochen worden waren.

Bertha war sich sicher, dass dies nur bedeuten konnte, dass Reinhard sich jetzt auf der Flucht, oder sogar in Gefangenschaft befand. An Schlimmeres wollte sie erst gar nicht denken.

Oft spielte das Gehör ihr einen Streich und sie glaubte, einen Brief über die Fliesen flutschen zu hören. Stürzte sie dann zur Tür, nur um festzustellen, dass sie mal wieder auf ihr Wunschdenken hereingefallen war, quollen ihr Tränen der Enttäuschung aus den Augen.

Die französischen Kriegsgefangenen, die in Schmalenberg in der Landwirtschaft arbeiten mussten, erinnerten sie an Reinhard.

Ob er auch so gut behandelt wurde, wie die Franzosen hier im Ort? Inzwischen zweifelte sie nicht mehr daran, dass er in Gefangenschaft geraten war.

Der Krieg forderte jeden Tag mehr Opfer. An der Front ebenso wie in der Heimat. Immer wieder donnerten Tiefflieger über den Ort und schossen auf Mensch und Tier, so dass es ratsam war, sich in den nächsten Graben zu werfen, sobald man das tiefe Brummen in der Ferne vernahm.

Noch schlimmer aber waren die Städte betroffen. Auf Kaiserslautern gab es schon seit 1941 immer wieder Luftangriffe, und viele Bewohner wurden evakuiert. 1944 ging das schwerste Bombardement auf die Stadt nieder und legte ganze Stadtteile in Schutt und Asche.

Wenn Bertha an Hilst dachte, blutete ihr das Herz. Ihre Schwester Katharina, die 1943 mit der Familie in ihren zerstörten Heimatort zurückgekehrt war, schrieb, dass die wenigen Bewohner, die sich zurückgewagt hatten, erneut evakuiert wurden, da das Dorf nun unter dem Beschuss der Alliierten lag.

„Du würdest das Dorf nicht mehr erkennen, Bertha. Die Leute wohnten in Ställen und Kellern, bevor sie erneut den Ort verlassen mussten. Was wird noch übrig sein von unserem Hilst, wenn wir es wiedersehen?", berichtete Katharina.

Bertha fragte sich, was an Hilst noch zerstört werden konnte, hatte sie doch schon 1941 nur eine Trümmerwüste gesehen, als sie mit Elisabeth von Eppenbrunn hinaufgelaufen war.

Die Zeit, die nun anbrach, war für Bertha schwerer und härter zu ertragen, als die während und nach des Ersten Weltkrieges, als sie mit ihrem Vater Hunger litt und drei Brüder verlor. Heute war sie kein Kind mehr, das beim Vater Trost suchen konnte. Sie fühlte sich der Heimat ferner als je zuvor.

Die Ungewissheit, ob Reinhard noch lebte, quälte sie. Die sechs Kinder zu ernähren brachte sie an die Grenzen ihrer Kräfte.

Aber Bertha durfte nicht klagen, nicht ihr alleine erging es so – viele Frauen teilten das gleiche Los. 1942 vermochte sie mit dreißig Zentnern Kartoffeln gerade so, sechs hungrige Mäuler sattzubekommen. Im Jahr 1944 hatte sie nur noch zwanzig Zentner von dem Hauptnahrungsmittel im Keller. Obwohl sie viele Gerichte mit Mehl streckte, das ihr aber auch nicht unbegrenzt zur Verfügung stand, sah sie schon im März, dass der Vorrat an Kartoffeln nicht reichen würde.

Im Mai, als es die ersten Frühkartoffeln gab, schickte Bertha ihre Kinder zu den Bauern im Ort, damit sie diese um ein paar von den braunen Knollen bitten konnten. Darauf erhielten die Kinder von ihnen die Erlaubnis, auf ihren Feldern stoppeln zu können. Die Kleinen gingen jede einzelne Furche der Äcker ab, um vergessene oder zerhackte Kartoffeln auszubuddeln. Wenn sie einen Korb damit füllen konnten, brachten sie ihn mit strahlenden Gesichtern nach Hause. Aber selten war ihnen so viel Glück gegönnt.

Auch beim Korn verhielt es sich so. Waren die Felder gemäht, durften sie die verbliebenen Ähren von den Stoppelfeldern aufsammeln. Wenn die Kinder die Kartoffelkäfer ablasen, die über das Kartoffelkraut herfielen, gab es Bauern, die ihnen ein Säckchen Mehl dafür schenkten.

So gab es selbst für die Kinder in dieser Zeit keinen Müßiggang. Nur die Kleinsten durften sich noch ganz ihren Spielen widmen. Bertha sah es jedoch nicht gerne, wenn ihre Mädchen mit Kindern aus noch ärmeren Familien spielten. Dann wetterte sie: „Findet ihr keine anderen Freundinnen?"

In ihrem Dünkel hatte sie stets Sprüche parat wie: „Gleich und gleich gesellt sich gern", oder wenn die Kinder sich stritten und danach wieder vertrugen: „Pack verschlägt sich, Pack verträgt sich."

Sie wusste nicht zu sagen warum, aber sie hielt ihre Familie für etwas Besseres, und wenn es nur die Sauberkeit war, die sie von den anderen abhob.

Bertha stellte fest, dass so mancher Garten brachlag, und es tat ihr leid um die Verschwendung. „Was könnte ich hier alles pflanzen, wenn er mir gehörte?", dachte sie.

Beherzt fragte sie eine der Besitzerinnen, ob sie ihr den Garten zum Bewirtschaften überlassen würde.

Skeptisch dreinblickend stimmte die Frau zu: „Wenn Sie der Wildnis Herr werden, soll es mir egal sein, ob Sie darin etwas anpflanzen."

Bertha stürzte sich in die Arbeit und fing an zu jäten. Die Bauern fuhren mit ihren Leiterwagen, die von Ackergäulen oder Kühen gezogen wurden, über die mit Kopfstein gepflasterten Straßen des Ortes. Sobald ein Wagen am Haus vorbeirumpelte, flitzte eins der Kinder hinaus, um die begehrte Hinterlassenschaft der Vierbeiner in einem Eimer einzusammeln. Die Pferdeäpfel und Kuhfladen grub Bertha im Garten unter, um ihn zu düngen. Sie pflanzte Salat, Erbsen und Bohnen, später im Jahr Weißkohl und Rotkraut. Einen ganzen Sommer konnte sie täglich Salat ernten.

Am Abend saß sie mit ihren Großen am Tisch, um emsig Bohnen zu schnippeln oder Erbsen aus ihren Schoten zu befreien. Die Bohnen brühte sie ab, schichtete sie in einen großen irdenen Topf und salzte sie zum Konservieren ein. Sie legte ein sauberes Tuch und ein Brett darüber und beschwerte es mit einem schweren Stein. Nach ein paar Wochen waren die Bohnen sauer und sie konnte sie auf den Tisch bringen. Sie durfte nur nicht versäumen, bei jeder Entnahme aus dem Topf das Tuch auszuwaschen, das Brett zu säubern und den Stein zum Beschweren wieder aufzulegen. Die Prozedur musste sein, da die Bohnen sonst anfingen zu gären und das mühsam Eingelegte verdarb.

Im Herbst kam der Krautschneider mit seinem großen Hobel auf dem Rücken. Krautkopf um Krautkopf stopfte er in den darauf befestigten Kasten und schob ihn an den seitlich angebrachten Schienen unermüdlich hin und her. Wenn er seine Arbeit getan hatte, war die darunter stehende Zinkwanne randvoll mit dem fein gehobelten Kraut und Bertha konnte mit dem Einschichten in große Steinguttöpfe beginnen. Immer wieder kam eine Handvoll Salz darüber zum Haltbarmachen. Waren die Töpfe voll, behandelte sie das Kraut wie zuvor die Bohnen.

Stolz begutachtete sie den Vorrat, den sie angelegt hatte – zwei Ständer mit Sauerkraut, einen mit sauren Bohnen und ein weiterer mit sauren Gurken standen nun im Keller. Die vielen Gläser mit Zwetschgen, Birnenschnitzen und Kirschen auf dem Kleiderschrank hatte sie gar nicht gezählt, und auch nicht die vielen Gläser mit Marmelade und Gelee. Damit würde sie sich und die Kinder über den Winter bringen.

Leider wollte die Besitzerin den Garten wieder zurück, nachdem Bertha einmal geerntet hatte.

Viermal musste sie erleben, dass die Eigentümer ihre Gärten wieder haben wollten, nachdem Bertha sie gerodet und eine gute Ernte erzielt hatte. Sie war wütend und hasste die Leute, die sie ausnutzten und für dumm verkauften, aber was half ihr das? Sie hätte auch noch ein fünftes Mal gejätet, wenn sie dadurch für den Winter hätte vorsorgen können.

Bertha wartete noch immer vergebens auf ein Lebenszeichen von Reinhard. Sie machte sich bittere Vorwürfe, weil sie ihm seine Untreue nie verziehen hatte, obwohl er sie in jedem seiner Briefe anflehte, ihm zu vergeben. Immer wieder hatte er versichert, wie leid es ihm tat, sie betrogen zu haben.

Sie malte sich aus, dass er gar nicht mehr zurückkommen würde, und er mit der anderen Frau zusammenlebte, die er auch geschwängert hatte. Das Kind musste in Astrids Alter sein. Vielleicht hatte ihm die Frau den langersehnten Jungen zur Welt gebracht. Nie wurde sie die Zweifel los.

Viel Zeit zum Grübeln blieb ihr allerdings nicht. Die Nahrungsbeschaffung und Zubereitung wurde aufwändiger und verlangte Erfindungsgeist. Im Sommer verarbeitete sie das Korn, das sie mühsam aus den Ähren befreite, die die Kinder aufgesammelt hatten. Es musste eingeweicht und gekocht werden bis die Körner aufplatzten, dann drehte sie es durch den Fleischwolf. Mit viel Fantasie stellten sie sich vor, es sei Hackfleisch, das etwas rau schmeckte; die harten Schalen der Körner kitzelten den Gaumen. Wenn sie daraus Suppe kochte, zankten sich die Kinder darum, wer den Topf auslecken durfte.

Sehr oft wusste Bertha nicht, wie sie die sechs Mäuler noch stopfen sollte.

Die Nachbarin Frau Murka, eine hutzlige Person um die fünfzig, hatte eine kleine Landwirtschaft. Im Sommer arbeitete sie von früh am Morgen bis es dunkel wurde im Stall und auf dem Feld. Um den Tag ausklingen zu lassen, kam sie oft spät am Abend noch auf ein Schwätzchen herüber zu Bertha. Falls die schon im Bett lag, pochte sie laut an die Tür. Wenn Bertha dann öffnete und Frau Murka merkte, dass sie schon im Nachthemd war, schickte sie sie gleich ins Bett mit den Worten: „Bleiben Sie liegen, Frau Scholz. Ich wollte Ihnen nur einen Schoppen Milch bringen. Ich stelle ihn in die Küche."

Sie setzte sich mit einem breiten Lächeln, bei dem sie ihre wenigen noch verbliebenen Zähne zeigte, zu Bertha auf die Bettkante.

"Die Milch hat bis morgen früh Rahm gezogen. Die Kinder werden sich freuen, wenn es zum Frühstück Brot mit Rahm und Zucker gibt, das schmeckt doch besser als Brot auf der Herdplatte geröstet oder mit Wasser getränkt und mit Zucker bestreut. Und wenn die Milch dick geworden ist, dann gibt es mit ein paar Pellkartoffeln dazu wieder eine Mahlzeit."

So plapperte Frau Murka drauflos und wenn sie noch den neuesten Dorfklatsch losgeworden war, machte sie sich wieder auf den Heimweg.

Wenn Bertha ihre Mädchen aufforderte, Äpfel und Rüben zu stibitzen, murrte zwar ihr Gewissen, aber sie sah keinen anderen Weg. Dabei begaben sich die Kinder in Gefahr, vom Feldschützen erwischt zu werden. Er war stets mit einem Stock unterwegs, aber nicht gerade der Schnellste, da ein Holzbein das im Krieg verlorene Bein ersetzte. Doch wehe er erwischte ein Kind beim Klauen, dann schlug er erbarmungslos mit dem Stock auf es ein.

Drei Kilometer außerhalb von Schmalenberg stand eine Mühle, zu der sich Bertha ab und zu auf den Weg machte, um für ein Säckchen Mehl im Tausch gegen ein paar Handvoll Korn anzustehen. Mit jedem zurückgelegten Kilometer hinkte sie stärker und nur mit großer Kraftanstrengung schaffte sie den Weg wieder nach Hause.

In der Mühle traf sie regelmäßig auch Frauen aus den Nachbargemeinden. Alle von dem gleichen Wunsch beseelt, nicht mit leeren Händen wieder gehen zu müssen. Stets weigerte sich der Müller, etwas abzugeben. Doch Bertha und ihre Leidensgenossinnen waren hartnäckig und blieben in der Mühle stehen, auch wenn es Stunden dauerte. Um sie loszuwerden, erbarmte sich der Müller schließlich und schaufelte zwei, drei Kellen Mehl in die mitgebrachten Säckchen.

Am neunten Mai 1945 kam Frau Murka schon früh am Morgen aufgeregt über die Straße gelaufen, um die eben gehörte Nachricht von der bedingungslosen Kapitulation des Deutschen Reichs, die in der Nacht erfolgt war, zu verkünden. Sie informierte alle in der Straße, die noch keinen Volksempfänger besaßen. Bertha und die meisten ihrer Nachbarn atmeten auf; endlich hatte das sinnlose Töten ein Ende!

Emma kam auf ihren krummen Beinen angewackelt und erzählte Bertha, dass es doch tatsächlich im Dorf Leute gäbe, die sich wegen der Kapitulation schämten.

„Wie stehen wir denn nun da vor den anderen, die verachten uns doch", war deren Meinung.

Die Zeit von 1945 – 1946

Deutschland wurde unter den vier Siegermächten in Besatzungszonen aufgeteilt: Amerika, Frankreich, Großbritannien und Sowjetunion. Durch die französische Besatzungsmacht, die nun über Schmalenberg Recht und Ordnung sprach, wurde Wohnraum beschlagnahmt und die Bürger drastisch eingeengt, um Platz für die Besatzer und deren Familien zu schaffen.

Auch in dem Haus, in dem Bertha wohnte, dienten die unbewohnten Räume nun öfter als Quartier für französische Soldaten. Dagegen konnte sich auch eine Familie Hardlein nicht wehren.

In Berthas Erinnerung schlummerten noch ein paar Worte Französisch, von ihrem Aufenthalt als junges Mädchen in Straßburg, als sie dort ein halbes Jahr bei ihrer Schwester verbracht hatte. Außerdem war so manches Wort über die nahe französische Grenze geweht, als sie noch in Hilst lebte. Die im Haus einquartierten Soldaten lachten und verbesserten Berthas Aussprache, wenn sie ihr Wissen mobilisierte.

Einmal brachten die Soldaten ihr lebende Hasen mit. Zum Dank kochte sie ihnen einen großen Topf Franzosensuppe. Das war ein Gericht mit allen Gemüsesorten, die der Garten hergab. Die mitgebrachten Hasen hoppelten im Keller herum und die Kinder hatten ihren Spaß mit ihnen. Was hätten die Tiere für einen leckeren Braten abgegeben, wo Fleisch ohnehin Mangelware war! Doch weder Bertha noch Elisabeth waren in der Lage, sie zu schlachten. Also tauschten sie die Hasen schweren Herzens gegen Zucker, Mehl und andere Lebensmittel ein.

Die von den Deutschen gefangengenommenen Franzosen, die bei den Bauern Fronarbeit leisteten, waren nun frei, wollten jedoch überhaupt nicht mehr fort von Schmalenberg. Sie hatten sich in deutsche Mädchen verliebt und heirateten sie.

Die Dorfbewohner hatten nichts gegen die Franzosen als Arbeitskräfte, aber mit einem liiert zu sein oder gar einen heiraten, das ging ihnen doch zu weit! Ließ sich ein Mädchen mit einem Franzosen oder Amerikaner ein, wurde es schnell als Flittchen abgestempelt.

Die Amerikaner hatten außerhalb des Ortes ein Zeltlager aufgeschlagen und fuhren mit ihren Militärlastern durch das Dorf, um Einkäufe zu machen oder im Wirtshaus einen zu trinken. Dabei verteilten sie Kaugummi und Schokolade, in deren Genuss die Kinder zum ersten Mal kamen. Die Soldaten übten eine unwiderstehliche Faszination auf die Kinderschar von Schmalenberg aus. Trotz Verboten schlichen sie um das Lager. Die Soldaten machten sich einen Spaß daraus, die Gewehre auf sie anzulegen. Dann stoben die Kinder davon wie aufgescheuchte Hühner.

Ein andermal schickten sie die Horde, um sie zu beschäftigen, Wasser holen. Willig liefen die Kinder nach Hause und kamen mit Milchkannen voll Trinkwasser zurück.

Harmlos waren die Soldaten bei weitem nicht alle. Einmal kam die neunjährige Magdalena nach Hause und fragte ihre Mutter: „Mama, ein Soldat steckte meine Hand in seine Hosentasche, die ein Loch hatte. Sein Bein fühlte sich ganz nass und klebrig an. Meinst du, er hat geblutet?"

Bertha hielt den Atem an, bevor sie herausplatzte: "Was hat deine Hand in der Hosentasche eines fremden Mannes zu suchen? Du würdest auch in den Rhein springen, egal, wer dies von dir verlangt. Wag dich nicht mehr aus dem Dorf!"

Magdalena verstand die Aufregung ihrer Mutter nicht und verteidigte sich, dass sie doch nur auf der Wiese am Ortsende gespielt hätte.

Eines Tages kam Emma verstört bei Bertha hereingeschneit. Noch nicht durch die Tür, kamen die Worte wie ein Sturzbach über ihre Lippen: „Stell dir vor, mein Kleiner, der Walter, hat draußen auf dem Feld vor einem Amerikaner die Hand zum

Hitlergruß erhoben. Ich konnte sie ihm gerade noch herunterbiegen. Aber ich glaube, der Soldat hat gemerkt, dass der Walter ihn mit erhobenem Arm grüßen wollte." Emma holte tief Atem, ehe sie ihrer Befürchtung Luft machte: „Was meinst du, Bertha, wird das Folgen für mich haben? Ich habe Angst, dass die Amerikaner mich nun bestrafen. Der dumme Junge, wie soll er aber auch mit seinen sechs Jahren wissen, dass man das nun nicht mehr macht? Für ihn ist ein Soldat eben ein Soldat."

Sie ließ sich auf ihren Stammplatz plumpsen, dem Kistchen neben dem Herd.

„Ach was, Emma, er ist doch noch ein Kind, ich glaube nicht, dass sie dir daraus einen Strick drehen werden", beruhigte Bertha sie. „Ich sorge mich eher um meine Elisabeth."

Emma war sofort ganz Ohr und wollte wissen, ob etwas passiert sei. „Was glaubst du, soll ihr geschehen? Sie ist brav und immer fleißig. Sie hat eine wohlproportionierte Figur, zwar ist sie etwas klein geraten, doch sicher dreht sich so mancher Männerkopf nach ihr um. Aber deshalb brauchst du dir noch nicht den Kopf zu zerbrechen."

Auch Bertha setzte sich, da sie ahnte, dass ihre Unterhaltung länger dauern könnte.

„Genau das ist meine Sorge, wenn ich die Blicke der hier im Haus untergebrachten Franzosen auf Elisabeth ruhen sehe", beichtete sie der Freundin ihre Ängste. „Mir ist schon klar, dass bald ein Mann in ihr Leben treten wird, sie ist schließlich schon zwanzig, aber ein Deutscher wäre mir lieber."

Wie üblich, wenn es um Neuigkeiten über das Dorfgeschehen ging, erfuhr Bertha diese meist von Emma. So auch diesmal: „Stell dir vor, die Kinder haben auf dem Weg zur Schule vor der Wirtschaft ‚Pariser' gefunden. Sie haben sie aufgeblasen, weil sie dachten, es seien Luftballons. Ist das nicht ekelhaft? Sicher stammen die von den Amerikanern. Welche Flittchen werden sich wohl mit denen eingelassen haben?"

Bertha war wieder an den Herd getreten, um die Kartoffelknödel in das kochende Wasser zu legen. Sie hatte keine Lust, Vermutungen anzustellen, wer die sogenannten Flittchen waren, sie kannte die Leute ja kaum.

Darum sagte sie kurz angebunden: „Ach Emma, ich werde mich hüten, jemanden zu verdächtigen. Ich muss auf Elisabeth aufpassen, dass sie nicht unter die Räder kommt, das reicht mir. Aber eine Schweinerei ist es schon, wenn die Amis ihre benutzten Kondome auf die Straße schmeißen."

Jakob, der Bruder Berthas, hatte einst gegen den Willen des Vaters, der von den Franzosen nichts hielt, eine Frau aus dem lothringischen Roppeviller geheiratet. Er war ein tüchtiger Schuhmacher, der seinen Beruf liebte und nun nach dem Krieg wieder ausüben wollte.

Wie in den meisten Städten, lagen auch in der Schuhstadt Pirmasens, in der er wohnte, unglaublich viele Gebäude in Schutt und Asche. Doch eine der vielen Schuhfabriken war noch zum Teil erhalten geblieben; dort fand er eine Arbeit, die ihm erlaubte, Bertha hin und wieder ein – oder auch mal zwei – Paar Schuhe zu schenken. Bertha war ihm sehr dankbar, waren Schuhe doch ein begehrtes Tauschobjekt. Elisabeth, die sie bei ihrem Onkel abholte, erzählte danach zu Hause von den vielen Frauen, die mit aufgekrempelten Männerhosen und -hemden und Tüchern auf den Köpfen in den Trümmern herumwuselten, um die Schuttberge abzutragen.

Elisabeth machte sich mit den Schuhen auf den Weg in die Vorderpfalz, um sie gegen Lebensmittel zu tauschen. Einmal hatte sie die sechsjährige Gertrud mitgenommen auf ihre Hamsterfahrt. Tapfer lief Gertrud die sechs Kilometer von Schmalenberg nach Schopp zum Bahnhof neben ihr her, um dort in den Zug nach Neustadt zu steigen.

In Mußbach stiegen sie aus und liefen von Haus zu Haus, um die Schuhe anzubieten. Sie mussten ihr Glück an vielen Türen versuchen, einige wurden ihnen kurzerhand vor der Nase zugeschlagen mit den Worten „Gesindel, macht, dass ihr verschwindet", ehe sie endlich ein paar Schuhe gegen fünf Kilo Mehl tauschen konnten.

Die Mittagszeit war vorbei, Gertrud hatte ihr mit Margarine bestrichenes Brot schon aufgegessen. Als ihr hörbar der Magen knurrte, gab Elisabeth ihr noch ein Stückchen von ihrem eigenen ab, doch Gertrud war immer noch hungrig.

„Brauchen wir noch lange, bis wir wieder zu Hause sind?", wollte sie wissen.

Elisabeth tat die Kleine leid. Sie konnte ihre Klagen nicht mehr ertragen. In das nächste Haus, an dem sie vorbeikamen, schickte sie Gertrud hinein.

„Frag, ob du ein Stückchen Brot bekommen kannst", gab sie ihr den Auftrag.

Gertrud war schnell wieder zurück. Dicke Tränen kullerten ihr über die Bäckchen.

„Da drinnen auf dem Tisch lag ein großer Laib Brot, er war schon angeschnitten, mir ist das Wasser im Mund zusammengelaufen, so gut hat es gerochen. Ich habe gesagt, dass ich Hunger habe und nur ein kleines Stück davon möchte. Die Frau war ganz böse, sie sagte: ‚Ich zähle jetzt bis drei, wenn du dann nicht draußen bist, hetze ich den Hund auf dich'."

Elisabeth zog Gertrud an sich und wischte ihr die Tränen fort, wobei ihre dunklen, vollen Haare wie ein Vorhang über ihr Gesicht fielen und ihre eigenen Tränen verbargen. Sie nahm das Zierkämmchen, das sich gelöst hatte, und mit geübtem Griff bändigte sie damit ihr Haar hinter dem Ohr. Die leicht aufgeworfene Unterlippe und das kantige Kinn ließen sie trotzig in die Welt blicken, und das war sie auch.

„Sei nicht traurig, bestimmt schaffen wir es bald, noch das andere Paar Schuhe einzutauschen, dann verlangen wir etwas zu essen für dich. Und das nächste Mal bleibst du zu Hause."

Es war kein guter Tag; niemand war interessiert an den Schuhen. Sie mussten sich hungrig und müde auf den Rückweg machen. Doch Elisabeth ließ den Kopf nicht hängen: „Beim nächsten Mal habe ich wieder mehr Glück", machte sie sich selbst Mut.

Mit allem, was im Haushalt zu entbehren war, machte sich Elisabeth auf den Weg, um Lebensmittel dafür einzuhandeln; sogar ein Federbett bot sie zum Tausch an.
Doch als Elisabeth von einer Tour in die Vorderpfalz zurückkam und Puppengeschirr auspackte, glaubte Bertha, der Schlag treffe sie.
„Schau, Mutter, was ein leuchtendes Blau, mit dem der Topf, das Sieb und die Wasserhexe emailliert sind; und innen strahlend weiß, ist es nicht wunderschön? Guck mal, die Mehl- und Salzkästchen kann man aufhängen und sie haben hölzerne Klappdeckel. Ich bekomme Lust, selbst damit zu spielen", erklärte sie mit leuchtenden Augen.
Bevor die Teile auf dem Boden zerschellten, konnte sie sie der Mutter aus der Hand reißen.
„Bist du denn von allen guten Geistern verlassen, Elisabeth? Essbares benötigen wir, keine blöden Spielsachen", brüllte Bertha.
„Aber wir brauchen doch Geschenke für die Kleinen. Es ist bald Weihnachten", verteidigte sich Elisabeth.
„Hör auf, mir etwas zu erklären, was ich selber weiß. Sie hätten sich genauso gefreut, wenn du ihnen für ihre Puppen neue Kleidchen genäht hättest. Mit einem Kilo Zucker oder Mehl für Weihnachtsgebäck wäre uns mehr geholfen, als mit Puppengeschirr."
Elisabeth ließ den Kopf hängen und kämpfte mit den Tränen.
„Du mit deinen spleenigen Ideen, die du immer hast", schimpfte die Mutter weiter.

„Ach ja, spleenige Ideen sind das, wenn ich an meine Geschwister denke." Nun flossen bei Elisabeth tatsächlich die Tränen. „Kann ich dir überhaupt etwas recht machen? Immer kritisierst du mich nur."

Müde und hungrig vom Tag, an welchem sie seit dem frühen Morgen unterwegs gewesen war, setzte sich Elisabeth an den Tisch und schaute traurig auf das vor ihr ausgebreitete Spielzeug.

„Nun halt bloß dein vorlautes Mundwerk, stets musst du das letzte Wort haben."

Gertrud unterbrach den Streit, als sie atemlos die Kellertreppe hochgerannt kam und Elisabeths Hand schnappte. „Darf ich dir jetzt meinen Schneemann zeigen, den ich gebaut habe? Ich warte schon so lange auf dich. Bitte, bitte komm mit in den Garten."

Willig folgte Elisabeth ihrer kleinen Schwester. Sie hoffte, dass sich die Mutter beruhigt haben würde, bis sie zurückkam, denn sie war sich sicher, dass auch ihr die Spielsachen gefielen, aber zugeben würde ihre Mutter das nie. Elisabeth musste sich die nächsten Tage noch mehr anstrengen um Zucker, Mehl und Fett zu ergattern, sonst gab es wirklich kein Weihnachtsgebäck. Aber die Freude und der Spaß der Kleinen, die sie bei der Bescherung an den Spielsachen und den neuen Puppenkleidchen, die sie noch nähte, haben würden, waren ihr den Ärger und die Mühe wert.

Elisabeths Fertigkeiten im Schneidern und Nähen konnten sich sehen lassen. Dank ihr konnte Bertha trotz Armut ihre Kinder gut angezogen in die Schule schicken.

Eines Tages kam der Dorflehrer vorbei und meinte, er wolle mal die Mutter der Kinder kennenlernen, die stets so proper und adrett in die Schule kämen. Der Besuch von einer Persönlichkeit wie die des Herrn Lehrers brachte Bertha in Verlegenheit, und dann auch noch von ihm gelobt zu werden, war ein Ereignis, von dem sie lange zehrte.

Berthas Befürchtungen, dass sich ein Soldat an Elisabeth vergreifen oder sie sich in einen vergucken könnte, waren unbegründet. Die Gefahr lauerte in einer ganz anderen Ecke. Irgendwann fiel ihr auf, dass Elisabeth schon viele Wochen keine Monatsbinden mehr gewaschen hatte. Bertha wurde aber erst misstrauisch, als es schon zu spät war.

Als sie wissen wollte, wann denn ihre Periode wieder fällig wäre, musste Elisabeth gestehen, dass sie schon das zweite Mal ausgeblieben war.

Fassungslos schnappte Bertha nach Luft. Doch dann schrie sie ihre Wut mit der ganzen Kraft ihrer Lungen heraus: "Wer war der Lump, der dich geschwängert hat? Er wird dich heiraten, und zwar so schnell wie möglich!"

Bertha war außer sich, als Elisabeth kleinlaut den Namen Georg aussprach. Wie konnte dieser Mann, der ihr von der ersten Stunde an, die sie in Schmalenberg verbrachte, immer hilfreich zur Seite gestanden hatte, so viel Leid über Elisabeth und sie bringen? Sie glaubte, an der Schmach ersticken zu müssen. Georg, ein großer, stattlicher Mann aus ihrem Heimatort, mit einem Hundeblick, der Steine erweichen konnte! Seine Art zuzupacken wo Not am Mann war, hatte sie stets für ihn eingenommen. Arglos hatte sie Elisabeth mit ihm zum Holzholen in den Wald geschickt, und war dankbar gewesen für seine Hilfe. Was hatte Elisabeth sich nur gedacht, sich mit einem verheirateten Mann einzulassen, der mindestens zwanzig Jahre älter war als sie? Sie wollte gar nicht wissen, wer am Ende wen verführt hatte. Dass es Liebe war, hielt sie für ausgeschlossen, hatte Georg doch schon eine Tochter in Elisabeths Alter. Was hatte ihn geritten, sich so zu vergessen? Wie blöd war Elisabeth eigentlich, dass sie sich mit ihren zwanzig Jahren nicht zu wehren wusste? Ein Schwächling war sie ja nicht gerade.

Bertha beschloss, den Zustand von Elisabeth so lange wie nur möglich zu verbergen. Sie würde sie nicht mehr aus dem Haus gehen lassen. Die Schande würde noch früh genug ans

Tageslicht kommen. Wenn eine von den Nachbarsfrauen ins Haus kam, musste Elisabeth sich schnell hinter den Tisch setzen oder im Schlafzimmer verstecken.

Elisabeth, die schon immer gern geschmökert hatte, versank nun ganz in ihrer Romanwelt. Ging ihr der Lesestoff aus, wurde sie zickig, so dass die Geschwister das Weite suchten, bevor sie wegen Nichtigkeiten mit ihnen stritt. Sie erkannten ihre große Schwester nicht wieder; Elisabeth war doch sonst immer lieb zu ihnen gewesen und hatte stets ein offenes Ohr für ihre Wehwehchen gehabt. Nun war die Einzige, die sie nach wie vor verhätschelte und auf dem Arm herumtrug oder mit ihr laufen lernte, die kleine, pausbäckige Astrid.

Ihre Tante Frieda aus Eppenbrunn, die um die Liebe zum Lesen ihrer Nichte wusste, schickte ihr hin und wieder einen Packen Romanheftchen. Dann leuchteten Elisabeths Augen wie der blank geputzte Himmel nach einem Wolkenbruch. Nun konnte sie wieder abtauchen in ihre Traumwelt.

Auch Georg, von dem sie das Kind erwartete, spielte in ihren Tagträumen eine Rolle. Von der Liebe zu ihm durfte sie nicht sprechen, da sie hoffnungslos war. Niemand sollte erfahren, von wem sie schwanger war, so wollte es ihre Mutter.

Als sie im siebten Monat und ihr Zustand nicht mehr zu verbergen war, glaubte Bertha noch immer, alles vertuschen zu können. Darum schickte sie Elisabeth nach Mundenheim. Dort gab es ein Haus, das eingetragen war als ein Heim für gefallene Mädchen.

Elisabeth flehte ihre Mutter an, das Kind zu Hause zur Welt bringen zu dürfen. „Irgendwann komme ich wieder zurück und habe ein Kind, dann werden die Leute es doch sowieso erfahren. Oder soll ich das Kind etwa verschwinden lassen?"

Ihre Mutter antwortete darauf nichts.

„Ah, ich verstehe. Du möchtest, dass ich überhaupt nicht mehr zurückkomme, ist es das, was du willst?"

Ihre Mutter wand sich wie eine Schlange um einen Baum, ehe sie die Katze aus dem Sack ließ: „Du könntest es zur Adoption freigeben."

Unsäglicher Hass flammte in Elisabeth auf. Wie konnte eine Mutter so etwas von ihrem Kind verlangen?

„Hast du vergessen, dass du vor zwanzig Jahren in derselben Situation warst? Großvater verlangte nicht von dir, dass du mich fremden Leuten gibst! Und überhaupt, warum hast du meinen Vater nicht geheiratet?" Elisabeth redete sich immer mehr in Rage. „Alles wäre dann anders gekommen. Warum durfte ich meinen Vater nie kennenlernen? Nun sag schon, warum, warum, warum?"

Aus Elisabeth sprudelte all die Bitterkeit, die sich über Jahre angesammelt hatte: „Wenn ich die Bezeichnung schon höre, gefallene Mädchen. Bin ich gefallen? Warum hebst du mich dann nicht auf?"

Bertha war tief getroffen, doch nie hätte sie das zugegeben.

„Du hast es gerade nötig, die Klappe aufzureißen. Was weißt du denn schon, wie das damals war? Du weißt nur, dass Opa dich lieb hatte, aber nicht, dass er es war, der mich deinen Vater nicht heiraten ließ. Wäre ich nur halb so rücksichtslos wie du gewesen, hätte ich deinen Vater geheiratet."

Bertha wandte sich wieder der Bügelwäsche zu. Sie nahm das Bügeleisen vom Herd und prüfte mit dem angefeuchteten Finger die Temperatur. Ein leises Zischen sagte ihr, dass es heiß genug war, um mit dem Bügeln fortzufahren. Das hinderte sie jedoch nicht daran, Elisabeth zu traktieren.

„Sich mit einem verheirateten Mann einzulassen, so blöd kannst nur du sein. So schlecht siehst du nun auch nicht aus, als dass du nicht einen jungen Mann hättest für dich interessieren können. Jetzt kannst du das natürlich vergessen."

Elisabeth wäre am liebsten weit weggelaufen, um sich die Gemeinheiten, die ihre Mutter ihr an den Kopf warf, nicht mehr länger anhören zu müssen. Aber wo sollte sie hin? Sie war ihr hoffnungslos ausgeliefert.

Aber still sein konnte sie auch nicht. „Ach ja? Und was war mit Ludwig aus Schweinfurt und Norbert, mit dem ich mich im letzten Jahr in Großheubach anfreundete? Immer hat dein lieber Mann alles vereitelt."

Seit einem Monat war Elisabeth nun volljährig, doch was nutzte es ihr? Ohne Beruf und ohne Geld war sie weiterhin von ihrer Mutter abhängig. Also ging sie für ein halbes Jahr zu den gefallenen Mädchen.

„Ich bin ohnehin zu nichts nutze und niemandem etwas wert", dachte sie.

Nachkriegsjahre

Bertha merkte erst, wie viel Arbeit Elisabeth ihr abgenommen hatte, nachdem sie aus dem Haus war. Ungern gestand sie sich ein, dass sie ihr fehlte.

Irma, ihre Zweitälteste, ein verträumtes und in sich gekehrtes Mädchen, war ihr keine große Hilfe. Ihre graugrünen Augen mit den dichten dunklen Wimpern, die im krassen Gegensatz zu ihrem blonden Haar standen, blickten immer erstaunt und fragend in die Welt. Nie wusste sie, wo es fehlte und wo sie anpacken sollte. Irma war mit ihren dreizehn Jahren so ganz anders als Elisabeth, die Bertha in dem Alter schon viele Arbeiten abgenommen hatte. Davon konnte sie bei Irma nur träumen.

Wie schon in ihrer Jugend klagte Bertha ihre großen und kleinen Kümmernisse ihrer Schwester Marie. Leider konnten sie sich nur in Briefen ihre Sorgen von der Seele schreiben. Ein gegenseitiger Besuch war auch jetzt, ein Jahr nachdem der Krieg beendet war, unmöglich. Für die Fahrt mit Kindern nach Straßburg fehlte das Geld. Und Maries Mann, der „Schieberlé", wie ihn ihr Vater genannt hatte, weigerte sich, nach Deutschland zu fahren.

Marie klagte darüber, dass sie in Geschäften hinten anstehen müsse und man sie als Deutsche am liebsten gar nicht bedienen würde. Auch die Nachbarn wollten mit der Deutschen nichts zu tun haben.

„Weißt du, irgendwie verstehe ich die Menschen sogar. Als Elsässer müssen sie sich in Acht nehmen und französischer sein als die Franzosen", schrieb sie an Bertha. An die zehn Jahre hatten sich Marie und Bertha nicht mehr gesehen und sie wünschten sich nichts sehnlicher, als sich mal wieder ganz nahe zu sein.

Als Irma zu Ostern 1946 aus der Schule entlassen wurde, nahm Bertha gerne das Angebot ihrer Nichte Bernadine, Maries ältester Tochter, an, sie für ein halbes Jahr bei sich aufzunehmen. Diese besaß mit ihrem Mann in Straßburg eine Bäckerei und hatte drei kleine Kinder, deren Betreuung Irma übernehmen sollte. Irma, die an ihre Patentante Bernadine kaum eine Erinnerung hatte außer den Päckchen und Briefen, die sie zu Weihnachten, Ostern und Geburtstagen von ihr geschickt bekam, freute sich, zu ihr zu fahren.

Es gab ein fröhliches Hallo mit Umarmungen und Küssen, als Bernadine mit ihrem Mann Philip in Schmalenberg eintraf, um Irma abzuholen. Marie war auch mitgekommen und Bertha hätte ihre Schwester am liebsten in Schmalenberg behalten. Nachdem sie sich gefühlte Ewigkeiten nicht gesehen hatten, gab es so viel zu erzählen! Doch Philip wollte den Laden nicht länger ohne Aufsicht lassen, so dass sie noch am gleichen Tag zurückfahren mussten. Marie hatte noch einen Nachzügler zur Welt gebracht. Der Achtjährige war während ihrer Abwesenheit bei einer ihrer älteren Töchter geblieben, also musste auch sie nach Hause.

Ein Vierteljahr blieb Irma bei ihrer Patin, dann wurde das Heimweh übermächtig. Zurück in Schmalenberg erzählte sie immer wieder, wie gut es ihr in Straßburg gefiel und gab mit dem bisschen Französisch an, das sie bei ihrem Aufenthalt aufgeschnappt hatte. Zu den paar Brocken lernte sie dann aber noch dazu, als sie in Eppenbrunn in einem französischen Haushalt eine Beschäftigung fand.

1946 erlaubte Bertha ihrer Tochter Elisabeth, mit dem im Mai geborenen Mädchen Gerda nach Hause zu kommen. Überraschend liebevoll kümmerte sich Bertha um die kleine Gerda, die an Rachitis litt. Mit Zuckerwasser päppelte sie das Baby auf. Es war, als ob Bertha jetzt erst die nötige Zeit und Reife hätte, ein Kind großzuziehen und ihre Kinder verwöhnten Gerda im selben Maße, wie sie das schon mit Astrid taten.

Nur drei Häuser weiter, für Bertha schnell erreichbar, war ein kleiner Lebensmittelladen, wo sie das Benötigte einkaufen konnte. Irgendwas fehlte jeden Tag und meist dann, wenn die Kinder in der Schule waren. Heute war es Zucker.

Die Besitzerin füllte ihn in eine spitze Tüte aus Pergamentpapier. An der Waage war extra eine Halterung dafür, denn ob Mehl, Salz oder Haferflocken, alles wurde in Tüten gefüllt, die von Sträflingen im Gefängnis hergestellt wurden.

Während die Ladeninhaberin das Verlangte abwog, fragte sie: „Haben Sie den Aushang draußen an der Tür gelesen, Frau Scholz? Am zwanzigsten Juni, also in zwei Tagen, wird die Währung von Reichsmark auf Deutsche Mark umgestellt. Für den Anfang wird es ein Kopfgeld von vierzig DM geben. Sparbücher und Bargeld werden nur bis zum sechsundzwanzigsten diesen Monats umgetauscht."

Frau Fritge legte die gefüllten Tüten vor Bertha auf den Verkaufstisch.

„Danke, dass Sie mich darauf aufmerksam machen. Das letztere Datum muss ich mir nicht merken, da ich kein Sparbuch habe und für die paar Kröten Bares, die ich besitze, werde ich mich bei Ihnen noch mit Lebensmitteln eindecken."

Ein paar Tage nachdem die Rationierung aufgehoben worden war, kam Emma, um wieder einmal das Neueste zu berichten: „Bertha, du glaubst nicht, was sich in den Geschäften abspielt; die Leute sind in einem wahren Kaufrausch, aber wen wundert es, bei der Knappheit an allem? Selbst bei den Kleidern macht sie sich bemerkbar – um Stoff zu sparen, rutscht die Saumlänge immer höher, kaum dass sie noch die Knie bedeckt. Und dass die Schultern nicht gar so spitz hervorragen, wird mit Wattierungen nachgeholfen." Emma schaute an sich herab und zupfte an ihrem Kleid herum. „Ich muss sagen, die Kleider aus Fallschirmseide oder die Mäntel aus Zeltbahnen, die sich manche Frauen nähen, sehen gar nicht übel aus, aber da muss man auch erst mal rankommen. Hoffentlich übernehmen sich nicht einige, nachdem sie jetzt mit einem Schlag kaufen können, was das Herz begehrt. Die vierzig DM, die jeder bekam, müssen ja etwas länger reichen als heute und morgen."

Emma breitete ein paar Bettbezüge aus. Beifall heischend schaute sie Bertha an. „Ich bin mit dem Bus nach Waldfischbach gefahren, der war so voll, dass keiner, der im Mittelgang stand, umfallen konnte. Der Busfahrer ließ gar nicht alle einsteigen. Na, was meinst du, sind das nicht wunderschöne Damastbezüge?"

Bertha beneidete Emma, doch nicht nur wegen der Wäsche. Es war vielmehr das, was Emma unterwegs sah und hörte – sie hingegen kam kaum aus dem Haus vor lauter Arbeit mit den Kindern und der Nahrungsbeschaffung.

Das geringe Kopfgeld und die schnell steigenden Preise sowie die Arbeitslosigkeit ließen den Kaufrausch schnell wieder enden. Alma, die in jenem Jahr aus der Schule entlassen wurde, fand bis in den Winter Beschäftigung beim Forst. Scharen von Frauen machten sich frühmorgens zu Fuß oder mit dem Fahrrad auf den Weg in den Wald, um junge Bäumchen zu pflanzen. Zur Mittagszeit bekamen sie Essenskännchen von den Kindern gebracht, in Handtücher eingeschlagen, so dass die Mahlzeit warm blieb. Abends zogen die Frauen und Mädchen oft singend und scherzend ins Dorf zurück. Brach der Winter an und der Frost ließ den Boden hart wie Stein werden, war es vorbei mit der Waldarbeit und sie mussten bis zum Frühjahr stempeln gehen, da sie keine andere Tätigkeit fanden.

Elisabeth war in Stellung bei einer französischen Familie in Pirmasens. Als diese 1949 nach Frankreich zurückging, wollten sie Elisabeth mitnehmen – natürlich ohne Gerda, um die sich Bertha kümmerte –, doch Elisabeth brachte es nicht übers Herz, ohne ihre Tochter zu gehen. So blieb ihr keine andere Wahl, als sich in das Heer der Waldarbeiterinnen einzufügen, wodurch sie allerdings auch wieder mehr Zeit zum Nähen hatte.

Die weißen Kleider, die sie für Alma und Irma zur Einweihung der Kirchenglocke nähte, erforderten ihr ganzes Können. Die beiden sollten nicht hinter den anderen Jungfrauen des Ortes zurückstehen, das hatte sich Elisabeth geschworen. Die jungen Mädchen sollten weiß gekleidet und blumengeschmückt den Wagen mit der Glocke ins Dorf zur Kirche begleiten. Berthas Mädchen hatten sich mit den Jahren in die Dorfjugend integriert und es war daher selbstverständlich, dass die beiden mit sechzehn und achtzehn Jahren im Zug der Jungfrauen mitliefen.

Alles wurde etwas leichter mit den Jahren. Die Lebensmittel waren zwar immer noch knapp, aber sie mussten nicht mehr hungern. Auch die Kinder machten nicht mehr so viel Arbeit. Morgens musste Bertha nur noch Magdalena und Gertrud die langen Haare zu Zöpfen flechten, bevor sie zur Schule gingen.

Durch die Kriegswirren hatte Frau Hardlein ihr Haus, das sie an Bertha vermietet hatte, etwas aus dem Blick verloren und ließ sie weitgehend in Ruhe. So bemerkte Bertha nicht die dunklen Wolken, die sich über ihr am heiteren Himmel zusammenbrauten.

1950 flatterte eines Tages – ohne Vorwarnung – Bertha die Kündigung des Mietverhältnisses ins Haus. Eine Familie aus dem Ort hatte das Haus gekauft und wollte schnell in den neu erworbenen Besitz umziehen.

„Wenn doch nur Reinhard da wäre, dann könnten wir es vielleicht schaffen, nach Hilst oder Eppenbrunn umzuziehen, doch alleine gelingt mir das nicht", grübelte Bertha.

Noch immer war Reinhard als vermisst gemeldet. Alle Anfragen ans Rote Kreuz blieben ergebnislos. Hals über Kopf musste Bertha für ihre Familie eine neue Bleibe finden. Wohnraum war immer noch knapp, aber das Haus des Käufers wurde frei.

Ein riesiges Durcheinander setzte ein, denn Bertha hatte ihre Möbel noch nicht aus dem Haus, der neue Besitzer einen Teil der seinen dafür schon drinnen. Glücklicherweise lagen beide Häuser nur ein paar hundert Meter auseinander. Mit einem Handkarren schaffte sie mit den Kindern zusammen ihre Wohnungseinrichtung in die Dunggasse.

Bertha weigerte sich, ihre neue Bleibe als Haus zu bezeichnen. „Eine wahre Bruchbude ist das, aber doch keine menschenwürdige Behausung", schimpfte sie.

Im Keller war die Decke abgestützt, damit sie nicht herunterbrach. An die Küche schloss sich der ehemalige Schweinestall an. Der Geruch hing noch in der Luft.

Es war August, in zwei Wochen würde Kirchweih sein. Bertha kämpfte mit sich, ob sie ihre Schwester Frieda einladen sollte. Sie schämte sich für das Loch, in dem sie jetzt wohnen musste. Andererseits hatte sie Frieda schon ein Jahr nicht mehr gesehen. Es war zu umständlich, nach Eppenbrunn zu kommen. An einem Tag hin- und wieder zurückzufahren war unmöglich.

Bertha hätte gerne einmal wieder jemanden aus Kindheitstagen um sich gehabt, dem sie Freud und Leid anvertrauen, und mit dem sie in Erinnerungen an alte Zeiten schwelgen konnte. Auch die Kinder würden sich freuen, wenn ihre Tante über das Fest bei ihnen wäre.

Sie schob das Schreiben einer Einladung von einem auf den anderen Tag. Am Ende siegte ihre Sehnsucht, die Schwester wiederzusehen. Frieda hatte drei Kinder, von denen der Älteste mit nur zwanzig Jahren im Krieg gefallen war. Auch ihr Mann wurde Opfer des sinnlosen Mordens. Ihre zwei Mädchen waren verheiratet, so dass ihre Schwester zu Hause keine Verpflichtungen mehr hatte.

Am Samstag vor der Kirchweih zur Mittagszeit, der letzte Kuchen war aus dem Ofen geholt, liefen die Kinder zum Bus, um ihre Tante abzuholen. Lustig hüpften sie um sie herum und zeigten ihr den Weg.

Nachdem sich die Geschwister stürmisch begrüßt und Frieda die Räume besichtigt hatte, meinte sie: „Jetzt verstehe ich deine Unzufriedenheit, Bertha, das Haus ist nicht zu vergleichen mit dem von Familie Hardlein, in dem du dich so gut eingerichtet und wohlgefühlt hattest. Ich dachte, du übertreibst in deinen Briefen, aber es ist wirklich eine Schande, was sie mit dir treiben."

Bertha deckte den Kaffeetisch und schnitt den frischgebackenen Streuselkuchen an.

„Jetzt wollen wir erst einmal Kaffee trinken und unser Beisammensein genießen. Ach Frieda, du glaubst nicht, wie froh ich bin, dich hier zu haben. Wir haben uns so viel zu erzählen, die Woche wird wie im Flug vorbei sein."

Keine ahnte, wie schnell der Aufenthalt enden würde.

Die Kinder waren überglücklich, als sie ihre Tante überreden konnten, am Sonntag mit ihnen über den Rummelplatz zu laufen. Im Geheimen hatten sie die Hoffnung, von ihr eine Fahrt mit dem Karussell, der Kettenreitschule oder der Schiffschaukel spendiert zu bekommen; vielleicht gab es auch noch eine Zuckerstange.

Die Kinder waren in den zwei Tagen, die das Fest währte, auf ihre Kosten gekommen und hatten viel Spaß gehabt. Nun bettelten sie bei ihrer Tante, mit ihnen einen Spaziergang über Wiesen und Felder zu machen, die nur wenige Häuser entfernt begannen. Frieda ließ sich erweichen und machte sich mit den Kindern auf den Weg. Der endete allerdings schon nach fünfzig Metern.

Sie rutschte in der Abwasserrinne auf der glitschigen Nässe von Wasch- und Spülwasser aus und stürzte so unglücklich, dass sie sich den Arm brach.

„Ich wusste doch, dass ich dich besser nicht hierher einladen sollte", lamentierte Bertha. „In Eppenbrunn wäre dir das nicht passiert. Hier wurde noch kein Kanal gelegt und das ganze Abwasser landet auf der Straße."

Bertha machte unter dem laufenden kalten Wasser ein Tuch nass und legte es Frieda um den rasch anschwellenden Arm.

„Es tut mir so leid, Frieda, dass du jetzt die Schmerzen aushalten musst. Ich laufe zur Post, sie ist gleich nebenan, und rufe einen Krankenwagen."

Frieda winkte ab. „Ich hätte ja auch in der Mitte der Straße gehen und besser aufpassen können, es ist ganz allein meine Schuld. Weißt du, in Eppenbrunn sind so viele Autos unterwegs, dass ich es gewohnt bin, immer auf dem Bürgersteig zu gehen. Aber eins sag ich dir, Bertha, hier in der Dunggasse werde ich dich nicht mehr besuchen!"

Astrid, die jüngste von Berthas Mädchen, war vernarrt in ihre Tante und bettelte die Mutter an, mit nach Eppenbrunn fahren zu dürfen, um ein paar Tage dort zu verbringen.

„Aber Astrid, das geht doch nicht. Deine Tante muss erst mal ins Krankenhaus", belehrte sie die Mutter.

Zum Glück war es kein komplizierter Bruch und verheilte schnell, so dass Frieda bald wieder nach Hause entlassen werden konnte.

Astrid vergaß jedoch den Wunsch, ihre Tante zu besuchen nicht. Ein Jahr später, in den ersten großen Ferien, die sie hatte, war es so weit – Elisabeth brachte sie nach Pirmasens, um sie dort in einen Bus nach Eppenbrunn zu setzen.

Stolz erzählte Astrid ihren Mitschülern, nachdem die Schule wieder begonnen hatte, wie weit und wie lange sie fort gewesen war und berichtete auch von dem großen Weiher, auf den sie beim Aufwachen blicken konnte.

Bertha sprach immer wieder beim Gemeindesekretär wegen einer anderen Wohnung vor, doch sie musste zwei Jahre in dem heruntergekommenen Haus ausharren, bevor sie in eine der zwei Wohnungen unterm Dach des Bürgermeisteramts einziehen konnte.

Hatte sie in der Bruchbude in der Dunggasse befürchtet, irgendwann samt Einrichtung im Keller zu landen, weil der marode Boden des Erdgeschosses absacken könnte, so geschah dies nun auf der Toilette der neu bezogenen Wohnung.

Gerda spielte hinter dem Bürgermeisteramt in dem großen Hof, an den sich auch ein Garten mit Apfel- und Birnbäumen anschloss. Es war ein beliebter Treffpunkt für die Kinder der ganzen Nachbarschaft. Auch das Kelterhaus der Gemeinde, in dem, durch eine Wand getrennt, drei Plumpsklos untergebracht waren, befand sich auf dem Gelände.

Gerda stieß eine der Türen auf; eilig wollte sie Pipi machen, um wieder zum Spielen zu kommen.

Die ein Jahr ältere Inge, die Gerda stets folgte wie ein Schatten, war ihr nachgerannt. Entsetzt krallte sie ihre Finger in Gerdas Schürze und zerrte sie zurück. Gerda wäre unweigerlich in die Jauchegrube gefallen und darin untergegangen, wäre Inge nicht so geistesgegenwärtig gewesen. Als die anderen Kinder Gerda weinend ins Haus laufen sahen, kamen sie zu dem Unglücksort gerannt und schrien durcheinander, als sie sahen, was geschehen war.

Der Steinboden war eingestürzt und das stinkende Pullloch lag offen vor ihnen. Die Holzbank mit dem ausgesägten Loch in der Mitte hing wie eine Truhe, eingekeilt zwischen den Wänden, in der Luft.

Gerda, die Hose inzwischen durchnässt, rannte die Treppen in den dritten Stock hinauf zu Bertha. Der Gemeindesekretär riss das Fenster von seinem Büro auf und schimpfte los wegen des Lärms. Leute, die gerade dabei waren, ihr Obst zu keltern, kamen aus dem Kelterraum gestürzt. Aufgeregt redeten sie durcheinander, was hätte passieren können. Alle waren geschockt und malten sich aus wie es wäre, auf dem Klo zu sitzen ohne Boden unter den Füßen.

Bertha mit ihren Kindern und Familie Müller, ihre Nachbarn in der Mansardenwohnung, waren entsetzt und getrauten sich nicht mehr, die zwei verbliebenen Klos zu benutzen. Bisher hatten sie sich nur in der Nacht auf den Nachttopf gesetzt, nun hätten sie es sich am liebsten ganz verkniffen, ihr Geschäft zu verrichten. Es waren nicht die vielen Treppen und dass sie über den Hof laufen mussten, was sie abschreckte; sie hatten einfach Angst, in die Jauchegrube zu stürzen.

Magdalena und Astrid hatten das Plumpsklo sowieso immer verabscheut, besonders im Sommer, denn sobald man den Deckel hochnahm, der auf dem Loch lag, stiegen ganze Schwärme von dicken, fetten Schmeißfliegen aus dem Loch und an der Innenseite des Deckels krochen dicke Maden. Vor Ekel machten sie oft auf dem Absatz kehrt und unterdrückten das Bedürfnis.

1953 brachen die letzten großen Schulferien für Gertrud an. Sie hatte sich mit Gerda, Gisela und Lissi im Wald verabredet, um an der Hütte, die sie aus Geäst bauten, weiterzuarbeiten. Nun durchkreuzte die Mutter Gertruds Pläne. Sie musste helfen, die zwölf Matratzen hinunter in den Hof zu schaffen. Ihre Freundinnen, die auch zu Hause und auf dem Feld arbeiten mussten, hatten es leichter. Sie wohnten wenigstens nicht im dritten Stock, und auf dem Feld zu arbeiten machte Spaß. Gertrud war schon oft dabei gewesen, wenn das Korn geschnitten und zu Garben gebunden aufgestellt wurde wie Zelte. Sie spielten darin eher Verstecken statt zu arbeiten.

Doch alles Meutern half nichts. Gertrud musste die Matratzen klopfen und ausbürsten, dann erst durfte sie gehen. Kam sie am Abend nicht zeitig nach Hause, setzte es Schläge.

„Alles kann ich alleine machen. Dass wir heute Nacht in unseren Betten schlafen wollen, daran hast du natürlich nicht gedacht. Glaubst du, die Matratzen werden durch das Lüften so leicht, dass sie fliegen?", schimpfte ihre Mutter.

Mit Grausen dachte Gertrud auch an das rotbraune Wachs, das sie auf die Fußbodendielen auftragen und diese anschließend bohnern musste. Das hatte sie vergangenes Jahr auch während der Ferien machen müssen. Diese Arbeit hasste sie am meisten. Tagelang würde sie rot verfärbte Finger haben.

„Ob Astrid, unser Nesthäkchen, auch mal auf den Knien herumrutschen muss? Jetzt ist sie erst neun, klar, dass sie noch nicht solche Arbeiten erledigen kann, aber ich glaube, sie wird das nie machen müssen, so verwöhnt wie sie ist. Immer bin ich es, an der die unangenehmen Sachen hängenbleiben", brummte Gertrud vor sich hin.

In ihre Überlegungen drang die Aufforderung ihrer Mutter, Wasser zu holen. Der kleine Eimer, der in der Ecke auf einem Hocker stand, war stets leer.

„Schon wieder ich, Magdalena kann doch auch welches holen", motzte Gertrud.

„Du bist es doch, die ständig die Kelle am Mund hängen hat. Erst vorhin, als ich Geschirr spülte, habe ich Wasser geholt und außerdem gehe ich arbeiten", verteidigte sich Magdalena.

Bertha schlug mit der Faust auf den Tisch.

„Gibt's jetzt bald Ruhe! Was soll ich denn sagen, wenn montags Waschtag ist und ihr bei der Arbeit oder in der Schule seid? Was glaubt ihr, wie viele Eimer ich hoch- und auch wieder hinuntertrage? Als ich so alt war wie ihr, musste ich das

Wasser vom Dorfbrunnen nach Hause schleppen, das waren mehr als die zwölf Stufen, die ihr hier zu gehen habt."

Heimweh überflutete Bertha für einen schmerzerfüllten Moment bei dem Gedanken an Hilst; das Gezänke ihrer Kinder rauschte an ihren Ohren vorbei. Nie wurden sie es müde, sich wegen des Wassers in die Haare zu geraten.

Es war Samstag, also Badetag. Selten ging er ohne Streit über die Bühne. Alma wollte gerade wissen, wer von ihnen wohl das meiste Badewasser schleppe, was wiederum Elisabeth auf die Palme brachte: „Jede hier hat Angst, dass sie ein bisschen mehr arbeitet als die andere, was soll ich da sagen? Das Wasser, in dem Irma und danach ich baden, hole stets ich und zum Schluss dann noch mal frisches für Astrid und Gerda."

Irma, die sich aus den Streitereien heraushielt, spannte eilig eine Leine quer durch die Küche und klammerte ein Bettlaken als Sichtschutz daran fest.

„Da, schaut euch unsere Prinzessin auf der Erbse an, stets nimmt sie das Recht für sich in Anspruch, als Erste in die Badewanne zu steigen. Sie drückt sich erfolgreich, einen Eimer in die Hand zu nehmen, sei es zum Holen oder zum Hinunterbringen von Wasser. Die ist nur damit beschäftigt, einen Vorhang als Sichtschutz zu spannen; wir könnten ihr ja etwas abgucken, wenn nur ein Spalt vor der Badewanne offen wäre."

Die Mutter der Zankenden erinnerte sie daran, dass das Wasser im Waschkessel auf dem Herd heiß sei und forderte Elisabeth auf, mit anzupacken, um es in die lange Zinkwanne zu kippen.

„Natürlich muss ich wieder helfen, warum nicht mal deine geliebte Tochter Irma? Sie darf doch auch als Erste in die Wanne steigen. Aber was rege ich mich noch auf, ich bin es ja nicht anders gewohnt", murmelte Elisabeth vor sich hin.

Zu den Samstagabenden gehörte ebenso der regelmäßige Kampf vor dem Spiegel im Schlafzimmer. Irma erkämpfte sich meist den besten Platz am Waschtisch, so dass sie die äußeren Flügel des Spiegels benutzen konnte, um sich von allen Seiten zu betrachten. Magdalena und Alma mussten abwarten, bis sie die Teile wieder freigab. In dem schmalen Gang zwischen Bett und Waschtisch schubsten und drehten sich die drei, als ginge es um einen Schönheitswettbewerb. Wessen Liebster würde wohl heute als Erster seinen Pfiff von der Straße herauf ertönen lassen?

Alma war es, die hastig den Kamm zur Seite legte und die Treppen hinunterrannte zu ihrem Helmut.

An der Wohnsituation hatte sich nicht wirklich etwas gebessert. Zu einer geräumigen Küche gehörten ein großes und ein kleineres Zimmer. Noch immer mussten Gertrud, Astrid und Gerda mit Bertha zusammen im Ehebett schlafen. Die vier Großen teilten sich zwei Betten im kleinen Zimmer.

Die zwei Dachkammern waren allenfalls als Abstellkammern zu gebrauchen. Sie waren nicht ausgebaut, so dass sie Sommers Brutkästen und Winters Eishöhlen waren.

Als Bertha Irma, Alma und Magdalena erlaubte, ihre Verehrer mit ins Haus zu bringen, ging der Kampf um den besten Platz weiter. Zur Wahl standen die Küche, ein Bretterverschlag davor und das Treppenhaus. Auch nun galt: Wer zuerst kommt, wird den besten Platz ergattern. Das war die Küche, in der war es im Winter warm, anders als im Treppenhaus, mit dem musste sich der Letzte zufriedengeben. Bertha ging mit ihren Jüngsten und der Enkelin Gerda schlafen und überließ den Liebespärchen das Feld.

An den Sonntagnachmittagen fanden es alle gemütlich, sich in der großen Küche zu versammeln. Karl, Magdalenas Freund, hatte eine Mundharmonika dabei und Emil, Irmas Verlobter, verstand sich darauf, einem mit Brotpapier umspannten Kamm

Töne zu entlocken. Die Töchter wurden nicht müde, ein Lied nach dem anderen dazu zu singen.

Die Nachbarin Frau Müller, die aufgrund ihres Asthmas stets nach Luft japste, meinte dann am nächsten Tag: „Die sollten zum Radio gehen, so schön wie die zusammen singen, mit erster und zweiter Stimme."

Bertha dürstete nach Lob. Wenn sie solche Worte hörte, war sie wieder ein bisschen versöhnt mit ihrem Schicksal.

Elisabeth

Anders als Mutter mir prophezeit hatte, gab es doch einen Mann, der sich für mich interessierte.

Richard war Metzgermeister und hatte eine kleine Metzgerei im Ort. Wenn ich im Garten arbeitete, dauerte es nicht lange und Richard stand auf der Straße, um sich über den Zaun hinweg mit mir zu unterhalten. Als wir uns dann etwas besser kannten, vereinbarten wir, dass Richard einen bestimmten Pfiff ertönen ließ und ich dann einen Vorwand erfand nach unten zu kommen. Manchmal steckte er mir verschämt ein Stück in Zeitungspapier gewickelte Hausmacher Leber- oder Blutwurst zu, die ich nur heimlich essen konnte, da noch niemand wissen sollte, dass sich zwischen uns etwas anbahnte.

Er war ein großer, kräftiger Mann, dessen zaghaftes, schüchternes Auftreten dazu im Widerspruch stand. Meist bedeckte eine Kappe sein dunkles Haar und verbarg die ungebärdigen Locken. Es dauerte Monate, bis er sich getraute, mich zu fragen, ob ich mit ihm spazieren gehen würde. Ich glaubte schon, dass ich selbst die Initiative ergreifen müsse.

Mutter fiel irgendwann das Zusammentreffen von dem Pfiff und meiner Ausrede, unten was erledigen zu müssen, auf. Als sie spitzbekam was ich erledigte, setzte sie alles daran, mir Richard madig zu machen: „Wenn ich den Baddel schon sehe, schau dir doch die Batschkapp an, die er auf dem Kopf sitzen hat. Die ist so speckig wie die Schwarte der Schweine, die er schlachtet. Hat keinen Arsch in der Hose, drum hängt sie ihm bis in die Kniekehlen."

Täglich hatte sie was Neues an ihm auszusetzen, dabei hätte sie sich freuen müssen, dass ich nicht eines Tages als alte Jungfer sitzen blieb. Ich dachte nicht im Traum daran, mir auch diesen Mann von meiner Mutter vermiesen zu lassen.

„Hast du schon mal daran gedacht, dass er nie im Leben den katholischen Glauben annimmt? Das kann er sich gar nicht erlauben, die Leute würden nicht mehr bei ihm einkaufen."

Das war ein neues Argument von Mutter, mich zur „Vernunft" zu bringen. Ich liebte Richard und war überzeugt, dass er mir ein guter Mann sein würde. Sein Glaube war mir deshalb völlig egal. Sollte Mutter doch meckern, wenn es ihr Spaß machte. Als Gerda, mein quirliges Mädchen, das zu Ostern eingeschult worden war, die Küche betrat, kam Mutter auf einen ganz neuen Gedanken, der als Hinderungsgrund für die Verbindung von mir und Richard herhalten musste.

„Und was ist mit Gerda, was soll aus ihr werden?", wollte sie wissen, während sie einen verzweifelten Blick aus dem Fenster auf die protestantische Kirche warf. „Ich verfluche den Tag, an dem ich unter all den sturköpfigen Protestanten hier eine neue Heimat gesucht habe. Das war ja zum Teil auch deine Schuld. Nun werden sie triumphieren, wenn du in dieser Kirche zum Traualtar gehst."

Wenn Mutter ehrlich zu sich selbst gewesen wäre, hätte sie sicherlich zugeben müssen, dass der eigentliche Grund, weshalb sie Richard ablehnte, sein anderer Glaube war.

„Mutter, zerbrich dir doch nicht meinen Kopf. Was Gerda betrifft, kann ich dich beruhigen, Richard wird ihr sogar seinen Namen geben", argumentierte ich sachlich.

„Meinen Segen wirst du nicht bekommen, keine zehn Pferde bringen mich in diese Kirche, das schwör ich dir."

Ich war siebenundzwanzig Jahre alt und sah keinen Grund, noch länger zu zögern. Also gab ich Richard mein Jawort. Mein Hochzeitskleid war bis zur Taille eng geschnitten und fiel dann in weiten Bahnen auf meine Füße, was meine Figur vorteilhaft zur Geltung brachte. Das bildete ich mir jedenfalls ein. Leider war es aus schwarzer Seide. Ich durfte ja nicht in der Farbe der Unschuld vor den Altar treten.

Einen Wermutstropfen musste ich an meinem Hochzeitstag schlucken, der wie Galle so bitter in mir hochstieg: Mutter machte ihre Drohung wahr und verweigerte mir ihren Segen. Niemand aus meiner Familie begleitete mich zur Trauung. Meine Geschwister, für die ich so viel getan hatte, standen voll hinter Mutter, egal ob aus Feigheit oder Überzeugung. Es tat einfach weh.

Richard, der unbeholfen und tapsig wie ein großer Bär wirkte, liebte mich und mit Stolz blickte er auf mich, wenn ich proper und appetitlich hinter der Theke stand und Wurst und Fleisch verkaufte. Als ich Richard sagte, dass er in einem guten halben Jahr Vater sein würde, womit er schon nicht mehr gerechnet hatte, war unser Glück vollkommen.

Es war Anfang 1954, als mich Kunden auf das veränderte Benehmen meines Mannes ansprachen: „Hat er es nicht mehr nötig, zu grüßen?", fragten sie.

Ich glaubte nicht, was die Leute erzählten – Richard war immer freundlich zu jedermann, weshalb sollte er das tun? Es war absolut nicht seine Art. Als ich ihn darauf ansprach, war er entsetzt.

„Aber Elisabeth, du kennst mich doch, so würde ich mich nie verhalten", versicherte er mir.

Doch die Beschwerden über Richard häuften sich. Eines Tages kam ich auf des Rätsels Lösung: Er sah schlicht und einfach Leute, die auf der anderen Straßenseite gingen, überhaupt nicht. Der Augenarzt stellte fest, dass seine Augen nicht zu retten waren und er nach und nach vollkommen erblinden würde. Von der Verletzung, die er im Krieg davongetragen hatte, traten nun die Folgen zutage.

Er war sehr tapfer und versuchte, sich damit abzufinden. Am meisten quälte ihn die Vorstellung, dass er sein Kind, das im August zur Welt kommen würde, nicht mehr klar sehen könnte. Ich tröstete ihn, dass es doch die entfernten Dinge seien, die er nicht erkannte, und dass es sicher einige Zeit dauere, ehe er vollkommen erblinden würde.

Doch es kam ein Schlag nach dem anderen. Schon nach kurzer Zeit wurde es ihm unmöglich, seine Arbeit weiter auszuüben. Ein Metzger aus der Nachbargemeinde mietete den Verkaufsraum in Richards Elternhaus und behielt mich bis zu meiner Niederkunft als Verkäuferin.

Es vergingen Monate, bis Richard eine Versehrtenrente erhielt und in denen wir mit sehr wenig Geld auskommen mussten.

Richard hatte wenigstens noch das Glück, das Kind, das ich ihm gebar, mit seinem schwindenden Augenlicht sehen zu können. Christine, wie wir das Mädchen taufen ließen, war ihm ein Trost in seinem Schicksal. Doch es kränkte ihn tief, dass er seine Familie nicht besser versorgen konnte.

Ich erkannte bald, dass ich das Ruder in die Hand nehmen musste. Liebevoll führte ich ihn und zeigte ihm mit meinen Augen all die Dinge, die er nicht mehr sah.

Er hakte sich bei mir unter, wenn wir spazieren gingen und ich plapperte drauflos: „Also Richard, der Himmel ist heute so was von blau, man könnte meinen, jemand hätte verdünnte Tinte vergossen. Nur ein paar Schleierwölkchen ziehen darüber, wie von einem Maler hingestrichen, der seinen Pinsel, an dem noch etwas weiße Farbe haftet, reinigen will. Wir gehen jetzt auf dem Feldweg hinter dem Friedhof, der dann gleich durch ein Wäldchen führt, erinnerst du dich? Wir sind ihn oft gelaufen. Die Wiesen links und rechts davon strahlen in sattem Grün und sind gelb gesprenkelt mit Schlüsselblumen."

Verhalten eine Melodie vor mich hin pfeifend, führte ich meinen Mann, bis er lachend meinte: „Du kannst zwar sehr schön pfeifen, Elisabeth, aber glaub mir, die Vögel können es besser."

Leicht eingeschnappt verstummte ich. Doch schon im nächsten Moment erklärte ich Richard mit Begeisterung: „Die Lärchen zeigen schon die ersten grünen Spitzen; in acht, spätestens vierzehn Tagen werden sie ihr lichtgrünes Kleid angelegt haben."

Nie wurde uns unterwegs langweilig und Richard sagte oft: „Manche Dinge sehe ich besser mit deinen Augen, als ich sie je mit meinen eigenen sah."

Ich entschloss mich, den Führerschein zu machen, obwohl ich schon vierzig war. Ich wollte meinem Mann etwas von der Welt zeigen, wir hatten ja beide noch nicht viel davon gesehen.

Keine Arbeit war mir zu schwer, selbst an typische Männerarbeiten, wie das Errichten einer kleinen Hofmauer, wagte ich mich. Das Leben hatte mich gefordert und es war mir, als ob es schon immer eine Vorbereitung auf den Einsatz, den ich nun bringen musste, gewesen war.

Nie zuvor in meinem Leben fühlte ich mich so angenommen und akzeptiert wie von Richard. Ich war glücklich, dass das Leben mich mit ihm zusammengeführt hatte. Er war ein einfühlsamer Mann und Vater für meine beiden Töchter. Unterschiede zwischen Gerda und seiner leiblichen Tochter, der acht Jahre jüngeren Christine, gab es für ihn nicht.

Die finanziellen Probleme schweißten uns noch enger zusammen. Als Richard die Rente bewilligt wurde, schmiedeten wir Pläne, ein eigenes Haus zu bauen. Die Kinder sollten Platz haben und nicht so eingeengt heranwachsen wie ich. Richard hatte von seiner Mutter ein großes Grundstück geerbt, so dass der Grundstein schon gelegt war.

Die Zeit von 1952 – 1964

„Sei doch froh", schallt sich Bertha. „Nur noch sechs Personen im Haushalt zu haben, bedeutet weniger Arbeit." Doch so oft sie sich das auch sagte, es blieb ein Stachel, der sie quälte. Ein vages Schuldgefühl machte sich in ihrem Herzen breit.

Warum konnte sie Elisabeth nicht das bisschen Glück gönnen? Das Leben hatte für ihre Tochter bisher noch nicht viel Gutes zu bieten gehabt. Wie oft wäre sie ohne ihre Hilfe noch verzweifelter dagestanden?

„Warum nur mussten wir uns stets in die Haare geraten?", fragte sich Bertha.

War es, weil Elisabeth tat, als ob sie alles besser wisse und es am Ende auch meist so war? War sie insgeheim neidisch auf sie?

Bertha war achtundvierzig und so manches Mal vermisste sie einen Mann an ihrer Seite, der sie mit Rat und Tat hätte unterstützen können. Noch immer wartete sie auf ein Lebenszeichen von Reinhard. Sie sehnte sich nach ein wenig Zärtlichkeit, nach einem Mann, der sie in den Arm nehmen und an den sie sich anlehnen könnte.

Vor Kurzem hatte sich Bertha den Kauf eines Radios gegönnt, so dass sie über das Geschehen in der Welt besser informiert war. In den Nachrichten verfolgte sie die Transporte von Kriegsheimkehrern. Zwar waren sie selten, doch sie genügten, um ihrer Hoffnung auf eine Heimkehr Reinhards neue Nahrung zu geben.

Bertha, die so sehr gegen Richard ins Feld gezogen war, erkannte mit den Jahren, dass Elisabeth keinen besseren Mann hätte finden können. Sie rechnete ihm hoch an, dass er Gerda wie seine leibliche Tochter behandelte, ja, mitunter besser zu ihr war als Elisabeth. Sie hätte sich gewünscht, dass Reinhard auch so liebevoll mit Elisabeth umgegangen wäre.

Bertha haderte mit sich und der Welt. Warum hatte ein unglückseliges Geschick sie an diesen Ort verbannt, an dem sie auch nach all den Jahren nicht heimisch werden konnte?

Immer schon neigte sie zu Kopfschmerzen, doch nun wollten sie gar nicht mehr weichen. Das weiße Kopftuch, das sie über dem Haar trug und unter dem Haarknoten gebunden hatte, faltete sie nun zu einem Schal, den sie meist um die Stirn band. Sie bildete sich ein, dass dies ihr etwas Erleichterung verschaffte.

„Heute Nacht muss ich mir wieder den Schemel unter das Kopfkissen packen, so dass ich im Bett sitze statt liege. Wenn doch nur die Kopfschmerzen weichen wollten", beklagte sie sich oft bei den Kindern.

Die machten ihrer Mutter aber auch Sorgen ohne Unterlass. War eine Aufregung überstanden, kündigte sich auch schon die Nächste an.

Eines Tages war das ganze Dorf auf den Beinen. Mit Planwagen, die von Pferden gezogen wurden, hatte ein buntes Völkchen auf der Dorfwiese Halt gemacht und begonnen, ein großes Zirkuszelt aufzubauen. Davon angelockt, standen die Leute neugierig herum. Wurden sie von den Zirkusleuten etwas gefragt, zum Beispiel wo sie sich Wasser holen könnten, zogen sie sich zurück wie in ein Schneckenhaus und bald waren alle verschwunden. Nur die Kinder blieben unerschrocken auf ihren Beobachtungsplätzen. Einige Wissbegierige getrauten sich näher und stellten Fragen, darunter auch Gertrud.

Sie war die quirligste von Berthas Mädchen. Klein und zierlich, suchte sie stets das Abenteuer, und einen Zirkus im Ort hatte sie noch nie erlebt. Gertrud wusste nichts anderes mehr zu erzählen als von den kleinen Ponys, einem Affen, der allerlei kleine Gegenstände nach den Kindern warf, und einer Seiltänzerin, die es Gertrud besonders angetan hatte. Sofort spannte sie sich im Hof ein Seil, einen halben Meter über dem

Boden, und von den Freundinnen angestachelt, versuchte sie es der Seiltänzerin gleichzutun, was natürlich immer wieder scheiterte.

Gertrud wohnte direkt oberhalb der Wiese, auf der das Zirkusvolk seine Vorstellungen gab und sie konnte nicht zu Bett gehen, ohne noch einen letzten Blick aus dem Schlafzimmerfenster auf das erleuchtete Zelt geworfen zu haben.

So oft Bertha sie suchte, fand sie Gertrud bei den Zirkusleuten und den Ponys. Sie war so begeistert, dass sie sich in den Kopf setzte, mit dem Zirkus fortzuziehen.

Bertha redete ihr ins Gewissen: „Du hast doch keine Ahnung, was das fahrende Volk alles entbehren muss! Immer unterwegs, auch bei Wind und Wetter. Nirgendwo zu Hause."

Gertrud zuckte nur mit den Schultern, was so viel bedeutete wie: „Ist mir doch egal."

„Mir gefällt das. Die Seiltänzerin wird mir beibringen, hoch in der Luft über ein gespanntes Seil zu laufen. Ich werde dann mit ihr zusammen auftreten", fantasierte sie vor sich hin.

Astrid, der die Vorführung auch gefallen hatte, vor allem die Clowns und der Affe, konnte Gertrud nicht verstehen. Das waren doch fremde Leute. Dafür Mutter und Geschwister zu verlassen, würde ihr nie einfallen.

Solange der Zirkus im Ort sein Zelt aufgeschlagen hatte, lebte Bertha in der Angst, Gertrud könnte ausbüxen. Als das fahrende Volk weiterzog, trauerte Gertrud ihm wochenlang hinterher.

Bald nach der Episode mit dem Zirkus trat Gertrud in einem Waisenhaus in Pirmasens ihre erste Arbeit an. Die Flamme der Begeisterung, die ganze Woche in Pirmasens verbringen zu können, um Kinder zu betreuen, erlosch rasch, als sie merkte, dass sie sich Tag und Nacht unter der Aufsicht von Nonnen bewegte. Das gefiel Gertrud überhaupt nicht. Kurz entschlossen ergriff sie schon nach ein paar Monaten mitten in der Woche die Flucht aus dem Waisenhaus und stand wieder zu Hause vor der Tür.

„Warum soll ich die ganze Woche von zu Hause weg sein, wenn ich auch hier im Ort arbeiten kann? Wir haben doch seit Kurzem eine Schuhfabrik in Schmalenberg, die sucht noch Stepperinnen, dort werde ich mich bewerben", erklärte Gertrud ihrer Mutter.

„Einst wolltest du mit den Zirkusleuten in die große Welt ziehen und nun ist dir Pirmasens zu weit weg?", konnte sich Bertha nicht verkneifen ihr vorzuhalten, ließ sie aber gewähren.

Die Großen waren nun im heiratsfähigen Alter und Bertha erkannte, dass es ihr an Weitsicht gefehlt hatte. Sie hätte nicht in dem Ort bleiben dürfen; es war doch klar, dass hier, wo alle protestantisch waren, ihre Mädchen sich auch mit Männern dieses Glaubens verbinden würden. Sicher, es kamen auch junge Burschen aus den Nachbargemeinden Heltersberg, Schopp und Trippstadt an den Sonntagen nach Schmalenberg geradelt, um nach Mädchen Ausschau zu halten. Doch die Chancen waren gering, dass ausgerechnet die den richtigen Glauben hatten. Bertha hätte in eines der Nachbardörfer, die katholisch geprägt waren, ziehen sollen. Aber nein, sie war hier gestrandet und brachte nun nicht mehr die Kraft auf, sich nochmals an irgendeinem anderen Ort niederzulassen.

„Warum muss es diese Religion überhaupt geben? Das sind doch alles Abtrünnige, die ihr angehören", schossen die Gedanken wie Pfeile durch Berthas Kopf.

Hatten denn die Kinder total vergessen, wie man sie in der Schule tituliert hatte? Es musste ihnen doch heute noch in den Ohren schallen: „Katholische Kreuzböcke!"

Und damals, als die Schüler fast den Priester gesteinigt hätten, der aus Heltersberg gekommen war, um den Katholiken, die in Schmalenberg an einer Hand abzuzählen waren, Religionsunterricht zu erteilen? Bertha hatte es nicht vergessen.

„Alles geht den Bach runter", brummelte sie eine ihr beliebte Redensart vor sich hin. „Muss denn nun auch Alma mit einem Protestanten ankommen und dann auch noch gleich schwanger werden? Wenn das Kind nicht unehelich zur Welt kommen soll, muss ich dem Teufel auf den Kopf treten und sie mit ihren neunzehn Jahren mit meiner Unterschrift für volljährig erklären."

Die Bemerkung des Dorfpfarrers: „Die Schäfchen von der Frau Scholz werde ich mir noch alle holen", ließ sie Gift und Galle spucken, als sie ihr zu Ohren kam.

Hinzu erklärte Alma nun auch noch kategorisch: „Ich werde mich nicht nur protestantisch trauen zu lassen, sondern – ob du es willst oder nicht – konvertieren."

Das schlug bei Bertha alle Sicherungen aus der Fassung. Sie riss Wäsche und Kleider von Alma aus dem Schrank und warf sie auf den Boden. „Pack deine Sachen und tritt mir nicht mehr unter die Augen!"

Alma wehrte sich nicht gegen den Rauswurf. Sie verließ ihre Familie und zog zu den Schwiegereltern in spe.

Als von der nahen Kirche die Hochzeitsglocken läuteten, glaubte Bertha, den schwärzesten aller Tage zu erleben. Sie tigerte in der Wohnung umher. Geschirr ging zu Bruch. Keiner getraute sich, sie anzusprechen. Später am Tag saß sie nur noch apathisch auf einem Stuhl und starrte vor sich hin.

Zwei Jahre sollten vergehen, ehe sich die Wogen zwischen Mutter und Tochter langsam glätteten.

Bertha drohte ihren Töchtern Magdalena, Gertrud und Astrid, obwohl letztere erst neun Jahre alt war, sie alle aus dem Haus zu werfen, sollte noch eine wagen, einen Protestanten anzuschleppen. Sie schwor sich, dass nicht noch ein einziges ihrer

Kinder in einer protestantischen Kirche getraut werden würde. Wie eine Glucke bewachte sie fortan ihre Mädchen. Hatte sie den Verdacht, dass ein junger Mann mit dem falschen Glauben sich für eines von ihnen interessierte, schob sie sofort einen Keil dazwischen. Gottlob musste sie sich um Irma nicht mehr sorgen. Die war verlobt und würde demnächst katholisch getraut werden.

Sie wünschte sich Reinhard herbei, um sie zu unterstützen. Stattdessen musste sie sich die Vorwürfe der Kinder anhören, dass sie engstirnig sei. Verzweiflung überkam sie, wenn sie den Vater ins Feld führten. Wie oft musste sie sich anhören: „Papa wäre nicht so verbohrt wie du."

Wie undankbar die Rasselbande doch war! Dafür hatte sie jeden Mann links liegen lassen, damit die Töchter nicht mit einem „Onkel" im Haus leben mussten. Was bildeten sich die Kinder eigentlich ein? Glaubten sie, Bertha sei aus Holz, ohne jedes Bedürfnis? Mit fünfzig hatte sie noch keineswegs mit allem abgeschlossen. Es gab noch immer Männer, die sie nicht als Neutrum sahen und ihr den Hof machten.

Aber nur ein einziges Mal hatte Bertha sich eine kleine Affäre erlaubt. Sie hatte den Mann in Pirmasens kennengelernt und sich öfter mit ihm getroffen. Doch als er sie zu Hause besuchen wollte, brach sie die Beziehung – der Kinder wegen – ab. Die Hoffnung, dass Reinhard zurückkommen würde, hatte sie noch nicht ganz begraben, obwohl sich Jahr an Jahr reihte, ohne ein Lebenszeichen von ihm.

Berthas Leben drehte sich nur um die Kinder und die Religion. Die ständige Anspannung machte sie krank. Sie atmete auf, als sie Magdalena die Schwärmereien für den Gemeindesekretär austreiben konnte.

„Flausen sind das, die du dir in den Kopf setzt. Nie werden seine Eltern einer Verbindung von euch zustimmen, so wenig wie ich. Je schneller du das begreifst, desto besser ist es für dich."

Noch erwähnte Bertha nicht, dass ein junger Mann namens Karl sie anflehte, bei Magdalena ein gutes Wort für ihn einzulegen. Als allererstes wollte Bertha von ihm wissen, welchem Glauben er angehörte. Da es der richtige war, sah sie keinen Grund, weshalb sie ihn nicht unterstützen sollte.

Er war ein Bursche mit störrischem schwarzem Haar und einer großen Hornbrille auf der Nase. Bertha schien er noch nicht ganz trocken hinter den Ohren, ein wenig so wie Reinhard, als sie ihn kennenlernte. Sie versprach ihm zu helfen und er war ihr von Stund' an ein gern gesehener Gast.

Karl hatte schon oft versucht, Magdalena für sich zu interessieren, doch die zeigte ihm stets die kalte Schulter. Alles an ihm war eckig, angefangen beim Körper, über die Bewegungen bis hin zu dem kantigen Kinn.

Es verging kein Samstagabend, an dem er nicht nach Schmalenberg kam. Wenn Magdalena nicht da war, saß er bei Bertha und wartete, bis sie vom Tanzen oder von einem Abend mit Freundinnen nach Hause kam. Seine Hartnäckigkeit und das Zureden von Bertha machten Magdalena mit der Zeit mürbe. Zuletzt begrub sie ihre Träume um den Sekretär und gab Karl ihr Jawort.

Bertha waren der Ärger und die Aufregungen mit ihren Kindern auf die Galle geschlagen. Immer öfter litt sie unter heftigen Koliken, so dass eine Operation unumgänglich wurde. Komplikationen hielten sie vier Wochen im Krankenhaus.

Astrid und Gertrud waren nun alleine in dem Haushalt, der einst so groß gewesen war. Die beiden konnten wenig miteinander anfangen, Streitereien unter ihnen waren an der Tagesordnung.

Astrid fühlte sich von Gott und der Welt verlassen, sie vermisste schmerzlich ihre Mutter. Gertrud hatte in der Schuhfabrik einen Jungen aus Heltersberg kennengelernt und war mit ihren Gedanken nur noch bei ihm. Sie sollte das Kochen übernehmen, während die Mutter im Krankenhaus lag, wonach ihr aber absolut nicht der Sinn stand.

Bereitete sie Gulasch zu, so war es versalzen. Nicht einmal Kartoffeln konnte sie dämpfen, ohne dass sie ihr anbrannten. Nudeln waren das Einzige, das sie kochen konnte, ohne dass es in einer Katastrophe endete.

Widerwillig machte sich Astrid auf den Weg zum Schuhmacher, wie Gertrud es ihr befohlen hatte.

„Und nicht die Rechnung vergessen!", hatte sie ihr hinterhergerufen. Das war das Schlimmste, denn nie verlangten sie sonst eine Rechnung. Gertrud misstraute ihr also, oder sie wollte sich einfach nur wichtigmachen.

Voller Grimm dachte Astrid: „Ich kann schon einen Kuchen backen, was Gertrud auch nicht gelingt, aber kommandieren, als ob sie meine Mutter wäre, nur weil sie fünf Jahre älter ist, das kann sie! Ich hasse sie. Was bildet sie sich bloß ein, die Angeberin?"

Jetzt, wo ihre Mutter im Krankenhaus lag und kein Machtwort sprechen konnte, sah Gertrud ihren Freund Heinz nicht nur in der Fabrik, sondern auch an den Samstagabenden in der Wirtschaft. Seit Kurzem gab es dort eine Musikbox und es waren immer Jugendliche da, die genügend Geld zur Verfügung hatten, sie damit zu füttern. Den ganzen Abend dudelte sie die gewünschten Schlager, so dass die jungen Leute tanzen konnten, bis ihnen die Füße wehtaten.

Eines Samstags, als sich Astrid und Gertrud den ganzen Tag in den Haaren gelegen hatten, war Astrid froh, dass Gertrud mit Heinz ausging. So störte sie niemand, wenn sie ihre Übungen auf der Klarinette machte, die sie zu Weihnachten geschenkt bekommen hatte. Trotz täglichem Üben gelangen ihr nur kleine Fortschritte, dabei wünschte sie sich so sehr, spielen zu können.

Als Gertrud aus dem Haus war, holte sie das Instrument hervor, machte ihre Fingerübungen und spielte ein paar Mal die Tonleiter rauf und runter. Eine Melodie brachte sie heute absolut nicht zustande, immer wieder vergriff sie sich in den Klappen. Mutlos legte sie die Klarinette zur Seite. Aber nun kam das lästige Ungeziefer „Langeweile" aus allen Ecken gekrochen.

Die Abenddämmerung glitt in die Dunkelheit und die Stille um sie rauschte in ihren Ohren. Astrid ertappte sich bei dem Gedanken: „Wäre doch Gertrud hier, alleine zu sein gefällt mir überhaupt nicht."

Es war neun Uhr. Keine ihrer Freundinnen durfte jetzt noch aus dem Haus. Sie wünschte, dass sie einen Fernseher besäßen, so wie die Eltern von Edith.

Astrid schmökerte ein wenig in ihrem Lieblingsbuch, „Die kleine Mutti." Aber sie las es schon zum zweiten Mal und wurde es schnell leid. Nicht wirklich müde ging sie zu Bett.

Die Nacht schlug mit Dunkelheit, Wispern und Ächzen über ihr zusammen. Die Gedanken jagten in ihrem Kopf, wer sich alles in dem Haus versteckt haben könnte, wo doch jeder in dem Bürgermeisteramt ein- und ausging, wie er wollte. Nur die zwei Mansardenwohnungen im dritten Stock waren vermietet. Frau Müller, die Nachbarin, hatte den ganzen Tag schlimm gehustet und der Rauch ihrer Asthma-Zigaretten hing im Treppenhaus. Bestimmt schlief sie nun tief und fest.

Astrids Fantasie gaukelte ihr schreckliche Gestalten vor, mit langen Reißzähnen und Krallen. Höhnische Fratzen bleckten sie an. Sie glaubte, ein Scharren und Kratzen zu hören. Ängstlich kroch sie tiefer unter die Bettdecke, bis sie dachte, darunter ersticken zu müssen.

Schweißgebadet sprang sie aus dem Bett, hier konnte sie nicht bleiben! Bloß raus aus dem Zimmer. Hastig schlüpfte sie in ihre Kleider und legte ein Ohr an die Tür. Doch außer einem dumpfen Pochen und Klopfen in ihr selbst konnte sie nichts hören.

Sie machte Licht und drückte vorsichtig die Klinke nieder. Mit einem Ruck öffnete sie die Tür und lief durch den dunklen Korridor in die Küche. Sie tastete nach dem Schalter in der Hoffnung, die Helligkeit könnte ihre Panik vertreiben. Doch sie legte sich auch dadurch nicht. Astrid rannte durchs Treppenhaus hinunter ins Freie auf die menschenleere Straße. Unter dem gelblichen Licht der Straßenlaterne blieb sie heftig atmend an die Hauswand gelehnt stehen.

„Hier warte ich, bis Gertrud nach Hause kommt. Egal wie lange es dauert, ich gehe nicht mehr ins Haus zurück", beschloss sie.

Ein junger Mann aus der Nachbarschaft, der auf dem Weg nach Hause war, wollte von ihr wissen: „Na, sag mal, was machst denn du noch so spät alleine auf der Straße?"

„In der Wohnung war es so unheimlich, ich habe mich gefürchtet alleine. Darum warte ich jetzt hier auf Gertrud."

„Da wirst du aber noch eine Weile Geduld haben müssen, die ist noch fröhlich beim Tanzen."

Er legte den Arm um sie und Astrid war froh, nicht mehr alleine zu sein.

Doch als sein Bieratem ihr Gesicht streifte und er sie zu küssen versuchte, schlüpfte sie aus seiner Umarmung und stieß ihn voller Ekel von sich. Sie rannte in die Nacht wie vom Teufel gejagt.

Astrid lief bis zu ihrer Schwester Elisabeth, die im vorletzten Haus im Oberdorf wohnte. Abweisend verschmolz es mit der Nacht. Kein erleuchtetes Fenster ermutigte sie, bei ihr anzuklopfen. Sie trat in den Garten, in dem eine Tanne, schwarz wie eine riesige Wächterin, in den Sternenhimmel ragte.

Weinend lehnte sie sich an den nach Harz duftenden Stamm. Warum nur konnte Mutter nicht hier sein? Angst und Zweifel überkamen sie, ob ihre Mutter wieder gesund nach Hause kommen würde. Selbstmitleid überschwemmte Astrid. Warum konnte es nicht so wie früher sein, als die Geschwister noch alle zu Hause waren? Da war immer eine, die sich um sie kümmerte, nie war sie alleine.

Müde und erschöpft schlief sie unter dem Baum ein. Fröstelnd wachte sie auf, als der einsetzende Regen sie schon völlig durchnässt hatte. Sie konnte unmöglich die ganze Nacht hier verbringen, so rappelte sie sich denn hoch, um den Heimweg anzutreten. Mit Genugtuung stellte sich Astrid vor, wie Gertrud jetzt umherirrte um sie zu suchen, nachdem sie sie nicht zu Hause vorgefunden hatte. Tatsächlich wollte Gertrud sich gerade auf die Suche machen, als Astrid tropfnass die Stufen heraufkam.

Unbeirrt von dem Gemecker und den Drohungen ihrer Schwester, alles der Mutter zu verraten, ging sie an ihr vorbei. Sie wollte nur noch aus ihren nassen Klamotten und ins Bett schlüpfen.

Als sie unter der Decke lag und das Zähneklappern langsam nachließ, konnte Astrid es nicht lassen, der neben ihr liegenden Gertrud zu drohen: „Ich werde selbst Mutter erzählen, dass du so lange tanzen warst und mich alleine gelassen hast."

Am Ende einigten sich die beiden und nahmen sich das Versprechen ab, nichts und niemandem von dem Abend zu erzählen.

Bertha brauchte sehr lange, bis sie sich von der Operation erholte. Es gab Tage, da weilte sie mit ihren Gedanken mehr in Hilst als in Schmalenberg und vermisste schmerzlich die Nähe ihrer Verwandtschaft und die Orte ihrer Kindheit und Jugend. Dann erzählte sie ihrer Jüngsten von den Felsen rings um den Ort und was sich dort alles zugetragen hatte. Sie erinnerte sich an einen Mann, der betrunken heimwärts getorkelt und von einem der vielen Felsen rund um Hilst in den Tod gestürzt war.

Die vier Brunnen fielen ihr ein und wie sie als junges Mädchen das Wasser von dort nach Hause geschleppt hatte.

Astrid verlor schnell das Interesse an dem was ihre Mutter erzählte und ging lieber zum Spielen. Bertha blieb mit ihren Gedanken alleine zurück.

Die Zeit der Besatzungsmächte war 1955 zu Ende gegangen und auf deutschem Boden existierten nun zwei voneinander unabhängige Staaten, die sich in der Zukunft wirtschaftlich und politisch immer weiter auseinanderentwickelten.

Adenauer, der 1949 zum ersten deutschen Bundeskanzler gewählt wurde, konnte 10.000 Kriegsgefangenen aus der sowjetischen Gefangenschaft zurück in die Heimat verhelfen. Im Januar 1956 kam der letzte große Transport aus Russland in Deutschland an.

Da nur wenige Familien im Ort ein Fernsehgerät ihr Eigen nennen konnten, lockte die Übertragung an dem Sonntagnachmittag Verwandte und Bekannte von Vermissten in die Wirtschaft. Die Tische wurden zur Seite geräumt, um für alle Platz zu schaffen. Die Leute saßen dicht gedrängt, um die Sendung auf dem Bildschirm zu verfolgen. Gebannt starrten sie alle darauf, damit nur kein Name verpasst wurde. Auch Bertha saß mit ihrer Jüngsten, die ihren Vater nie kennenlernen durfte, in der Menge.

Wenn Bertha den Namen Reinhard hörte, zuckte sie wie elektrisiert zusammen. Doch der Familienname war stets ein anderer. Mit jeder Stunde die verging, schlug ihre Hoffnung mehr und mehr in Enttäuschung um. Die Sendung dauerte bis in den Abend, doch der ersehnte Name wurde nicht genannt. Schweigend und niedergeschlagen gingen Bertha und Astrid nach Hause.

Astrid wollte nicht glauben, dass unter den vielen Männern, die sie auf dem Bildschirm gesehen hatte, der Vater nicht dabei gewesen war. Elf Jahre war sie alt gewesen, nie mehr fragte sie ihre Mutter nach dem Vater.

Erst nach jenem Sonntag brachte Bertha es fertig, Reinhard für tot erklären zu lassen, obwohl ihr dieser Schritt eine bessere Witwenrente beschert hätte. Jede Mark mehr im Geldbeutel hätte das Leben leichter gemacht. Sie hatte die Entscheidung stets aufgeschoben aus Angst, dem Schicksal vorzugreifen.

Gerne hätte sich Bertha anderen Dingen zugewandt als der Kinderbetreuung, doch Irma und auch Alma, die gerade ihre Häuser bauten, konnten jeden Pfennig gebrauchen. Also brachten sie ihre Kinder zu Bertha und gingen in der Fabrik arbeiten.

Ende der Fünfzigerjahre war in Schmalenberg eine Schuhfabrik gebaut worden, was für viele Frauen einen Hinzuverdienst ermöglichte und Zeitgewinn bedeutete. Die langen Anfahrtswege nach Waldfischbach oder Pirmasens mit Bus und Zug konnten sie sich nun sparen.

Inzwischen fuhren schon einige Einwohner von Schmalenberg einen VW Käfer oder den doppelt so teuren Taunus M; auch die Isetta von BMW, ein echter Mini und für den kleinen Geldbeutel erschwinglich, wurde öfter gesichtet. Doch das Autofahren war Männersache. Die Fabrik erlaubte den Frauen, sich auch die Arbeit nach Hause zu holen und so die Haushaltskasse aufzupolstern.

Schuhe mit Flechtmuster waren beliebt und groß in Mode. So kam es, dass am Abend in vielen Häusern die Erwachsenen und die größeren Kinder rund um den Küchentisch saßen und mit einer speziellen Nadel schmale Lederriemchen durch die ausgestanzten Schlitze der Schuhblätter zogen.

Irma, die sich schon als Kind für die Armut, in der sie aufwuchs, schämte, war wie besessen von dem Wunsch, ein eigenes Haus zu besitzen. Stets war sie darauf bedacht, nicht aus der Norm zu fallen und alles richtig zu machen. Als ihre große Schwester ein uneheliches Kind bekam, wäre sie am liebsten nicht mehr vor die Tür getreten. Es hätte nicht schlimmer sein können, wäre es ihr selbst passiert.

Als das Haus bezugsfertig war, fand sie es unmöglich, dass ihre Mutter weiterhin im Bürgermeisteramt wohnte. Gertrud, obwohl erst neunzehn Jahre alt, hatte inzwischen geheiratet und war, zur Freude Berthas, ihrem Glauben treu geblieben.

Also lebte nur noch Astrid bei ihrer Mutter zu Hause. Für zwei Personen reichte ein Zimmer mit Küche und Bad.

Berthas Einrichtung, die sie 1942 gekauft hatte, machte zum dritten Mal einen Umzug mit.

Sie war erleichtert, nicht mehr die vielen Treppen steigen zu müssen und glücklich, wieder eine Toilette mit Wasserspülung zu haben. Auch die Waschküche, in der ein riesiger Heizkessel stand, unter dem direkt das Feuer geschürt wurde, versprach Entlastung.

Astrid hätte gerne ihr eigenes Bett gehabt; da es aber nur ein Zimmer gab, musste sie mit ihren fünfzehn Jahren weiter neben der Mutter im Ehebett schlafen.

Sie hatte in Pirmasens in einem Schuhgeschäft eine Lehrstelle als Verkäuferin gefunden. Morgens um sechs musste sie schon aus dem Haus und kam abends erst um zwanzig Uhr wieder heim. Wie beneidete sie ihre Klassenkameradinnen, die in die Schuhfabrik gingen und daher viel mehr Freizeit hatten.

Obwohl Astrid die Arbeit Spaß machte, weigerte sie sich, nach der Probezeit weiterhin nach Pirmasens zu fahren. „In der Fabrik verdiene ich mehr Geld und muss nicht so lange unterwegs sein", argumentierte Astrid ihrer Mutter gegenüber, die sich mal wieder wünschte, Reinhard wäre da.

Und wie einst Gertrud, so ließ Bertha auch ihre Jüngste gewähren, die sie ohnehin viel zu sehr verwöhnte. Nur sie war ihr noch ganz nah. Sie wollte die pummelige Astrid noch lange als Kind erleben. Ihr Erwachsenwerden konnte Bertha schwer verkraften. Das Bummerche, wie sie in der Familie liebevoll genannt wurde, nabelte sich langsam ab und die Männer begannen, sich für sie zu interessieren.

Das rundliche Mädchen mit der Neigung zum Doppelkinn und tiefdunklen Augen war eine Frohnatur, die gerne sang und tanzte. Ein junger, athletischer Mann aus dem Dorf stellte ihr besonders hartnäckig nach. Seine vollen Lippen waren das Auffälligste an ihm. Bertha verpasste ihm den Namen „Negerschnut", sobald sie bemerkte, dass er ihrem Mädchen nachstellte.

Als beim Kirchweihfest im Gasthaus eine Kapelle spielte, hatte er Astrid oft auf die Tanzfläche geführt. Wenn die Musiker einen Rock and Roll spielten, waren die beiden nicht mehr zu halten und rockten durch den Saal. Er flüsterte ihr zu: „Du tanzt leicht wie eine Feder und bist schön wie eine Blume in deinem tollen Kleid."

Seine Worte trieben ihr eine rosige Farbe ins Gesicht und schmeckten nach mehr.

Elisabeth hatte ihr wirklich das schönste Kleid genäht, das sie je besaß! Astrid musste an die vielen Stunden denken, die ihre Schwester an dem guten Stück gearbeitet hatte. An all die Nachmittage der vergangenen Wochen, die sie in dem kleinen Wohnzimmer, in dem eine träge Wärme nistete, verbrachten. Die Augustsonne hatte ihre Strahlen durch das weit geöffnete Fenster geschickt und den Staub darin tanzen lassen.

„Elisabeth, ich möchte das schönste Kleid für meine erste Tanzveranstaltung, ich will die anderen Mädchen alle in den Schatten stellen; kannst du das schaffen?", hatte sie ihre Schwester gefragt.

Astrid bekam Zweifel, als sie den Schnittmusterbogen sah, der auf der Wolldecke und einer Lage Papier ausgebreitet war. Sie nahm nur einen Wirrwarr von gestrichelten, gepunkteten oder durchgezogenen Linien in Rot und Schwarz wahr. Elisabeth folgte unbeirrt und zielsicher mit dem Kopierrädchen einer bestimmten Linie.

„Steh nicht da und guck dumm. Hier, nimm das Papier. Siehst du das Lochmuster, das ich durchgedrückt habe? Das schneidest du aus", trug sie ihrer Schwester auf. „Danach werde ich die Schablonen mit Stecknadeln auf dem rosaroten Stoff fixieren, um ihn exakt zuschneiden zu können."

Aufgeregt hatte Astrid verfolgt, wie Elisabeth die Schere ansetzte. Sie erinnerte sich ihrer Angst, dass Elisabeth den leichten Stoff zerschneiden, und nicht das Richtige dabei herauskommen würde.

„So, nun kannst du auch wieder was schaffen, nimm dir Nadel und Faden und reih' die zugeschnittenen Teile zusammen", verlangte sie.

Frohgelaunt hatte Elisabeth das Pedal der Nähmaschine getreten und zu dem Rattern ein Lied gesummt. In dem kleinen Zimmer, in dem überall Fäden, Stofffetzen und gestapelte Modezeitschriften lagen, wohnte eine träge Behaglichkeit.

In der letzten Woche vor der Kirchweih allerdings war Astrid regelrecht in Panik geraten.

„Du wirst mein Kleid nie rechtzeitig fertigbekommen", hatte sie Elisabeth genervt.

Und wirklich wurde die Zeit knapp – zur letzten Anprobe kam es erst ein paar Stunden vor der Tanzveranstaltung. Doch dann kannte ihre Begeisterung keine Grenzen! Sich selbst bewundernd, tanzte sie vor dem Spiegel. Der Rock über dem Petticoat bauschte sich weit, das enganliegende Oberteil, dessen runder Ausschnitt die sprießenden weiblichen Rundungen erahnen ließ, hatte sie hell aufjauchzen lassen. Die Komplimente von Manfred bestätigten ihr, dass das Kleid etwas Besonderes war.

Das Fest war vorbei. Erst zu Silvester würde es wieder eine Tanzveranstaltung geben. Astrid und ihre Freundinnen vergnügten sich nun an den Sonntagnachmittagen in einem Lokal, in dem die Musikbox ohne Unterbrechung den „River Kwai Marsch", Schlager von Elvis Presley, Peter Kraus mit seinem „Sugar Baby" und Conny Froboess mit den „Zwei kleinen Italienern" dudelte.

Astrid war traurig darüber, dass es zu Hause nur noch Ärger gab. Ihre Mutter schimpfte ständig: "Lass dich ja nicht mit der Negerschnut ein. Was findest du nur an dem? Der ist doch abgrundtief hässlich. Bilde dir nur nicht ein, dass du den je mit nach Hause bringen darfst."

Astrid begriff das Palaver ihrer Mutter nicht. Sie tanzte gerne mit Manfred, das war alles.

„Dazu ist er auch noch Protestant", setzte die Mutter ihre Tirade fort.

„Warum denkst du gleich ans Heiraten, Mama? Ich will doch nur tanzen und Spaß haben."

Der ständige Ärger mit ihrer Mutter verleidete Astrid einfach alles. So beschloss sie, Schmalenberg und ihr Zuhause samt Jugendschwärmerei hinter sich zu lassen. Sie wollte in die Schweiz, um als Au-pair-Mädchen oder in einem Hotel zu arbeiten.

Das ließ die Mutter nicht zu. „Mit siebzehn Jahren gehst du mir nicht so weit weg von zu Hause. Versuch es doch in einem Haushalt in Kaiserslautern oder Pirmasens, wenn du unbedingt fort musst."

Astrid fügte sich und fand eine Anstellung in einem Arzthaushalt. Sie war nun die ganze Woche in Kaiserslautern, erst samstagnachmittags kam sie zurück, um den Sonntag daheim zu verbringen.

Zum ersten Mal hatte Astrid ein eigenes Zimmer und ein Bett ganz für sich alleine. Die erste Nacht, die sie dort verbrachte, sollte sie nie vergessen. Immer wieder schreckte sie hoch, wenn von der nahen Marienkirche die Turmuhr schlug. Astrid sollte um acht Uhr in der Küche erscheinen, um den Frühstückstisch zu decken und Kaffee zu kochen. Die Angst zu verschlafen war so groß, dass sie schon um sechs Uhr aus dem Bett sprang, das Fenster aufriss und die Decke zum Lüften auslegte. Erst beim nächsten Glockenschlag bemerkte sie, dass sie eine ganze Stunde zu früh aufgestanden war.

Als ihre Chefin, Frau Hupka, sie fragte, ob sie gut geschlafen habe und Astrid ihr erzählte, was ihr passiert war, erntete sie heftiges Gelächter. „Das tut mir sehr leid, Astrid. Wie dumm von mir, ich dachte, du hättest einen Wecker! Ich werde gleich einen besorgen."

Ihre Chefin nahm sie mit zum Einkaufen und war anfangs immer in der Küche mit dabei, um ihr Anleitungen beim Kochen zu geben. Wenn Gäste zum Essen geladen waren, faszinierten Astrid die Delikatessen wie Austern, Artischockenherzen, Forellen, Kaviar und Wachteleier, die sie zuvor noch nie gesehen hatte.

Schon bevor Astrid ihren Arbeitsplatz in Schmalenberg aufgab, hatte sie einen Fernlehrgang für Französisch belegt und wenn sie nun am Abend ihre Lektionen bearbeitete, nahm sich Frau Hupka Zeit, mit ihr zu lernen.

Eines Samstagnachmittags im Februar, als Astrid von der Arbeit nach Hause kam, überraschte ihre Mutter sie mit der Nachricht: „Heute Abend holt dich Josef mit dem Auto ab und bringt dich nach Schopp. Dort ist Maskenball. Dein Schwager war hier und wollte, dass ich dir das ausrichte. Magdalena freut sich, wenn du mit zum Tanzen kommst. Du musst dich also mit dem Putzen der Küche beeilen."

Astrid war wie vor den Kopf gestoßen. Bisher hatte sie Josef nur zweimal gesehen und noch keine zehn Worte mit ihm gewechselt. Außerdem wollte sie sich mit Freundinnen treffen.

Aufmüpfig fragte sie: „Wenn ich aber keine Lust habe? Wie kommt Karl überhaupt dazu, über mich zu bestimmen? Ich kenne diesen Josef doch kaum."

Astrid hätte es nicht gewundert, wenn ihre Mutter dahintersteckte, dass Karl seinen Arbeitskollegen anschleppte.

„Ach was, wann ist es schon mal passiert, dass du keinen Spaß daran hattest, tanzen zu gehen? Und Josef ist ein sympathischer junger Mann."

Astrid wusste sehr wohl, warum Josef bei ihrer Mutter sofort einen Stein im Brett hatte. Josef, so hieß nur ein Katholik, also musste er ihrer Mutter ja gefallen. Sie ging ins Schlafzimmer, um sich für das Putzen umzuziehen; brachial knallte die Tür hinter ihr zu.

Danach hantierte sie lautstark mit Eimer und Lappen und stellte die Fenster auf Durchzug, damit der Boden schneller trocknete.

Die Mutter schimpfte: „Bist du wahnsinnig, es ist Winter, wie soll ich es hier drinnen noch mal warm kriegen?"

„Aber du willst doch, dass ich mich beeile. Schließlich kann ich das Bohnerwachs nicht auf dem nassen Boden auftragen", gab Astrid bissig zurück.

Astrid überlegte krampfhaft, wie sie dem Treffen am Abend ausweichen könnte. Es stimmte schon, dass sie stets gerne zum Tanzen ging, aber sie wollte nicht dazu gezwungen werden. Sie suchte nach Argumenten, die es ihr unmöglich machen würden, auszugehen.

„Wenn du mit deinem holden Schwiegersohn schon alles ausgekungelt hast, kannst du mir sicher auch ein Kostüm herbeizaubern, denn ohne das gehe ich auf keinen Maskenball!"

Doch leider wusste ihre Mutter auch dafür eine Lösung: „Das Kosakenkostüm von deiner Chefin, das du zuletzt in Schmalenberg anhattest, war sehr schön, das kannst du doch nochmals in Schopp anziehen."

Wütend schob Astrid den Blocker über den mit Stragula ausgelegten Fußboden, bis er spiegelblank war. Sie wusste, wenn ihre Mutter etwas beschlossen hatte, war es sinnlos, sich dagegen aufzulehnen.

Als Astrid neben Josef im Auto saß und ungestört sein Profil betrachtete, fielen ihr die langen dunklen Wimpern auf, die in seltsamem Kontrast zu seinen blonden Haaren standen. Später beim Tanzen führte er sie sicher durch das Gewühl, das auf der Tanzfläche herrschte. Seine langgliedrigen Hände hielten sie fest, ohne Besitz zu ergreifen. Leises Interesse wurde in ihr wach. Josef war geduldig und umwarb Astrid so lange, bis sie ihm drei Jahre später endlich ihr Jawort gab.

Bertha atmete auf, als auch ihre Jüngste unter der Haube und ihrer Religion treu geblieben war. Die Prophezeiung des protestantischen Pfarrers: „Die Schäfchen von der Frau Scholz werde ich mir noch alle holen", hatte sich nicht erfüllt.

Die Zeit von 1964 – 1995

Die Zeit von 1964-1995 Bertha hatte das sechzigste Lebensjahr hinter sich gelassen und die Töchter alle verheiratet, doch selten war sie alleine. Immer war sie bereit, die zahlreichen Enkelkinder zu hüten und ihnen Märchen zu erzählen, wozu ihr bei den eigenen Kindern stets die Zeit gefehlt hatte. Noch zweimal musste Bertha umziehen, zuletzt mit siebzig Jahren, in den Nachbarort Schopp. Schopp, das bedeutete endlich wieder unter Katholiken zu sein. Sie besuchte die Altennachmittage und knüpfte Kontakte, was sie so viele Jahre versäumt hatte.

Der Lehrer, der ihr vor vielen Jahren Komplimente über ihre gut angezogenen Kinder gemacht, und in seinen letzten Berufsjahren in Schopp unterrichtet hatte, und auch dort wohnte, war inzwischen pensioniert und besuchte Bertha häufig.

In den zwanzig Jahren, die Bertha noch in Schopp vergönnt waren, war er ihr ein gern gesehener Gast und in langen Gesprächen mit ihm erkannte sie, wie sehr sie sich selbst das Leben in Schmalenberg schwer gemacht hatte. Durch ihre Unnachgiebigkeit und ihrer Ablehnung Andersgläubiger gegenüber, hatte sie sich ins Abseits manövriert. Hungrig nach Wissen schätzte Bertha den Mann und genoss die Gespräche mit ihm. Sie trugen dazu bei, dass sie sich wieder an den kleinen Dingen im Leben freuen konnte und sich wohlfühlte, wie seit Jahren nicht mehr.

Ihre Leidenschaft im Alter war es, Gedichte und Sprüche zu sammeln. Wo immer sie welche fand, schrieb sie sie ab und füllte viele Schulhefte damit. Auch das Kochen ließ sie sich noch nicht aus der Hand nehmen. Niemand sonst kochte ihr gut genug. Nur das Gehen war Bertha fast unmöglich geworden, sie schaffte es nur noch, sich in ihrer kleinen Wohnung zu bewegen.

Als sie bettlägerig wurde, war es Magdalena, die schon als Kind nicht hatte von ihrer Seite weichen wollen, die sie liebevoll pflegte. Nie wurde Bertha müde, Geschichten und Begebenheiten aus ihrem neunzigjährigen Leben zu erzählen, das ihr erst in den letzen Jahren wieder lebenswert schien und eine Heimat bot.

Danksagung

Mein Dank geht an Madeleine Giese, eine meiner Dozentinnen, die mir das nötige Werkzeug an die Hand gab, dieses Buch zu schreiben und mir immer mit Rat zur Seite stand. Ebenso an Gabi Hagemann und Daniela Braun, die mich unterstützten und allen, die mir Mut machten weiterzuschreiben.

Auch Waltraud und Bruno Herrmann, die mir weiterhalfen, wenn ich mit den Anwendungen des Computers auf Kriegsfuß stand, gilt mein Dank.

Mütter sterben nicht, gleichen alten Bäumen.
In uns leben sie und in unseren Träumen.
Wie ein Stein den Wasserspiegel bricht,
zieht ihr Leben in uns Kreise.
Mütter sterben nicht, Mütter leben fort auf ihre Weise.

Autor unbekannt